U0115239

文學研究叢書・兒童文學叢刊

兒童文學的另類書寫

林文寶　編著

自序

　　自1971年8月1日任職位處一隅的臺東師專。

　　1973年夏天開始講授兒童文學課程以來，轉眼已有四十餘年。當年走入兒童文學雖非本意，亦非所願，然而是因緣與巧合所致，想不到幾經努力，卻發現其中別有洞天，於是乎一頭栽進，且無怨無悔，絕不言回頭。

　　自2009年1月31日退休後，雖仍掛名榮譽教授，但實際上已清閒許多，於是有時間整理過往資料。個人在兒童文學途中，除感謝前輩們的提攜，以及師友學生們的支持與鼓勵外，更感謝有參與各種決策與活動的機會。而這種機會的起點，除本身的熱忱之外，就學校體制而言，即是兼行政。我兼行政的經歷有：出版組組長、訓導主任、訓導長與教務長；又學術行政有：語教系主任、兒童文學研究所所長與人文學院院長。而學校本身，由師專到師院，再轉型為綜合大學。我到臺東師專時，剛由師範學校蛻變為臺東師專，是最後轉型的學校，也是最年輕的師專，恭逢其時，何其有幸。師專有分組，我幾乎負責語文組之事，也因此有機會發展兒童文學。而後師院時間，從1988年起幾乎每年皆舉辦有關兒童文學的研討會，至1996年起的兒童文學研究所時代，更不在話下。除外，亦參與社會服務，如文教基金會董事或董事長。在這期間，似乎承辦不下有四十場的活動，如今檢視可見的出版資料，依時間排序已見其兒童文學相關事宜。

　　其間，《臺灣文學》一書，似乎與兒童文學無關，但由於我是主編，且有〈臺灣的兒童文學〉一文，是以收錄。又《林文寶古典文學

研究文存》一書，體例與其他不同，完全是我個人的研究文存，但序
文則是敘述個人的為學歷程，因此特別收錄。

本結集主要以序文為主體。序有長官的序、朋友的序以及我寫的
序。總之，所列序文，皆與編輯成書有關，從其中可見我的努力與用
心，過程是一步一腳印，在在皆與兒童文學相關。每篇序文編列方
式，有三部分，先有書影，其次是序文，再其次有說明。或許可稱之
為另一種兒童文學史的書寫方式，期盼在閱讀中，能有機會喚起你的
記憶，進而立志走進兒童文學的森林裡。

目次

海洋兒童文學

一　書影

二 創刊詞

兒童，在人類的賡續中，是承接的火種。培養人格完美、知識豐富、體魄健壯的兒童，是富強國家，光輝文明的根本，也是世界各國一致努力的目標。

兒童文學是兒童心靈教育中最重要的一環。童話世界的幻想奇異，寓言裡的教育效果，小說故事的社會化經驗，散文的純摯優美，科學作品的浩瀚奧妙……豐富了他們的知識，陶冶了他們的心靈。因此，為兒童們安排一個良好的文學環境，是我們無可旁貸的責任。

為了提倡兒童文學理論的研究，為了探討作文教學方法，為了建立兒童文學批評方向，為了推介優秀及富有創意的作品，我們勇於在這塊園地裡做一名園丁，奉獻我們的赤誠，為自由中國的兒童文學開闢一個燦爛芬芳的世界。

選用「海洋」這個名稱，是要以海的博大精深，海的無所不容，作為我們的惕勵。我們的園地及立場是開放的，竭誠歡迎各方面的理論和見解，甚至不同的觀點。深切的盼望每一位熱心的朋友加入「海洋」的行列，讓彼此的涓涓細流，匯成兒童文學的汪洋。

三 說明

　　《海洋兒童文學》創刊於1983年兒童節，一年三期，每逢4、8、12月出版，是由當時臺東師專附屬小學的一群老師所創辦的，其中以吳當夫婦、吳銘順、王玉梅等人為主導。由吳當老師出面邀請我參加，並推為發行人兼社長，編輯顧問：瘂弦、林良。吳當是總編輯，執行編輯有：吳銘順、王玉梅、鍾麗珍（吳當夫人）。社址是我家；編輯部則是吳當老師的家。基本上我們是一份同仁雜誌。

　　雜誌創刊宗旨是：「兒童的．文學的．教育的．匯涓涓細流而成汪洋。」雜誌前六期有〈青青草原〉是師生創作園地，第七期以後則純為論述。

　　雜誌於1987年兒童節發刊13期，並宣布為停刊號。1987年8月九所師專一次性改制為師範學院。

　　雜誌創刊時，我已在師專教授「兒童文學」有十年。這是我第二個操練兒童文學的場域。（第一次是授命創辦《東師專學報》）當時以本名寫論述；另以江辛撰寫〈兒童讀物超級市場〉。

　　回首前塵，這是我正式踏入社會的學術服務。

　　當時的〈創刊詞〉應該是吳當老師執筆的。

　　「海洋」的夥伴：我們曾經是一點一點的星光，如今是否已閃爍成一片亮晶晶的海洋。

東師語文學刊

一　書影

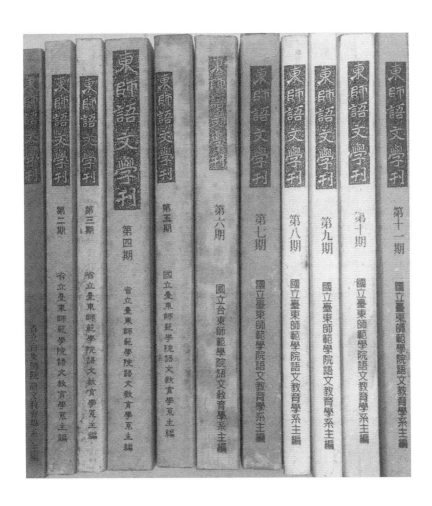

二 《東師語文學刊》序

我校偏處東隅，所聞所見雖不能為天下先，然於學術之研究，則不敢不勉力。教師於教學之外，孜孜於學術研究，歷年來研究之成果與著述之發表已蔚為大觀。

欣逢我校改制為學院，語文教育學系教育同仁更砥礪互勉，議出版語文學刊，年刊一集，以期於日新。

今創刊號已編纂竣事，所輯各篇，雖未必為名山之作；然要亦為各抒己見之心得，且亦不失為藝海之微瀾。是刊之出也，乃期於「以文會友，以友輔仁」是也。尚祈

海內外宏儒碩彥，不吝指教，以匡其不逮。是為序。

李保玉

三　說明

　　1987年8月，全省九所師專改制為師範院校，而我隨即應聘為語文教育系主任，並確定以「兒童文學」為系的發展重心，隔年（1988年6月）創辦《東師語文學刊》與《東師語文叢書》，作為教師教學與研究的發表園地，是屬於語文教育專業型的學術年刊，也是我操練兒童文學的第三個場域。

　　我於1993年7月底，卸下為期兩任六年的系主任，學刊繼續發行，止於2005年4月，共計發行十三期。

兒童文學選集（1949-1987，共五冊）

一　書影

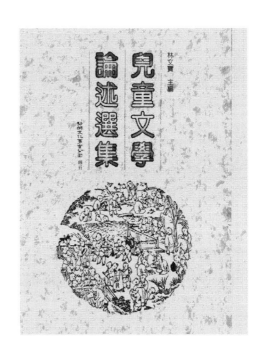

二 ①《兒童文學選集》總序

（一）

　　我國新時代的兒童文學發軔於何時？這是個有趣且爭議甚多的問題。有人認為是源於孫毓修編譯的「無貓國」（宣統元年，1909年3月）。他們認為中國兒童文學萌蘗於外國童話移植，而〈無貓國〉是中國兒童文學誕生的標誌，因此有人稱孫氏為「現代中國童話的祖師」。還有人認為真正的兒童文學是伴隨著「五四」新文化運動才開始發展起來的，並以葉紹鈞的〈稻草人〉為中國第一篇兒童文學作品。其實，從近代的文獻資料中，我們可以了解，中國近代許多著名的啟蒙思想家都曾留心於兒童文學，且新時代兒童文學的發展亦與通俗文學、國語息息相關。

（二）

　　傳統的古典的中國，近百年來，遭遇到亙古所未有的挑戰，產生了巨大深刻的形變。對中國來說，這是個屈辱的世界，也是個尋求富強的世紀；這是個失落的世紀，也是個再生的世紀；這是中國傳統解組的世紀，也是中國現代化的世紀。

　　所謂「兒童文學」的出現，即是傳統啟蒙教育的解組。它是整個新文化運動的一環。

　　「兒童文學」一詞，隨著新文學運動在我國出現。它的出現，緣於教育觀念的改變，以及通俗文學的振興。而教育觀念的改變，通俗文學的振興，又是緣自於光緒二十年（1894）甲午戰爭之慘敗，構成廣泛覺醒之重大關鍵，形成種種思想變化。此一歷史事實，實為衝激思想演變之原始動力。近代文學之巨變，其創意啟念，亦當自此為起

始。思想動力總綱，原為力求救已圖存，在此動力推挽之下，於是展開種種思潮之激盪，演為種種之改革論說，文學之工具功用，遂亦成為思考目標之一。

中國近代思想之創生發展，西洋教士啟牖之功不可忽略。甲午戰爭第二年（1895）五月《萬國公報》第七十七卷，英國傳教士傅蘭雅（John Fryet）具名登徵求啟事，徵求通俗小說，當時即標明「時新小說」，以表其功用宗旨。而當時共事者，有沈毓桂、王韜、蔡爾康等人，此為通俗文學振興之濫觴。

光緒二十三、二十四兩年（1897-1898），為通俗文學之理論建樹與實踐最具創始意義時期。在南方：於人，則有裘廷梁、汪康年、葉瀾、汪鍾霖、曾廣銓、章伯初、韋仲和等；於刊物，則有《蒙學報》、《演義報》。而裘廷梁因為在上海無所施展，乃回無錫約集同道顧述之、吳蔭階、汪贊卿、丁福保等人，於光緒二十四年創立「白話學會」，同時刊行《無錫白話報》，不久又改為《中國官音白話報》。裘氏為鼓吹推行白話文，乃發表有「論白話為維新之本」之論。在北方，則有嚴復與夏曾佑在天津《國聞報》發佈其合撰的〈國聞報附印說部緣起〉，洋洋萬餘言，是闡明小說價值的第一篇文章。王爾敏先生在〈中國近代知識普及運動與通俗文學之興起〉一文裡，曾綜合當時各家言論分析要點如下：

其一：競存思想。
其二：童蒙教育與平民教育思想。
其三：教材工具之通俗化思想。（以上詳見《中國近代現代史論集》第二十二編「新文化運動」，商務印書館，頁11-12）

而後，通俗文學即成為喚醒廣大民眾之手段與工具。

　　中國近代通俗文學之興起，最有名的先驅人物當然是梁啟超；因此，有人認為近代兒童文學理論的建設，自梁啟超開始。而事實上，自光緒二十一年（1895年）至民國二十六年（1937年）間，這段通俗文學之興起過程，非但有傳播新思想的功能，亦有助於國語的推行，同時與兒童文學的演進也有相關。

　　在晚清的啟蒙者，雖有通俗教育的概念，卻缺乏可行的工具。商務印書館的《童話》，以中國故事與外國故事為資材。計出三集，共出版一〇二種。該《童話》由孫毓修主編，案兒童的年齡分類。第一集是為七、八歲兒童編的，每篇字數在五千字左右；第二集是為十、十一歲的兒童寫的，字數約在一萬左右。第三集為鄭振鐸所編（有四種）。其中有七十七種是孫毓修編寫，在當時推行極廣，但文詞仍不夠簡潔流利。

　　1916年，國語研究會成立，有識之士主張「言文一致」，要求改國文為國語。1917年9月10日在浙江省召開第三屆全國教育聯合會，湖南省教育會代表即向大會提議改國民學校之國文為國語科；並呈請教育部。1918年初，國語研究會的國語運動和新文藝運動兩大運動，鼓吹「言文一致」，報紙雜誌的文章漸漸多用白話；而後小學教科書始漸改用白話。其實，北京「孔德學校」早已率先採用注音字母，並已自編國語課本；而江南幾所小學也得風氣之先，都已自編活頁教材。民國八年，國語統一籌備會召開第一次大會，劉復、周作人、胡適、朱希祖、馬裕藻等人又推出「國語統一進行方法」案。教育部依據全國教育聯合會及國語統一籌備會等機關之決議，因於1920年1月12日訓令全國各國民學校，自本年秋起，一、二年級的國文改為語體文，並同時咨行各省，飭所屬各校遵辦。而後重視兒童文學的聲浪也隨之日益高漲。

　　至於「兒童文學」一詞始用於何時，亦是眾說紛云。馬景賢先生

於《兒童文學論著索引》前言裡云：

> 「兒童文學」一詞正式在我國使用，是從民國九年。（見書評書目版，1975年1月，頁1）

這種說法雖缺乏文獻記載，卻是其來有自。施仁夫為張聖瑜《兒童文學研究》所寫的序文有云：

> 吾國出版界中，兒童讀物以文學名，始於周作人。八年以來，兒童文學之作品，雖已日見增多……。（見商務印書館本，1928年）

該序寫於1928年5月3日，所謂「八年以來」亦即指民國九年，文章是「兒童的文學」一文，該文是周氏於1920年10月26日在北平孔德學校的演講題目。又鄭樹森於聯合報1985年6月7日的「文學日誌」云：

> 1912年周作人在6月6日及7日「民興日報」發表〈童話研究〉。此文後來又重刊於1913年8月刊行的《教育部編纂處月刊》。該刊九月號發表〈童話略論〉。這兩篇論文可能是中國現代文學史上最早關於童話的專論，前篇且以比較角度闡述中外童話之淵源與異同。

周氏是最先談論兒童文學寫作的人。他有《兒童文學小論》一書，1932年由上海兒童書局刊行。該書序文有云：

> 這裡邊所收的共計十一篇。前四篇都是民國二、三年所作，是

用文言寫的。〈童話略論〉與「研究」寫成後沒有地方發表，
商務印書館那時出有幾冊世界童話，我略加以批評，心想那邊
是未必要的，於是寄給中華書局的《中華教育界》，信裡說明
是奉送的，只希望他送報一年，大約定價是一塊半大洋罷。過
了若干天，原稿退回來了，說是不合用。恰巧北京教育部編纂
處辦一種月刊，便白送給他刊登了事，也就恕不續做了。後來
縣教育會要出刊物，由我編輯，寫了兩篇講童話兒歌的論文，
預備補白，不到一年又復改組，我的沉悶的文章不大適合，於
是趁此收攤，沉默了有六、七年。民國九年北京孔德學校找我
講演，才又來饒舌了一番。就是這第五篇〈兒童的文學〉。以
下六篇都是十一、二、三年中所寫，從這個時候起注意兒童文
學的人多起來了，專門研究的人也漸出現，比我這宗「三腳
貓」的把戲要強得多，所以以後就不寫下去了。（見里仁影印
本，1982年7月，頁2）

由序文中得知〈童話略論〉、〈童話研究〉是民國二、三年間所寫。文
中已有兒童文學的用詞。〈童話略論〉云：

童話者，原人之文學，亦即兒童之文學。（見里仁版，1982月7
月，頁13）

又〈童話研究〉云：

綜上所述，足知童話者，幼稚時代之文學。（同上，頁36）

而周氏兒童文學的概念，或源於日本。周氏於〈歌詠兒童的文

學〉一文裡云：

> 高島平三郎編，竹久夢二畫的《歌詠兒童的文學》，在1910年
> 出版，插在書架上已經有十年以上，近日取出翻閱，覺得仍有
> 新鮮的趣味。全書分作六編，從日本短歌俳句川柳俗謠諺隨筆
> 中，輯錄關於兒童的文章……。（見《自己的園地》，里仁版，
> 1982年，頁122）

原書於1910年出版，而此文寫於1923年1月至7月間，可見周氏閱讀時
間。1913、1914年間所寫的有關兒童文學論述文章，或受此書之啟
示。

綜觀以上所述，可知「兒童文學」一詞周氏早在1913、1914年間
即已採用，並已見之於刊物，是以所謂九年之說不無疑問。或謂「兒
童文學」一詞自1920年起始較廣為流行。

至於兒童文學與國小教材接合，則有賴於國語的推行，及教育部
的政令。民國1919年，國語統一籌備會所提「國語統一進行方法」
案，有云：

> 統一國語既然要從小學校入手，就應當把小學校所用的各種課
> 本看作傳佈國語的大本營；其中國文一項，尤為重要，如今打
> 算把「國文讀本」改作「國語讀本」，國民學校全用國語不雜
> 文言；高等小學酌加文學，仍以國語為主體。「國語」科以
> 外，別種科目的課本，也該一致改用國語編輯。（見中華民國
> 史事紀要編纂委員會編印《中華民國史事紀要（初稿）‧中華
> 民國九年一月十二日》，1980年9月，頁47）

　　至1920年，全國教育聯合會擬訂「各科課程綱要」，曾經提議「小學國語科讀書教材的內容，應以兒童文學為中心」。而後小學教材已漸漸採故事、兒歌、童話等。[1]

　　1929年8月，教育部公布「小學課程暫行標準」，其中「國語」科即已重申「讀書」的內容應側重兒童文學，其「目標」第三條有云：

> 欣賞相當的兒童文學，以擴充想像，啟發思想，涵養感情，並增長閱讀兒童圖書的興趣。（見《教育雜誌》第21卷第11期，1929年11月，頁129）

而後，國小國語科始以兒童文學為中心。

（三）

　　我們相信兒童讀物的產生，是肇始於教育的需要。因此，我們的兒童讀物的歷史，並不僅是止於八十年或一百年。我們不用遺憾古代沒有童話文體，如果我們肯去批閱古書，自會有不可思議的收穫。可是，在我們可見的兒童文學概論書裡，卻不論古代的兒童讀物，甚且認為中國沒有兒童文學。其中，僅吳鼎編著的《兒童文學研究》中有〈「中國兒童文學摭要」〉一章，雖僅有二十八頁，卻彌足珍貴。

　　我們知道，從古籍中搜集兒童故事，編輯成書者，首推明代四明

---

[1] 由於文獻的不足，所謂全國教育聯合會擬訂「各科課程綱要」原文未見。本文是依據許義宗：《我國兒童文學的演進與展望》（自印本，1976年12月），頁6。

又司琦編著：《小學課程演進》亦謂：「民國九年，教育部乃毅然下令，改國文為國語，並令小學教科書一律改用語體文編輯。並注意兒童文學，此為教學才料上之重大變更。」（正中版，1971年4月）頁42。

又據張聖瑜：《兒童文學研究》一書附錄「兒童文學教科實況調查」所載，一九二一年江蘇一師即設有兒童文學的課程。（商務版，1928年）頁189。

王瑩編輯的《群書類編故事》，該書凡二十四卷（見《筆記小說大
觀》三編第三冊，新興書局，頁1949-2063）。王氏將該書編為十六
類，每類各包含故事若干篇，其材料的來源，包括各類的古籍。這是
一部搜集豐富的好書。又唐人段成式的《酉陽雜俎》裡，其續集《支
諾皋上》有〈吳洞〉一文（見《筆記小說大觀》九編冊一，新興本，
頁121-125；又見《酉陽雜俎》，漢京版，頁200-201），其女主角為葉
限。葉限故事的情節，與流行世界各地的「灰姑娘」故事，大同小
異。考段成式是西元九世紀的人（803?-863年），在西方，第一個將
這故事編印出來的人是法國的貝洛爾（Charles Perrault, 1628-1703），
時間是1697年。關於葉限的故事，民初以來已有多位先輩談論過。認
為它是現存「灰姑娘」故事最早見於記載的一則童話。試引兩位先輩
有關論述如左：楊憲益先生於〈中國的掃灰娘故事〉一文裡云：

> 這篇故事顯然就是西方的掃灰娘（Cinderella）故事。段成式是
> 西元九世紀的人，可是這段故事至遲在九世紀或甚至在八世紀
> 已傳入中國了。篇末說述故事者為邕州人，邕州即今廣西南寧，
> 可見這段故事是由南海傳入中國的。據英人柯各斯（Marian
> Rolfe Cox）考證，這故事在歐洲和近東共有三百四十五種大
> 同小異的傳說。可惜這本書現在無法找到，在歐洲最流行的兩
> 種傳說見於十七世紀法人培魯（Perroult）的故事集和十九世
> 紀初年德人格靈姆兄弟（Grimm）的故事集裡。據格靈姆的傳
> 說，這位「掃灰娘」名為Aschenbröde。Aschenl一字的意思是
> 「灰」，就是英文的Ashes，盎格魯薩克遜文的Aescen，梵文的
> Asan。最有趣的就是在中文本裡，這位姑娘依然名為葉限，
> 顯然是Aschen或Asan的譯音。通行的英文本是由法文轉譯
> 的，其中掃灰娘所穿的鞋是琉璃的，這是因為法文本裡是毛製

的鞋（Vair），英譯人誤認為琉璃（Verre）之故。中文本雖說
是金履，然而又說「其輕如毛，履石無聲」，大概原來還是毛
製的。（見《零墨新箋》，明文書局，頁78-79）

又蘇樺先生於〈由葉限故事談起〉一文裡，曾有下列五點的看法：

1. 「葉限故事」，雖然已見於九世紀唐人段成氏（柯古）《酉陽
   雜俎》的記述最早。但即使僅就段氏原文看，我們也可以斷
   定它的故事原型，係自域外傳入，具國際性，非屬本土故事。

2. 我們想，各型文化及民間傳承的各型故事，其發生源流，或
   一元、或多元，雖不容易作出定論，這個葉限故事，卻很可
   能即出自古埃及，於中古期，始由阿拉伯商人傳來中國，而
   在九世紀由唐人段成式筆錄，收入於他雜碎式的小說《酉陽
   雜俎》裡，成了世界著名童話中最早見於記載的一則童話。
   也因此曾被若干國人誤認為中國古童話。

3. 這個中國化了的世界著名童話，過去所以較少為國人所注意，
   那是由於以往我們的兒童教育比較側重經史的傳授，根本上
   否定童話的價值，也無視小說中存在的這些可貴的資源。

4. 從新的教育角度觀察，我願意在這裡建議，倘若國人有意研
   究中國的兒童文學或中國童話，不妨回過頭來，從我國廣義
   的小說書裡，去發掘這類寶藏。

5. 近來，我們也常見有心人士慨嘆，雖然國內也有不少國人自
   創的新童話出版，卻較少引起家長的注意以及兒童的喜愛。
   我想，兒童讀物界有這種現象的存在，原因不止一端，很值
   得關心和檢討。不過，我也建議，有心從事兒童文學寫作及
   童話創作的，也不妨先借用古小說裡可用為童話再創作的

素材，模仿法國貝洛爾、德國格林兄弟，以及丹麥安徒生諸人的辦法，給中國古老的童話素材，用童話的技巧予以改寫，使它以新童話的面目出現。看看能不能自此而引起兒童或家長對中國新童話的注意！（見《國語日報》，1987年5月10日）

總之，我國有優美的文化，自不至於沒有兒童文學。不過由於對兒童教育觀念的不同，在傳統的時代裡，都是以成人為中心。對於兒童，只要求他們學習成人的模式，以為將來生活的準備。這種現象，外國亦復如此。就以西方而言，直到十八世紀以後，兒童文學的創作，才開始以兒童的興趣與教育並重，英人紐伯瑞（John Newbery, 1713-1767）是第一個在他為兒童出版的書頁中，寫上「娛樂」字眼的人。從此，成人承認孩子應享有童年，並在文學上，表現他們那個階段的特質和趣味；進而探討那個階段的生活和思想型態。而我國，在新文化運動之前，各種書籍都是用文言文撰寫，它是屬於雅的教育，也就是所謂士大夫的教育。這種知識分子的士大夫階層，他們所用的傳播媒體（語言、文字）有異於大眾，可是他們卻是主導者。他們認為書籍是載道的，立意須正大，遣詞應典雅，必如此才能供人誦讀而傳之久遠。對於兒童所用之教材，由於「蒙以養正」的觀念，都是以修身、識字為主。百姓送子弟入學，目的亦僅是在認識少許文字，能記帳目，閱讀文告而已。兒童教育的目標既係如此，所以教材以選擇生活所必須的文字，如姓名、物件、用品、氣候等，均為日常生活所不可少者，於是就有所謂「三、百、千」等兒童讀物出現。而所謂的兒童故事，亦僅能附存其間而已。考各國兒童文學的源頭有三：

第一個源頭是口傳文學。

第二個源頭是古代典籍。

第三個源頭是歷代啟蒙教材。

就我國兒童文學的發展軌跡而言，二、三兩個源頭，由於教育觀念的不同，以及「雅」教育的獨尊，再加上舊社會解組時期的揚棄，致使在發展的承襲上隱而不顯。就以《伊索寓言》傳入中國為例（寓言，亦有稱偶言、儲說、隱者、譬喻、況義、戒、說、言、志等），明末，伊索傳入中國，譯本稱名為「況義」，由比利時傳教士金尼閣口譯，張賡記錄，選譯二十二則，1625年曾刊行於西安，但由於「雅」教育的獨尊，仍是用文言翻譯。

至於口傳文學的源頭，事實上，傳統的中國，由於教育不普及，過去百分之八、九十以上的中國人，都生活在民間的文化傳統之中。他們的教育來自民俗曲藝、戲劇唱本等；他們也許不去唸《三國志》，但他們對《三國演義》就耳熟能詳。民國初期，由於民俗文學教育的推廣，就有北大學者在著手收集與整理。目前又有再受重視的趨向。而一九四九年以來，口傳文學幾乎中斷，因此，在臺灣的兒童文學，似不重視口傳的俗文學。

由此可知，在我國兒童文學的發展軌跡，實在是有豐富的源頭，我們不宜妄自菲薄。

（四）

在我國新時代兒童文學的發展上，早期緣於民俗教育的需要與重視，曾有段黃金時代，而後八年抗日，國共對峙，大陸淪陷，以至1949年年底，中樞遷臺，其間可說陷入停頓狀態，幾成一片空白。

從1949年以來，我們一直很努力的在尋求屬於自己的方向。可

是，在升學主義與政策的引導之下，兒童文學的發展仍是非常緩慢而又閉鎖的。

屆此解嚴之際，又適逢1987年8月起臺灣九所師專改制，而兒童文學又列為師院生必修科目。因此，對兒童文學而言，已到了該整理的地步。且幼獅公司又有積極推動「兒童文學選集」計畫。於是，我們參與了這項基本上該做的事。其目的除在嘗試走出整理兒童文學的第一步，更重要的是，檢視1949年以來臺灣兒童文學的成果，以作為未來發展的方向。同時，我們更希望能藉此提供師院生、國小教師和其他有心研究兒童文學者一套好的教材和參考資料。

本套選集包括論述、故事、童話、小說、詩歌等五類，其中除論述類由本人編選外，並徵得蘇尚耀（故事類）、洪文瓊（童話類）、洪文珍（小說類）、林武憲（詩歌類）四位先生的同意，參與編選的工作。

由於資料蒐集不易，並為集思廣益起見，曾於《國語日報》、《中華民國兒童文學會會訊》上刊登消息，請國人推薦優良兒童文學作品，提供主編參考。又為慎重，並議請各師院有關兒童文學授課老師為編審委員，以共襄盛舉。其間並曾多次召開編選會議，討論有關編選原則。

本選集為檢視1949年以來，臺灣的兒童文學成果，因此，其範圍限定於1949年到1987年之間，且以臺灣的大人創作為主。

全書編選方式，以史的發展、作品、作家三者兼顧，亦即以發展為經，作品、作家為緯。各選集並附1949年以來各類參考書目。

又本選集未及之寓言、神話、遊記、散文、戲劇、漫畫等類，寄望能有後繼者，以期拋磚引玉之效。

本套選集簡陋自是難免，但我們很高興，因為我們已經做了該做的事。

② 《兒童文學論述選集》前言

（一）

　　1949年以來，兒童文學在臺灣的發展是非常緩慢而又閉鎖的。但由於兒童文學作家們的努力，以及各級教育行政單位和某些機構團體的推動，兒童文學的創作，無論是小說、童話、兒童詩歌、插畫等，在品質和數量上皆有相當明顯的提升；也由於有關機構舉辦多次兒童文學研習活動，再加上兒童文學學會的創設，使得兒童文學作家有日益增多的趨勢。因此，自不乏有值得記載的相關人和事。然而，就兒童文學史料的收集和整理言，則乏善可陳。這種建立保存收集資料的觀念，是一般人，也是機關、出版社、雜誌社等所缺少的，由於沒有好好的保存，有關臺灣地區的兒童文學的史料，則屬零星散置，使用也不易。如此，自不易有兒童文學的學術研究可言。

（二）

　　兒童文學學術研究的範疇，見仁見智，依洪文瓊先生於〈兒童文學研究的新趨向〉一文裡列有如下範疇：

　　　1. 兒童文學史。
　　　2. 兒童文學理論。
　　　3. 兒童文學美學。
　　　4. 兒童文學批評理論。
　　　5. 兒童讀物插畫研究。
　　　6. 兒童讀物功能研究。
　　　7. 兒童讀物應用研究。

8. 市場調查研究。（詳見《兒童圖書與教育》第2卷第6期，1982
年6月，頁18-24）。

綜觀1949年以來，兒童文學的學術研究，平心而論，仍是在於起
步的階段。如與1949年以前比較，則有倒退的現象。一般說來，學術
研究是寄存於大專院校等學府。試以碩士、博士研究論文及舊制師專
學報為例，說明其研究狀況。

碩士、博士研究論文與兒童文學有關者列表如下：

論文名稱	撰文者	指導者	院所	年份	類別
現行臺灣兒童讀物之研究	劉安然	葉霞翟	文化家政研究所	1965	碩
敦煌兒童文學研究	雷僑雲	潘重規 葉詠琍	文化中研所	1981	碩
敦煌孝道文學研究	鄭阿財	林　尹 潘重規	文化中研所	1983	博
敦煌俗文學研究	林聰明	臺靜農 潘重規	東吳中研所	1983	博
故事呈現方式與故事結構對學前及學齡兒童回憶與理解之影響	陳淑琦	林一真 邱志鵬	文化兒福研究所	1984	碩
三十年來臺灣地區兒童讀物出版發展史	王振勳	王振鵠	文化史研所	1984	碩
中國古代笑話研究	陳清俊	羅宗濤	師大國研所	1985	碩
敦煌寫本兔園策府研究	郭長城	潘重規	文化中研所	1985	碩

從列表中可知，真正與兒童文學相關者不多。蓋兒童文學在一般的大
專院校裡，只是偶有開設，更遑論研究所；倒是與敦煌俗文學有關者
不少。它們的重點，或民俗、或名物、或制度；雖亦有關於文學者，

但皆在於流變的探討，可作為研究兒童文學史料者參考，但無益於初
學者，因此所錄不多。

又師專學報裡有關兒童文學論文者亦列表如下：

論文名稱	撰文者	校別	期數	頁數	年月
楊喚的生活與文學	歸 人	花 師	一期	頁109-116	1970.4
閩南民間傳說「黃巢試劍」考	陳 侃	花 師	六期	頁169-190	1974.4
兒童文學製作之理論	林文寶	東 師	三期	頁1-31	1975.4
各國兒童文學研究導論	許義宗	市北師	十二期	頁97-113	1980.6
幼兒語文能力之指導研究	張淑娥	南 師	十三期	頁37-72	1980.8
兒童詩歌研究	林文寶	東 師	九期	頁265-398	1981.4
現行改寫本西遊記之比較研究——兼論改寫古典小說的情節取捨	洪文珍	東 師	九期	頁545-600	1981.4
中華兒童叢書價值內容分析	吳英長	東 師	九期	頁189-264	1981.4
兒童歌謠與兒童詩歌研究	蔡尚志	嘉 師	十二期	頁165-267	1982.4
歷代「啟蒙教育」地位之研究	林文寶	東 師	十期	頁227-254	1982.4
歷代啟蒙教材初探	林文寶	東 師	十一期	頁1-122	1983.4
語文科中童詩童謠教學探討	鄭 蕤	中 師	十二期	頁27-82	1983.6
兒童文學故事體寫作之研究	林文寶	東 師	十三期	頁1-126	1984.4
古典詩歌教學淺論	廖振富	嘉 師	十五期	頁167-183	1985.4
笑話研究	林文寶	東 師	十三期	頁57-122	1985.4
國小高年級國語教材之研究	何美鈴	市北師	十六期	頁31-98	1985.6
兒童故事基架研究	吳英長	東 師	十四期	頁195-214	1986.4
朗誦研究（上）	林文寶	東 師	十四期	頁1-78	1986.4
「改寫本西遊記插畫研究」	洪文珍	東 師	十四期	頁79-194	1986.4

論文名稱	撰文者	校別	期數	頁數	年月
——兼論中心實性與角色強化					
兒童故事要論	蔡尚志	嘉　師	十六期	頁1-90	1986.5
「弟子職」研究——中國第一部「兒童教育」的專著	馮永敏	市北師	十七期	頁41-83	1986.6
詩歌吟誦教學之研究	蘇友宗	南　師	二十期下冊	頁157-199	1987.4

　　又我們再從兒童文學理論專業期刊來看，所謂兒童文學理論專業期刊，是指在內容上以刊登兒童文學專題研究或理論評介為主，或提供一些相關的訊息。它的閱讀對象是成人。在類別上，有綜合性的，即廣泛以各類型的兒童文學理論作為探討對象，如國語日報社的《兒童文學周刊》；也有專科性的，即以專門類型的兒童文學理論為探討對象，如《布穀鳥》詩學季刊。

　　兒童文學理論專業期刊的發行數量與內容質地，是一國兒童文學發展程度的最好指標。以下試列1949年以來可見的兒童文學理論專業期刊：

　　《兒童文學周刊》，國語日報社，1972年4月2日創刊。
　　《大雨童詩》（雙月刊），1980年1月創刊出四期。
　　《風箏童詩》（季刊），1980年1月創刊。1986年1月出第十期。
　　《布穀鳥》詩學季刊，林煥彰主編，1980年4月1日創刊。1983
　　　　年10月停刊。計出十五期。
　　《兒童文學雜誌》，王天福主編，1980年4月創刊。1987年4月
　　　　停刊。計出十三期。
　　《兒童圖書與教育》，1981年7月創刊。1982年8月停刊。出十
　　　　三期。

《海洋兒童文學》，1983年4月創刊。1987年4月停刊。計出十
三期。

《兒童文學》（年刊），許漢章主編，高雄市教育局、高雄市兒
童文學寫作學會發行，1982年3月出第一輯，至今已出六
輯。

《中華民國兒童文學學會通訊》（雙月刊），1985年12月創刊。

《培根兒童文學雜誌》，1986年4月創刊。自1987年11月第七期
起為論述性刊物。

《滿天星》兒童詩刊，1987年9月創刊。

《臺北市兒童文學教育學會會員通訊》（雙月刊），1988年1月
創刊。

其中真正能算是專業雜誌者，僅有《兒童文學周刊》、《兒童文學雜
誌》、《兒童圖書與教育》、《海洋兒童文學》等四種。《兒童文學周
刊》是國語日報周日的一個版面，不受市場因素的影響，因此迄今逾
十五年而仍繼續發刊。

從兒童文學理論專業雜誌的考察，得知國內近十年來，儘管兒童
讀物出版相當蓬勃，可是兒童文學理論的專業期刊，卻一直無法成長
茁壯。

綜合以上的考察，正指陳了一個事實，即我們的兒童讀物發展是
表象的，是屬於「加工出口區」的發展階段，也就是說仍然談不上學
術研究。究其原因，則不得不歸之先天不足與後天失調所致。

所謂先天不足，即指其傳承而言。新時代兒童文學本來有豐碩的
源頭，而中樞遷臺後，卻形成斷層。當時的兒童文學猶如混血的棄
嬰，雖然努力掙扎了二、三十年，仍尋不出屬於自己本土的天地，這
不能不說是學術斷層所致。

至於後天失調，則說來話長，要言之，即指「兒童文學」無所依靠是也。

（三）

洪文瓊先生在〈兒童文學研究的新趨向〉一文裡，建議提升國內兒童文學研究水準之途如下：

1. 建立完整的資料中心。
2. 修正、建立一套完整的兒童圖書分類制度。
3. 成立全國性兒童讀物研究學會。
4. 學術與企業結合推動各項兒童文學基礎研究。
5. 教育當局宜更重視兒童文學（同上，詳見頁21-25）。

是凡學術研究，必須有基礎資料與基礎據點。而臺灣的兒童文學，既無資料中心，亦無研究據點，是以兒童文學無法生根。無法生根，則不易獲得教育行政及學校體系的支持。如果能將兒童文學理論、研究方法和兒童文學學術研究納入大專院校有關學系之課程；並由教育行政機構支持研究經費，推行系統性的研究工作；並有計畫將中國古典文學作品改寫成為兒童文學作品；收錄目前仍流傳的口傳俗文學，或收集國外兒童文學作品，進行比較研究，對於提升兒童文學水準和學術研究風氣，必有相當的助益。

兒童文學要成為學術研究，勢必要寄存於學府。而寄存之道，雖可以納入有關科系選修課程，要皆不如立身於師範院校。

我國近代之有師範教育，始於光緒二十三年（1897）上海南洋公學增設師範院，以培養上、中、外三院的教師。翌年，設立京師大學堂，分設「師範齋」，招收大學堂三年肄業的高材生。光緒二十八年

（1902）張百熙、榮慶、張之洞等奏定學堂章程，建議設立師範師資培養機構之重要。光緒二十九年（1903）張百熙等奏定學堂章程頒布，設立初級師範學堂負責培養小學教師；優級師範學堂培養中學與初級師範教師；實業教員講習所培養實業學堂，實業補習學堂及藝徒學堂的教師。而我國正式師範教育方始成立。

依「奏定學堂章程」規定，師範教育自成立一系統，分優、初二級。而初級師範課程多經變遷。就1930年部頒「高級中學師範科課程暫行標準」，為便於小學教學應用或小學深造起見，選修科目並得依性質而分為：藝術、體育、實用技能、語文、數理、社會科學等組。而此次課程並力求適合小學教師的需要，加入「兒童文學」等課。其實，就張聖瑜《兒童文學研究》一書附錄「兒童文學教科實況調查」所載，早在1921年江蘇一師即設有兒童文學的課程（見商務印書館，1928年，頁189），據該調查說：「大都認為兒童文學為小學教育中一個重要問題，師範學生應注意研究；故各校漸由國語教學法外，增設兒童文學課程。」（同上，頁191）

臺灣光復後，為配合師範教育目標，發展本省師範教育，於1947年即頒行「臺灣省師範生訓練方案」。中樞遷臺後初期，不論各類型師範學校（普通師範科、師資訓練班、二年制簡易師範班、簡易師範科補習班），就課程言，都沒有兒童文學。至四十九學年度起，遵照教育部頒訂「提高國民學校師資素質實施方案」（1955年9月）規定，計畫將本省師範學校分期改辦為二年制師範專科學校，臺中、臺北、臺南三所師範學校，即先後於四十九、五十、五十一等學年度，改制為二年制專科學校。後經檢討決定自五十二學年度起，又將二年制師範專科學校改為五年制專科學校，原有二年制至五十八學年度全部結束。而其他的師範學校，亦自五十三學年度起，逐年改制，至五十六學年度止，全省師範學校改制為五年制師範專科學校。

　　在專科時期，不論是二專或五專，其國校師資科中之語文組（有時亦稱文組、文史組）都有兩個學分選修的《兒童文學研究》；而所謂的「兒童文學」用書，亦由此而生。目前可見的最早的用書是中師專劉錫蘭的《兒童文學》（《中師專語文叢刊四》，1963年）。又1970年9月教育部取消文史組。另外增開「兒童歌謠研究」四學分，供國校音樂師資科學生選修。

　　五年制國校師資科之課程經過四次修訂。至1978年3月11日，教育部公布「師範專科學校五年制普通科科目表」，易國校師資科為普通師資科，而語文組選修中的《兒童文學研究》，則增為四個學分，並訂名為「兒童文學研究及習作」。

　　又近年來，普遍重視學前教育，各師專先後皆設有幼師科，其中選修科目有「故事與歌謠」，驟使兒童文學有類似顯學之趨勢。

　　1985年11月7日行政院通過師專改制案。並於1987年8月1日起，將國內現有的九所師專一次改制為師範學院。在新制師範學校的一般課程，列有兩個學分的「兒童文學」，且是師院生必修科目。

　　追述兒童文學厠身學府的過程，雖有不勝噓唏之嘆；而如今隨師專改制，兒童文學已列為師院生必修科目；所謂有所依靠與據點，我們相信兒童文學的研究環境亦已漸趨成熟。

（四）

　　檢視目前兒童文學研究的環境，教育當局已正式列為師院必修課程，而學會亦已成立多年；惟今之計，自以建立資料中心為最重要。資料中心的建立，則首賴有關史料的收集與整理。個人自1971年起，即置身於兒童文學教育的行列，平時頗注意資料之收集。如今參與論述選集的工作，始驚奇有關史料的收集與整理之缺乏，以及學術研究水準之不足，因而有上述的引論，其間若有不是之處，祈請見諒。

　　本論述選集主要為初學者而設，所選文章要以體製、總論為主，他如史料、文學理論、作品論、作家論等皆不錄。又已出版成書且自成體系者亦不選。本書計分：總論、故事與圖畫書、神話、寓言、童話、小說、詩歌、戲劇、其他等九個單元，每單元約選三、四篇。並於書末附有1949年以來臺灣地區的論述譯著書目，從書目中可見研究的概況。至於有若干古代啟蒙書之研究著作，因與新時代兒童文學無涉，則闕而不錄。其中有關詩歌類，雖其發展有失常道，但因論述者較多，是以自成一類。這些論述文章能編集成冊，自當感謝各位作者能同意收錄，使本選集增色不少。同時，也感謝朱秀芳、陳月文兩位在編選過程中對個人的幫忙，以及林武憲兄對論述書目的指正。更感謝中央圖書館臺灣分館適時出版《兒童讀物研究目錄》，給予不少的方便。但因偏居東隅，資料需求頗多不易，疏忽不足之處，並請指教。

　　在編選之餘，個人認為未來的兒童文學的學術研究，實在是條寬廣的道路，只要我們能承襲前人的研究的成果，自能踏出穩健的步伐。曾見周作人〈童話略論〉裡云：

> 今總括之，則治教育童話，一當證諸民俗學，否則不成童話，二當證諸兒童學，否則不合於教育，且欲治教育童話者，不可不自純粹童話入手，此所以於起源及解釋不可不三致意者，以求其初步不悞者也。（見《兒童文學小論》，里仁影印本，1982年7月，頁18）。

七十五年前的話，於今猶似如雷貫耳。兒童文學在本質上是兒童的、教育的、心理的、文學的，也是民俗的，只有從多層角度去研究，始能發展成為一門獨立的學科，隨新制師院的設立，盼望各師院能籌設兒童讀物研究室，進而建立完整形態的兒童圖書館。如此，則所謂的「中國兒童文學」自能出現。

三　說明

　　明確的時間已無記憶，應該是在我剛接系主任前後的那段時間。有天，接到幼獅文化事業股份有限公司總編輯何寄澎先生來電，邀請我策畫主編一套兒童文學的選集。對我來說是天上掉下來的禮物，驚喜之餘，戒慎與恐懼亦隨之而至，考慮再三還是接下這份使命。

　　何寄澎先生，是我輔仁大學中文系的學弟，也是室友。畢業後考上臺大碩士班，再讀博士。取得博士學位後，就職臺大中文系，並兼任幼獅文化出版公司的總編輯。他能邀請我，實令我驚喜不已，可見他注意到我的努力。何寄澎先生是我的貴人，也是我的伯樂。

　　編輯套書，尤其是兒童文學，似乎是無前例可況，於是往來商討，斟酌再三，最後決定選集五冊：論述、詩歌、故事、童話與小說。其中論述類由我編選外，並徵得蘇尚耀（故事類）、洪文瓊（童話類）、洪文珍（小說類）、林武憲（詩歌類）四位先生的同意，參與編選的工作，並請各師院有關兒童文學授課老師為編審委員（王秀芝、李慕如、杜淑貞、林政華、徐守濤、唐榮吉、張清榮、許義宗、陳正治、陳侃、蔡尚志、鄭蕤），以共襄盛舉。

　　其間，並曾多次召開編選會議，討論有編選原則與時間段。最後決定，本選集為檢視1949年以來，臺灣地區兒童文學成果，因此，其範圍限定於1949年到1987年之間，且以臺灣地區的大人創作為主。

　　由於資料收集不易，並為集思廣益起見，曾於國語日報、中華民國兒童文學會訊上刊登消息，請讀者推薦優良兒童文學作品，提供主編參考。

　　全套五冊，論述、詩歌兩冊於1989年5月出版，其餘三冊亦於同年7月出版。

　　個人在編選論述選集過程中，得力於朱秀芳、陳月文兩位學生輩的鼎力協助，嵩此致謝。

鹿鳴溪的故事

一　書影

二　編者的話

「兒童文學」應該是師院教育的核心課程之一。然而，1949年以來，兒童文學在臺灣地區的發展卻是非常緩慢而又閉鎖的。究其原因，是缺乏基礎資料和基礎據點，以至於未能成為學術研究。

兒童文學要成為學術研究，勢必要寄存於學府。而寄存之道，雖可以納入有關科系選修課程，要皆不如立身於師範院校。

兒童文學廁身師範院校的高程，更是一段坎坷而漫長的道路。

臺灣光復後，為配合師範教育目標，發展本省師範教育，於1947年即頒行「臺灣省師範生訓練方案」。中樞遷臺後初期，不論各類型師範學校（普通師範科、師資訓練班、二年制簡易師範班、簡易師範科補習班），就課程言，都沒有兒童文學。至四十九學年度起，遵照教育部頒訂「提高國民學校師資素質實施方案」（1955年9月）規定，計畫將本省師範學校分期改辦為二年制師範專科學校，臺中、臺北、臺南三所師範學校，即先後於四十九、五十、五十一等學年度，改制為二年制專科學校。後經檢討決定自五十二學年度起，又將二年制師範專科學校改為五年制專科學校，原有二年制至五十八學年度全部結束。而其他的師範學校，亦自五十三學年度起，逐年改制，至五十六學年度止，全省師範學校改制為五年制師範專科學校。

在專科時期，不論是二專或五專，其國校師資科之語文組（有時亦稱文組、文史組）都有兩個學分選修的《兒童文學研究》；而所謂的「兒童文學」用書，亦由此而生。目前可見的最早的用書是中師專劉錫蘭的《兒童文學》（《中師專語文叢刊四》，1963年）。後來，國校音樂師資科亦增開四學分選修的「兒童歌謠研究」。又1970年9月教育部取消文史組。

五年制國校師資科之課程經過四次修訂。至1978年3月11日，教

育部公布「師範專科學校五年制普通科科目表」，易國校師資科為普通師資科，而語文組選修中的《兒童文學研究》，則增為四個學分，並訂名為「兒童文學研究及習作。」

又近年來，普遍重視學前教育，各師專先後皆設有幼師科，其中選修科目有「故事與歌謠」，驟使兒童文學有類似顯學之趨勢。

1985年11月7日行政院通過師專改制案。並於1987年8月1日起，將國內現有的九所師專一次改制為師範學院。在新制師範學校的一般課程，列有兩個學分的「兒童文學」，且是師院生必修科目。

本校於五十六學年度，由師範學校改制為師範專科學校；並於該學年招收體師科，而後又於五十八學年招收普通科。至六十一學年有語文組，始有「兒童文學」之課程。個人於六十學年至本校執教，由於喜愛新文學，於是從六十二學年起教授「兒童文學」，走進兒童文學的天地裡，原非本章，亦非所願；想不到幾經努力，卻發現其中別有洞天。而後沉潛其間以至於今，算來亦有二十年之久。

本校改制為師專雖慢，但「兒童文學」一科則開授不斷，其間除正期師專語文組外，並於師專暑期進修部開設有選修課，專科部已於1991年7月正式結束，總計師專時代的「兒童文學」課程在本校開授有十九年之久。

近年，幾度興起搜集師專時期學生創作之念頭，總因俗事與系務纏身，未能動手。至去年，第一屆師院生結業，有劉怡瑩留系當助理助教，始將收存的校刊等雜誌交付劉君篩選，於是有了這本選集。

兒童文學的授課方式，雖採理論與創作並重，但緣於選修學生皆屬初學者，且創作亦有限，實言之，品質尚嫌不足；但其歷史意義則不容忽視，因此，酌收部分畢業後的作品以壯素質。又由於個人適性與懶散，對學生發表的作品未盡收集之努力，缺失與掛漏恐在所難免。

師專時期已然成為過去，這本選集也只是它的痕跡之一。其中有

〈鹿鳴溪的故事〉一篇，正合適作為本選集的書名。綜觀這本選集，可注意者有下列六點：

一、早期校刊，由於年代久遠，編印等技術不足，有許多字跡不易辨認，需要重新更改或添補；但由於原作者聯絡不易，只能盡力校訂。

二、由於兒童詩歌是創作的主要項目，所以詩歌類分量最多。有許多篇章的題目和內容都很相近，這是初學者共通的現象、但是文筆皆不錯，取捨很難。

三、由於授課時數有限，創作類型亦有不足，是以沒有神話、戲劇；而散文、寓言亦嫌不足。又其中小說皆屬畢業後的得獎作品。

四、有些作品以筆名發表，至今已無法知道作者的真實姓名。

五、從以前的東師校刊到校外的各項兒童文學獎，有幾個名字一直屹立不搖。可見這些有心人在兒童文學的園地中耕耘，經過歲月的更迭，從未曾放棄，其毅力實在感人。

六、從早期的《東苑》、《莘耕》到最近的《東師青年》，其中的兒童文學作品越來越少。可知大學部的同學對兒童文學的努力和興趣較五專時的同學們相差很多，這是值得注意的現象。

選集收錄有小兒爾笠、爾璿兩人的作品。他們是我在兒童文學旅途中的實驗對象。如今他們已走出黃金時代的童年；似乎也不會踏上文學之途，於是只好把這段純淨而激昂的歲月，交付選集，留下紀念。

當然，選集能印行，自當感謝各位原作者；尤其是師專時期歷屆語文組選修兒童文學的同學。我來到東師、像是命運交付給我一些緣分，使我陸續和你們相遇，享有最芳馨的亦師、亦友的歡樂。如今，選集就要出版，我仍感念以前相處的一片摯情，以及在人生思考中的一些追尋。

最後，更當感謝李院長的鼎力支持。本校語文教師陣容堪稱堅

強，平日除教書與輔導學區語文教學外，尚努力於學術研究；是以1987年改制設系之日，個人承院長之命，忝兼語教系主任，旋即刊行《東師語文學刊》，隔年又編印《語文叢書》，並於1991年8月起增設「兒童讀物研究中心」，使本系能確立研究與發展的方向。這些成績，除同仁們的齊心努力外，院長平日的支持與領導最是茁長的力量。

三 說明

　　我自1973年起於語文組講授「兒童文學」，至1987年改制為師院止，已有十四年之久，而專科部1991年7月正式結束，總計我在師專時期的「兒童文學」課程講授有十九年之久。

　　本書出版於1992年5月，列為「東師語文叢書」（四），它是學生發表的結集，也象徵著師專時期的結束。

兒童文學

一　書影

二 《兒童文學》序

什麼是兒童文學？

我們是否有兒童文學？

兒童文學是屬於兒童自己的文學。在這個解釋裡包括兩個因素，即兒童與文學。組合兒童與文學成為兒童文學：一方面要有兒童的特色；另一方面要有文學的意義。因此，我們認為兒童文學在本質上是「遊戲的情趣」之追求；而在實效上則是才能的啟發。是以兒童文學作品乃是經過設計的。這種設計，不論在心理、生理或社會等方面而言，皆以適合兒童的需要為主。

在臺灣，兒童文學似乎一直是被認為是邊緣課程。就以師範學校而言，始於1960年8月省師範學校陸續改制為師專。在師專的語文組開設有「兒童文學」選修課程。1973年度，廣播電視曾播授師專「兒童文學」課程，由市北師葛琳教授主講。兒童文學於是深入各個國小，曾蔚為寫作的風氣。

直到1987年8月1日起，九所省市師專一次改制為師範學院。在新制師院的一般課程，列有兩個學分的「兒童文學」，且是師院生必修科目。

今年，適逢空中大學人文系擬開「兒童文學」供學生選修，於是找了幾位朋友，共同來負責撰寫的工作。

從成長、了解與求知的立場言，成人有必要選讀兒童文學。一般說來，兒童文學的學習目標有：

一、了解兒童文學的意義與價值，及其與兒童的關係，並啟發研究兒童文學的興趣。

二、了解兒童文學的發展、類別及重要讀物的內容。

三、了解兒童文學製作的原理，並期能編寫兒童文學。

四、培養欣賞與解讀的能力。

而今，從通識、親職或成人教育的觀點視之，本課程的學習，不以理論、歷史為主，而是以實用、有趣為重心。全書除總論一章（內含兒童文學的意義、特性與製作的理論）外，主要以兒歌、兒童詩、故事、神話、寓言、童話、小說、戲劇等八種文類為學習對象。其中總論由本人撰寫，兒歌、童話、小說由陳正治執筆，兒童詩、戲劇由徐守濤負責，至於故事、神話、寓言是由蔡尚志撰寫。每種文類為一章，每章又分：意義、特質、寫作原則、作品賞析等四節。概言之，文類不同，其人物、內容、情節與重點也會有所不同。古人所謂論詩文當以文體為先，其實文章就是依「體」而「裁」，「裁」而合「體」。了解文類、文體或體裁的差異與特質，自能有助於寫作與欣賞。

總之，本課程的目的，乃是為通識、親職與初學者設。因此在每章後面列有參考文獻，其目的除印證行文有依據外，亦可作為自我學習之用。

最後，我禁不住要說：寫給兒童看的書，不是為了教訓兒童；而只是為了引起他們的注意力和好奇心。同時，更盼望選讀本課程的成人，能從其中尋回已逝的童心，並獲得些許的乳香。

三 說明

本書是空中大學人文系的教科書。當時人文系林益勝主任的推薦與信任（林主任曾是我東師的同事），邀我策畫並編撰「兒童文學」一學期兩學分的授課用書。

為了強化全書的專業性，以及不延誤預定授課學年度。我採用多人合寫的方式，由我擬定章節架構後，邀請陳正治、徐守濤與蔡尚志等三人與我共同撰寫。他們三位都是在師院講授兒童文學，且輩分、年齡皆相近。

幾經開會討論、撰稿與錄影，用書正式於1993年6月出版。也因此因緣，而後又為空中大學策畫主編有下列三書：

《兒童讀物》，林文寶、許建崑等六人，2007年12月。

《幼兒文學》，林文寶、陳正治等六人，五南圖書出版有限公司，2010年2月。

《插畫與繪本》，林文寶、江學瀅等六人，2013年8月。

《兒童文學》，後來經空大同意轉由五南圖書出版有限公司於1996年9月出版至今。

遺忘的咒語

一 書影

二　司長序

　　第一屆全國師院生兒童文學創作獎,雖然開始得很晚,但總算踏出了第一步;尤其在師資培育多元化的今天,此獎之設立,其意義又更為深遠。

　　師院生兒童文學創作獎的設立,具有下列三種意義:

　　一、希望師院兒童文學課程,能夠將教育原理、兒童認知發展與文學理論加以融為一爐的有機生命體,而不只是只講純文學理論,否則將失去在師院設計此一課程的意義。

　　二、希望師院生能根據兒童個別認知發展的原理原則,到國小任教後,能夠設計出一套適合其所任教班級的語文教材教法活動設計,不僅將國語課文教得更生動活潑,而且又能指導孩子選購優良圖書,輔導課外閱讀,幫助學校選購圖書,充實圖書設備。

　　三、除了增進教師之教學技能之外,其最終目的還是希望教師也能創作出適合學童閱讀之文學作品;最了解國小學童的,莫過於國小教師,一個國小教師如果能將你所熟知的教育對象,運用文學技巧,寫成文學作品,一定最能博得兒童的共鳴。遠的不說,就以今天國內兒童文學家來說,本次全國師院生兒童文學創作獎決審的五位評審傅林統、林鍾隆、陳玉珠、黃瑞田及李潼等先生,每一位都是國小教育同仁,如今,他們不僅是教育家,而且是文學作家。

　　說話、識字寫字、閱讀、作文是語文教育的四大領域。師院語文教育系統在培育國小語文師資時,應把握此四項基本能力,職是之故,這次兒童文學獎的設立,也本此原則,作了兩項突破與創新:

　　一是心智交會,互放光芒。

　　除頒獎給靜態性文學創作帶來活動之外,也一併將得獎的前三名作品,請原作者、指導教授和評審委員,一一上臺,透過有聲音語

言，分別將作者創作心路歷程的心聲，指導教授教學的期望及評審委員的剖析評判及建議，藉這次兒童文學獎的機會，將歷年來對兒童文學教學之經驗及心得報告出來，使同道彼此間經驗能夠流轉傳承，真正做到心智交會，互放光芒的功效。

二是靜態童話變成兒童劇的動態表演。

童話是兒童文學的主流，也是兒童文學中的瑰寶，更是最受兒童歡迎的一種文體，其豐富的想像力，移情作用，是最適合小學階段兒童身心發展的需求，為了讓兒童陶醉在童話的國度裡，為了讓童話散發出其光和熱，使兒童在耳濡目染中，收到潛移默化的功能，師院生必須具備語文教學技巧多元化基本能力的要求，因此，希望承辦學校能將首獎及優等二名的作品，改編成兒童劇本，於頒獎的當天，能以輕鬆、生動活潑、趣味無窮的舞臺劇方式，呈現在參與頒獎活動九所師院兒童文學教授及學生的眼前，這是一種突破、創新，如果九所師院生能從中得到啟發，所有的辛苦和血汗，都是值得的。

從1993年10月22日本部中教司第二科許科長泰益前往臺東師院主持九所師院語教系主任及兒童文學教授共同組成的第一屆全國師院生兒童文學創作獎籌備會，便揭開徵文活動的序幕，依承辦單位統計，以1994年2月25日的郵戳為憑，共計收到三百二十件作品，經過為期二週的初審，共錄取了前五十名，再經過為期二週的複審，終於在3月31日於臺北教師會館決選出前二十名。如今將這二十名得獎作品結集成冊，我們會責成承辦單位，分寄各縣市政府教育局，再煩請各縣市政府轉寄各國民小學。在舶來翻譯的西洋兒童文學讀物充斥書店及學校的當今，這本得來不易的國產文集，希望能善加利用。

非常感謝九所師院擔任兒童文學的教授平日辛勤教學，更感謝臺東師院語教系對此文學獎的全程負責。

今天這本文集，只是第一本，為使光和熱散發更廣更遠更久，我

們會持續一步一步地走下去，文集，也會每年一本一本的出來，分送
到全國每一個角落。

教育部中教司司長　吳清基
1994年5月

三　說明

　　《遺忘的咒語》是第一屆「師院生兒童文學創作獎」得獎作品集。

　　1993年我擬寫了「師院生兒童文學創作獎」計畫書，並於7月3日發函給主管師範教育的教育部中教司，建議籌辦第一屆師院生兒童文學創作獎，希望藉由徵獎的機制，鼓勵師院生創作兒童文學，讓學生在課堂上學來的理論，能為實際創作融合為一，這項建議獲得教育部同意；當時教育部中教司吳清基司長極為讚許這項提議，指派第二科許泰益科長負責辦理，許科長於1993年10月22日召集九所師院語教系主任及擔任兒童文學課程的教授，共同商議設獎的相關事宜，於是「師院生兒童文學創作獎」徵文活動便宣告啟動。在《遺忘的咒語》的編後語，對這段歷史有清楚記載：

> 本校語教系於八十二年七月十三日發函教育部中教司，建議籌辦「第一屆師院生兒童文學創作獎」，所擬計畫蒙教育部於八月五日函覆同意備查，並核定補助款五五六六○○元，時為暑假；俟開學日一到，旋即於十月二十二日上午九時由教育部許科長於本院（臺東師院）語教系館召開並主持九所師院語教系系主任及兒童文學教授共同參與的本項創作獎籌備會。會中，教授們發言踴躍，意見極為珍貴，「第一屆師院生兒童文學創作獎」的徵文要點便從此確定，並委由各師院教授將辦法攜回各校，徵文活動於焉開始，便落實到各師院的每個角落去。（頁202）

　　這個獎項，從徵文、收件、評審，到成績揭曉、公布得獎作品與得獎者，頒獎典禮是這一連串徵獎活動的高潮。

　　初審是由各師院兒童文學教授組成，決審委員由兒童文學界作家組成，而頒獎典禮，場所是景色怡人的旅遊勝地，將頒獎儀式結合得獎作品發表、得獎作品動態表演及學術論文研討形式呈現，將單一的頒獎儀式擴大為推廣兒童文學教育的活動。

　　創作獎自1993年設立，至2002年劃下句號，共辦理九屆。前三屆由東師主辦，第四屆起由屏師主辦，臺北師院是最後一屆，這一屆得獎作品只公布在學校網站，未結集出版，遺憾的是市師院未能參與主辦。

一所研究所的成立

一 書影

兒文所兒童文學叢書（一）

二 ①校長序

　　東師兒童文學研究所於本（八十六）學年度新設並於今年四月時招生，為學校的兒童文學研究工作增添了一批新生力量。東師兒童文學近數年來在語文教育學系同仁的勢力下，著有成效，除了先後舉辦的兒童文學學術研討會、兒童文學創作發表會、兩岸語文教學研討會、及第一屆小學語文課程教材教法、國際學術研討會，為同仁的發表空間和學術同僚開創了一片新的天空，使兒童文學的先驅和同好能相繼來到本校，戮力為兒童文學的田地施加養料，在大家合力的耕耘下，美好的花朵逐漸在近期內收成，兒童文學研究所的設立及各式兒童研究成果的被肯定，無一不是象徵著本校同仁辛勤的努力所獲得的。

　　今天兒童文學研究所林所長文寶，將兒文所成立過程及其中各式的文件和發表的相關作品集錄成冊，希望能將有關的文獻作為往後各所、系發展上的參考，個人非常贊成他的想法，也支持他對於所務的貢獻和努力，期望本所同仁及相關系所能借重林所長相類似的經驗，以為往後學校發展的參考，在此簡單的表達個人對兒文所以往努力的肯定，並對兒文所未來的發展寄以無限的厚望。

校長　方榮爵

1997年9月1日

②所長序──揚帆

兒童文學研究所成立了，學生也招了，並且《一所研究所的成立》也要出版了。

《一所研究所的成立》是收錄有關兒童文學研究所在籌備過程中的一些相關資料。身為籌備處召集人的我，似乎有說明其因緣的必要。可是事過境遷，心中累積多時的鬱情，竟然渙兮若冰釋，且心中充滿著喜悅與感恩：感謝校長的支持、同仁的信任，以及兒童文學界的關心。

我未能忘記林良、馬景賢、鄭明進、曹俊彥、嶺月……等前輩的幫忙。也不能忘記洪文珍、洪文瓊兄弟傾全力的支援與配合。在籌備期間，我見識了兒童文學界的風範、無私、包容，以及恢弘的多元胸懷。

如今，是我們起而行的時候。我說：走進兒童文學界，不是義務，也不是責任。因此，無所謂沉重，這只是一種選擇，也是一種的志業，有的是無怨與無悔。

在我們揚帆的同行中，充滿的是喜悅與感恩。

三 說明

《一所研究所的成立》一書，它收錄兒童文學研究所在籌備過程
中的一些相關資料。

書中除收錄〈申請增設兒童文學研究所計畫書〉，籌備處十次會
議記錄外，並有兩次對外行銷設所的座談會記錄，以及兒童文學界朋
友們的支持與鼓勵發表文章，更有《中國時報‧開卷版》（1997年2月
13日）的報導。

為一所要成立的研究所行銷與結集成書似乎目前仍未見。本書於
1997年10月出版，列為《兒文所兒童文學叢書（一）》。我一向重視出
版，在所長任內計出十六本叢書。

又由於本書首開先制，並將全書目次收錄如下：

目　次

兒童文學學刊

一　書影

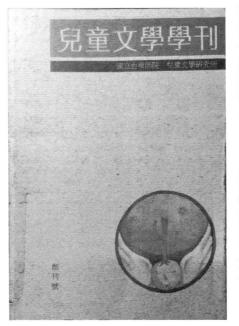

二　給關心兒童文學的你──代序

臺東師院位處於東臺灣。

而臺東是臺灣地區最後的福爾摩沙。

回顧臺灣的苦難與成長，就經濟而言：五〇年代苦難的日子從無到有；六〇年代外銷工業萌芽並茁壯；七〇年代中小企業成長躍進；八〇年代徹底工業化持續努力；九〇年代新生財團創造知識財，如今，臺灣即將邁入另一個五十年。臺灣經濟的成長有賴共同的努力，回首來時路，從無到有，由少變多，我們勇於嘗試和創新，胼手胝足，奠定了基礎。於是乎臺灣人的人性尊嚴，也從經濟人、社會人而提升到文化人。大體上，一個國家兒童讀物出版與類別的多寡，以及讀物品質的高低，正反映出該國的經濟發展情形，以及文化、技術的進步程度；同時，更是該文化素質與國民教育的指標。

在因緣與際會之下，臺東師院於去年8月，開始籌設兒童文學研究所。今年5月招生十五名，9月入學。

且《一所研究所的成立》，亦已出版。兒文所在臺東師院設立的歷程，正如臺灣經濟的苦難與成長，我們走過一段苦澀的歲月。如今，亦邁入另一個新的紀元。我們毅然的認養了兒童文學。

未來，人類世界面臨科技化、國際化、民主化、多元化的腦力密集時代。可是，我們不是殖民。我們不會「矇上眼睛，就以為看不見；搗上耳朵，就以為聽不到。」我們不會自外於大環境，但是，我們堅持我們的主體性與文化性。

我們有宗旨、有理想、有方向。

我們將刊行《兒童文學學刊》；

我們明年三月要舉辦〈一九四五年以來臺灣地區現代童話學術研討會〉；

我們擬成立創作坊、駐校作家、翻譯工作室……。

我們願意協助或接受委託，舉辦各種有兒童文學方面的活動（如徵文、研習等），及兒童文學方面的學術研究。

關心兒童文學的你，請給我們掌聲與支持，無論精神或物質。

盼望出版界、作者，能提供刊物或書籍，以作為本所最新研讀資訊。

為了做更多的事，走更遠的路，我們擬將設法籌募兒童文學研究基金。

我們熱切盼望你的鼓勵與支援。

當然，我們更盼望企業界的支持，在自由經濟的國家，企業界與學術結合，往往是帶動社會進步的力量。也因此，一般西方國家也常以研究經費、企業界攤提的比例，來作為判定社會進步的指標。企業界的朋友，帶領臺灣經濟走向成長，是你們五十年來的努力。而面對未來，帶領資訊文明使臺灣成為文化國家，似乎仍然是以你們為主導。或許我們可以共同努力，且以兒童文學作為立足點。

我們都曾有過童年。童年，不只是作為現實社會存在的實體。童年，向前延伸是人類的未來；向後延伸是歷史的傳承。兒童文學的深層動機或許可以說是重造童年。讓我們的兒童有快樂的童年是我們的責任，也是我們的義務。我們攜手一起努力，且從其中尋回已逝的童心，獲得些許的乳香。

獻上《一所研究所的成立》，宣示著我們的執著與理想。回首向來，人生幾度秋涼，問春蹤跡誰知，或曰：恰似一池萍碎，春色三分。二分塵土，一分流水，細看來，不是楊花，點點是信任、包容與關懷。

關心兒童文學的你。

臺東是個好地方。

你若來臺東，請你仔細看。

除了沈文程歌曲〈來去臺東〉中的名產、名勝外，還有臺東師院的兒文所。

歡迎你的蒞臨與指教。

1997年10月於兒文所

三　說明

　　兒文所正式成立後，即創辦《兒文所叢書》與《兒童文學學刊》，學刊是我兒童文學第四個操練的場域。

　　1998年3月，《兒童文學學刊》繼《兒文所叢書》正式發行創刊號，從第三期改為半年刊，每年5月、11月各出一期，在我任內共計如期出刊十期（2003年11月），而後斷、續出刊至二十期（2009年11月），停刊，其後於2014年4月易名《竹蜻蜓》重新出刊，首期為「特別號」，目前已出四期（2018年8月）。

　　〈給關心兒童文學的你〉一文，原是籌設財團法人兒童文化藝術基金會的募款說帖，後來移作《兒童文學學刊》創刊號的代序。

　　兒文所成立之初，並籌設「臺東故事協會」與「財團法人兒童文化藝術基金會」，以作為兒文所外圍的民間團體，兩個學會皆交由學生盧彥芬負責執行，而盧彥芬不負使命，至今仍在負責執行中。

臺灣區域兒童文學概述

一　書影

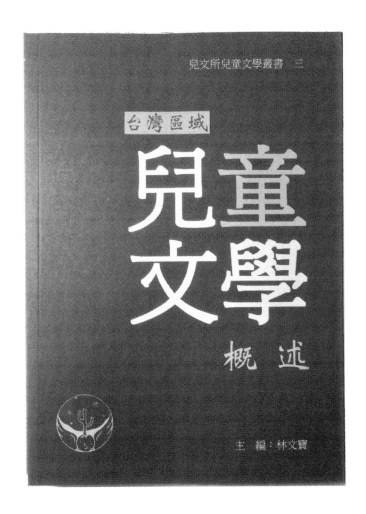

二　①關懷本土，了解自己之必要——《臺灣區域兒童文學概述》代序

從各種媒體報導中，我們知道：二十一世紀的腳步聲，越來越大；為了迎接新的世紀，我們兒童文學界理當要有宏觀理想，做好面向世界的準備，為臺灣兒童文學開展更新的一頁。因此，本會「會訊」自去年十一月號起，即推出「面向二十一世紀，介紹外國兒童文學現況」系列專欄，邀請學者、專家撰寫特稿與全體會員分享。

面向世界，開拓新視野，在現代社會中，已是種必然的發展趨勢，作為一個臺灣兒童文學工作者，開拓本土，了解自己是必要的，也是責無旁貸的；尤其，為了要迎接1999年8月，第五屆亞洲兒童文學大會在臺北召開，作為即將是這個國際性兒童文學學術會議的東道主之一分子，我們應有團隊意識凝聚整體的力量，在外國兒童文學學者專家面前，具體呈現一份臺灣兒童文學的整體成果，因此，我想到要邀請各縣市兒童文學工作者分別撰寫介紹各縣市兒童文學近五年來發展概況的專文，在「會訊」增闢「臺灣兒童文學現況」系列專欄，逐期刊載，讓全體會員先了解自己本土兒童文學發展的一般情形，彼此激勵，好做更進一步的努力。

這個想法，是1月13日上午，我回宜蘭參加縣立文化中心獎助縣籍作家作品出版的審查會議上，和蘭陽資深兒童文學工作者藍祥雲校長、已退休的邱阿塗主任談及，並獲得他們支持，由邱阿塗率先認領負責撰寫宜蘭縣兒童文學的現況報導。

接著，1月18日上午學會召開理監事聯席會議，會後我邀請學會同仁午餐，感謝理監事及工作同仁一年來的辛勞。在餐會中，我又將這個想法和林文寶教授提起，一面聽他的意見，也同時得到他的支持協助，將來編輯成書，共同設法籌措經費出版。

　　1月27日，是農曆大年初一，我藉這一年當中最空閒的時刻，一早即向兒童文學界長輩拜年，並展開向各縣市文友拜年和邀稿；在春節這幾天，我已陸續邀定了桃園（傅林統）、苗栗（杜榮琛）、彰化（林武憲）、臺中（洪志明）、屏東（徐守濤）、高雄（林仙龍）、臺東（吳當）、雲林（許細妹）、花蓮（葉日松）、南投（岩上）、嘉義（朱鳳玉）、臺北（朱錫林）等縣市，以及臺北市兒童文學教育學會（王天福）、高雄市兒童文學協會（蔡清波）、臺東師範學院兒童文學研究所（林文寶）等社團及研究機構；其他還有臺北市、基隆市、臺南、新竹、澎湖、金門、馬祖及臺灣省兒童文學協會、中國海峽兩岸兒童文學研究會、臺東師範兒童讀物研究中心、靜宜大學兒童文學專業研究室、世界華文兒童文學資料館和本會等縣市單位還未邀定撰寫的適當人選，我會繼續邀稿。

　　這項機構邀稿的內容範圍，我希望是以全面性的觀點將各縣市、社團、研究機構近五年來有關兒童文學的活動，學術演講、座談、研習、作家作品以及各種兒童文學獎的舉辦，都能涵蓋並翔實的報導。

　　這是一項煩人（勞人心志）的工作，但還是需要有人來完成。我在這裡把它說出來，也藉此向全體會員邀稿撰寫相關的文章，以彌補個人規畫邀稿的不足。謝謝。

1998年2月27晨寫於研究苑

（本文原刊於《中華民國兒童文學學會會訊》14卷2期，1998年3月）

附註：

本文原係以「理事長的話」專欄刊於《中華民國兒童文學學會會
訊》1998年3月號，向「學會」的全體會員所做的報告，現在林文寶
教授如期完成編印《臺灣區域兒童文學概述》，承蒙他不棄，也一併
收錄作為「代序」，特「附註」說明，並表示感激。

林煥彰

寫於1999年6月2日

②起點

吉妮特・佛斯（Jeannette Vos）、高頓・戴頓（Gordon Dryden）於《學習革命》（*The Learning Revolution*）中認為塑造明日世界有十五個大趨勢，其中之十是「文化國家主義」，他們說：

> 當全球愈來愈成為一個單一經濟體，當我們的生活方式愈來愈全球化，我們就愈來愈清楚的看到一個相反的運動，奈斯比稱之為文化國家主義。
>
> 「當世界愈來愈像地球村，經濟也愈來愈互賴時」，他說，「我們會愈來愈講求人性化，愈來愈強調彼此間的差界，愈來愈堅持自己的母語，愈來愈想要堅守我們的根及文化。
>
> 即使是歐洲由於經濟原因而結盟，我仍認為德國人會愈來愈德國，法國人愈來法國」。
>
> 再一次的，這其中對於教育又有極為明顯的暗示。科技愈加發達，我們就會愈想要抓住原有的文化傳統——音樂、舞蹈、語言、藝術及歷史。當個別的地區在追求教育的新啟示時——尤其在所謂的少數民族地區，屬於當地的文化創見將會開花結果，種族尊嚴會巨幅提升。（見林麗寬譯，中國生產力中心出版，1997年4月，頁43-44）

文化國家主義，在文化霸權、後殖民論述的推演下，已成為一種強勢性的政治潮流。臺灣自解嚴以來，本土文化亦已獲得比較多的開注，也有了一個比較寬闊的發展空間。目前，各縣市文化中心亦以區域特色與營造社區為發展重點。

所謂區域，是一個相對性的概念，且以縣市為區隔，編撰區域縣

市兒童文學概況，旨在關懷本土，了解自己。

方斯・卓皮納斯（Fons Trompenaars）和查爾斯・漢普頓-透納（Charles Hampden-Turner）於《卓皮納斯文化報告》（*Riding the Waves of Culture*）有云：

> 只有當一條魚脫離水面時，才會知道它是多麼需要水。文化之於人類，正如水之於魚，我們在文化中生活、呼吸。但是在一個文化中被視為必要的，例如某種程度的財富，在別的文化卻不見得是必需品。（袁世佩譯本，美商麥格羅・希爾國際股份有限公司臺灣分公司，1999年5月，頁30）

文化來自土地與人民的生活，但不同區域的文化差異本身不一定是障礙，面對不同文化時，每個人本身的文化皆是起點。重要的是，在面臨不同文化時所呈現的自覺、尊重、協調與融合的一連串內化的行為，才是決定文化歸屬的終點。其實，所謂的「本土化」、「國際化」，並非對立不相容，我們相信：沒有起點，就無所謂的終點。是以，且讓我們從縣市區域的歷史與現實入手。

個人有心於臺灣兒童文學的撰寫，且以「臺灣地區兒童文學史料的整理與撰寫」為題向國科會申請為期三年的研究計畫（計畫編號：WSC 88-2411-H-143-001）。本研究旨在對1945年以來，臺灣地區兒童文學的發展與演進，做一宏觀性的整理，進而撰寫出一部臺灣兒童文學史。

研究首重資料，資料的蒐集與整理亦是本研究的重點。其中擬對1945年以來兒童文學論述書目做提要，以作為後人研究之參考手冊。並對前輩進行訪談或口述記錄。同時確立與整理指標性事件，以作為撰寫文學史的依據。

　　而後經深入蒐集以來，始發現基本資料匱乏度，頗出預料之外。因此，擬改寫研究策略，與中華民國兒童文學學會合作，以收群策群力之效，且適逢為迎接1999年8月「第五屆亞洲兒童文學大會」在臺北召開，於是乎《臺灣區域兒童文學概述》的編撰就於焉落實。

　　感謝學會理監事、理事長林煥彰，以及執筆的各位，還有我服務單位臺東師院方榮爵校長，同意由校方支付出版經費。由於大家的努力與支持，於是有了這本書的誕生。

　　雖然，本書未盡理想與完整，但我們很愉悅，因為我們已經做了該做的事。

三 說明

　　《臺灣區域兒童文學概述》一書的出版，是緣於1999年8月，第五屆亞洲兒童文學大會在臺北召開，煥彰兄認為我們應有團隊意識凝聚整體力量，在各國兒童文學者專家面前，具體呈現一份臺灣兒童文學的整體成果。因此，擬邀請各縣市兒童文學工作者，分別撰寫各縣市兒童文學近五年來發展概況的專文，在《會訊》增闢〈臺灣兒童文學現況〉系列專欄，逐漸刊載。杜子〈山城兒童文學初探〉是系列的第一篇。（14卷2期，1998年3月，頁9-11。）

　　當時，煥彰徵詢於我，我自然樂觀其成，且我有與兒童文學相關的研究課題，於是答應舉辦座談會，同時負責編輯與印刷費。

　　《臺灣區域兒童文學概述》是第一本有關臺灣區域兒童文學的書，於1999年6月出版，列為《兒文所兒童文學叢書》三。隨附當時寫作格式如下：

　　　臺灣區域兒童文學概述寫作格式
　　　前言
　　　發展概況：
　　　　　含過去、現在及發展過程中相關的人物、事件或機構、團
　　　　　體。
　　　結語：
　　　　　發展的困境及未來的展望。
　　　附錄：
　　　　　編年紀事。

臺灣（1945-1998）兒童文學 100

一　書影

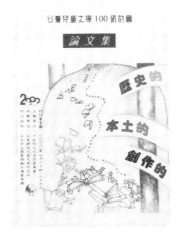

二　①《臺灣兒童文學100》序

　　由文建會主辦、臺東師範學院兒童文學研究所承辦的「臺灣兒童文學100」評選活動，自去年（1999）7月至12月，半年來經兒童文學界、兒童圖書館界相關從業人員的票選與評審，已決選出1945至1998年共102本臺灣兒童文學優良作品。這裡所謂臺灣兒童文學作品，係指創作地域及其精神內涵及於臺灣的兒童文學作品；所選出來的優良書香，堪可謂通過時代的淘鍊，顯現出其不可磨滅的文學價值。

　　在早期臺灣經濟尚未發達時期，鮮少有人注重兒童文學，政府部門的推動，成為兒童文學發展的基礎。但隨著七〇年代，臺灣經濟起飛，物資發達，家中孩子的數量減少，愈來愈多作家開始注重兒童市場，兒童文學在政府與民間的共同關懷與支持下，不少外國譯作與本土創作相繼產生，家長有較多選擇讀物的機會，兒童出版市場也逐年蓬勃發展。為針對兒童文學發展作一歷史回饋，乃有「臺灣兒童文學一百」名單的產生，以建構五十多年來的兒童文學發展脈絡，有心寫史者，也可依此發展出兒童文學史綱，為臺灣兒童文學作見證、立指標。

　　經由此次評選活動，我們彙整了一九四五年以後的各種兒童文學類書籍，共有兩千四百餘冊，這是兒童文學界的一大重要資料整理工作，在這兩千多冊書籍中，經由評審評選出一百零二本優良作品，我們精心聘請相關人士撰寫導讀指南，於今（2000）年春假將召開研討會，除了檢視、評介以前的兒童文學作品，也希望能為未來跨國界、跨文化的兒童文學提出發展的方向，為國家未來的人才進行培育、播種、灌溉的工作。

　　「臺灣兒童文學100（1945-1998）」的出版，要感謝臺東師範學院及所有參與人員的協助，期望在大家的共同努力下，臺灣兒童文學能有更光明的未來。

　　　　　　　　　　　　　　　　　　　　　　　　　林澄枝

②緣起與態度

臺灣兒童文學100的評選活動，總算告一個段落。個人試將其緣起、意義、目的與態度說明如下：

本所自起成之以來，在發展方面首重兒童文學史料的整理，且以臺灣本土地區為優先。亦即是以「本土策略，全球表現」。而個人亦長期致力於史料文獻之收集與整理，且有以「臺灣地區兒童文學史料的整理與撰寫」為題的研究計畫。

臺灣為學童推介優良課外讀物始於1982年的行政院新聞局，所謂《行政院新聞局第一次推介中小學生優良課外讀物清冊》是也（1982年11月），爾後「好書大家讀」、《中國時報》年度「開卷」最佳童書、《聯合報》年度「讀書人」最佳童書、新聞局「小太陽獎」等活動。活動雖多，要皆以兒童讀物為涵蓋，既乏判準，亦無本土性與主體性可言；更無認同之自覺。在全球化與區城性的弔詭中，臺灣地區自1960年代末期，已有愈來愈多的作家學者對另一種殖民——新殖民主義，尤其是美國好萊塢文化與其商品侵略一開始注意。針對新舊殖民經驗，如何界定自己的本土文化，珍視傳統文化再生的契機及其不同之處，便成刻不容緩的課題。

近年來，文建會曾策畫主辦過「臺灣現代詩史研討會」、「臺灣現代小說史研討會」、「臺灣文學經典名著評選暨研討會」，進一步能為臺灣1945年以來兒童文學評選名著一百本暨研討會，其意義與目的：

1. 是重視兒童與迎接2000年兒童閱讀年的實際行動。
2. 為兒童閱讀年提供本土的優良兒童文學作品。
3. 在新世紀之初，期待由此100名著之研討，為有心寫史者，

> 建構出一部包含：故事、童話、小說、寓言、民間故事（含
> 神話、傳說）。兒歌、兒童詩、兒童戲劇、散文、繪本的臺
> 灣兒童文學史大綱。

而本所承辦這次活動，更是誠惶誠恐，我們知道臺灣的兒童文學
發展一向十分緩慢。近十年來，由於社會經濟好轉，家長購買力強，
寫作人口日增，兒童文學已逐漸起色。在邁入二十一世紀之際，選出
自1945年以來至1998年之間的兒童文學的優秀作品，可彌補臺灣文學
史的部分遺憾。

所謂臺灣地區，除指創作地域之外，亦兼指其精神與內涵。是以
臺灣兒童文學100的評選，是以文學性讀物為主，其訴求主題是：歷
史的、本土的、創作的。我們相信自1945年以來，有許多人堅持為臺
灣兒童創作；在世紀交會的今天，讓我們循著先行者的腳步，尋找你
我共同的記憶。

這次活動票選人員包括臺灣地區現行兒童文學民間團體會員、圖
書館相關從業人員、教授兒童文學課程者，合計約一千二百五十人，
回收有四百。票選文類共分故事、童話、小說、繪本、散文、兒歌、
兒童詩、兒童戲劇、寓言、民間故事十類。

票選活動是由承辦單位提供約二千本的候選書目，而票選的原則
是以歷史發展為經，作家與作品為緯，且就熟悉及圍讀過的兒童文學
作品進行圈選，每種類型以不超過十本篇原則。（如有遺漏、且覺得
可以入選的作品，填寫於表格之「其他欄」上，以利評選工作之順利
進行。若有任何意見，亦請不吝賜教。）然後再由諮詢委員、評選委
員共同就初選結果，逐本討論，依據量質不同，世代性（十年月一個
世代）、時代性，與同一世代、同一作者以一本等為原則，合計選出
一〇二本。

　　在評選活動過程中，有建議，有鼓勵，有質疑，也有批評。在評選會議中亦有爭議。所謂的批評或爭議皆是為兒童文學，更是為關懷本土，了解自己的起點。

　　在評選活動過程中，讓我們體認到臺灣地區兒童文學史料的貧乏與不受重視，無論收集與整理皆乏善可陳，所謂「候選書目」，真是費了九牛二虎之力。所謂：一個國家兒童讀物出版與類別的多寡，以及讀物品質的高低，正反映出該國的經濟發展情形，以及文化與技術的進步程度。同時，更是該國文化素養與國民教育的指標。壯哉斯言，經濟富裕的臺灣，何時能走向根植本土的自主文化，進而重視兒童文學，這是我們的呼籲與期盼。

　　評選書目，擬由評選委員或兒文所學生撰寫推薦理由，編印成冊，作為本土兒童文學的好書指南。2000年3月底（24至26日）將於臺北市立圖書總館舉行學術研討會，分類討論兒童文學的未來走向。

　　雖然，評選書目或許不盡理想，但是我們的態度與過程是誠懇與可信任的。我們心存惜福與感謝。從參與票選到文建會，都是我們感謝的對象。我們珍惜這次的活動，我們愉悅，因為我們又做了該做的事。

三　說明

　　1999年初，由文建會委託《聯合報・副刊》評選「臺灣文學經典30」，並於3月19日至21日在國家圖書館國際會議廳舉行三天的研討會。臺灣文學經典30，爭議頗多。在這個時候我提出「臺灣兒童文學100」，確實令主辦單位思考再三。最後能執行，自當感謝主辦單位的勇氣與擔當，我也更加戒慎恐懼的處理相關事宜。評選結果並在2000年3月24至26日，於臺北市圖書總館十樓會議廳舉辦一場為期三天的研討會。今將執行團隊與活動評選會成員隨附如下：

《本次活動評選會成員》
1.諮詢委員：
林良、林鍾隆、馬景賢、趙天儀、潘人木、鄭明進

2.評選委員
兒童故事：馮季眉、許建崑
童話：周惠玲
小說：張子樟、洪文珍
寓言：蔡尚志、蔣竹君
民間故事：張清榮、傅林統
兒歌：洪志明、陳正治
童詩：林武憲、林煥彰
兒童戲劇：曾西霸、徐守濤
兒童散文：馮輝岳、桂文亞
圖畫故事：曹俊彥、郝廣才

主辦單位：行政院文化建設委員會

承辦單位：臺東師院兒童文學研究所

協辦單位：臺北市立圖書總館、國語日報、民生報

計畫主持人：林文寶

研究助理：藍涵馨、莊惠雅、鄭雅文、吳慧真

執行時間：1999年7月-12月

兒童文學選集（1988-1998，共七冊）

一 書影

二　又十年──《兒童文學選集》總序

　　一卷離騷一卷經，十年心事十年燈。──〔清〕吳藻〈浣溪沙〉

　　十年前，我幫幼獅文化公司策畫編選《兒童文學選集》，全套五冊。

　　當年的選集，止於1987年。而1987年對臺灣人而言，是相當關鍵的一年。是年，7月15日零時起宣布解除長達三十八年的戒嚴令，同時公布實施國家安全法。

　　8月25日，政府宣布解除對大陸作家作品的禁令。

　　10月14日，中國國民黨中常會通過「五人專案小組」的研究結論報告，決定除現役軍人及公職人員外，凡在大陸有血親、姻親、三等親以內的親屬者，可登記大陸探親，並由紅十字會協助辦理申請手續。次日，內政部公布〈赴大陸探親實施細則〉，並從11月2日起實施。

　　12月1日，宣布自次年元月接受新報紙的登記，解除三十六年的報禁。

　　於是自1987年11月2日後，臺灣政府同意民眾赴大陸探親，此後兩岸關係邁入新頁，非官方的各式接觸次第展開，且有愈演愈烈之勢。

　　就兒童文學而言，1987年亦是關鍵的一年。

　　1985年11月7日行政院通過師專改制案，並於1987年8月1日起，將國內現有的九所師專一次改制為師範學院。在新制師範學院的一般課程，列有兩個學分的「兒童文學」，且是師院生必修科目。而語教系則有三個學分的「兒童文學及習作」。

從1987年以來，又已過十年。本選集始於1988年，止於1998年。

1998年，沒有那麼關鍵，卻有關鍵的潤滑。1996年教育部核准東師籌設兒童文學研究所，並於1997年正式招入第一屆研究生。1998年距離跨世紀仍有滑潤有餘的一年。東師兒童文學研究所的設立，將帶來臺灣兒童文學研究典範的轉移，在跨世紀之間，我們企畫的選集止於1998年，我們想讓我們有個很好省思的機會，並且又能尋求更大發展的空間。

1987年臺灣解除戒嚴，並開放大陸探親，1988年報禁解除，1990年由臺灣人李登輝當選總統，可說是臺灣正式告別舊社會的里程碑，也是社會體制重構的時代。

舊制度解體，新價值體系建立，當然不是短期間的事。自解嚴開放，到九〇年代中後期，臺灣整個大環境仍是在重構新體制、新價值的階段，它承續九〇年代初期，臺灣社會剛解構重建的餘緒，躁急不安、求變求新依舊是此階段的特徵。洪文瓊於〈九〇年代中後期臺灣童書出版管窺〉一文，認為：「如此時代大環境，深深影響臺灣的文化出版事業，特別是與時代脈動息息相關的童書出版上。」洪氏並從內外兩方面來觀察之：

> 臺灣舊體制解體與新價值重建，基本上可從兩方面來觀察。在內部，它意謂威權時代結束，民主政治獲得更穩健發展，不但促使結社（包括組政黨）、出版自由進一步落實，而且促成經濟鬆綁、教育鬆綁，以及環保意識、本土文化意識、原住民文化意識抬頭，使得社會呈現多元價值奔騰競逐的局面；對外方面，臺灣正式放棄以往「漢賊不兩立」的僵硬政策，不但跟大陸展開交流、接觸，也跟其他共產國家積極往來，使「國際化」成為臺灣重要的基底政策之一。這些內外環境的改變，需

要新的價值體系以為肆應，同時也影響到文化出版的走向。九
○年代中後期，臺灣童書出版邁向更多元化、國際化、本土化
與視聽化，基本上即是受到臺灣內外社會大環境的影響。（見
《出版界》第54期，1998年5月，頁31）

其實，洪氏所謂多元化、國際化、本土化與視聽化，似乎就可以
多元化涵攝之。所謂多元化，正是有多元共生與眾聲喧嘩的勢態。以
下試就五方面說明之：

（一）內容類型的多元

由於文化霸權、後殖民論述以及環保意識等觀念的抬頭，環保與
本土鄉土圖書有了明顯的增加與重視。又由於社會的多元化，藝能類
（音樂、體育、美術）、宗教童書也一一呈現。

（二）出版媒介類型的多元

1994年德國法蘭克福書展，電子書首次以打破傳統國別的分類法
進駐主題區，不啻宣告了「後書本時代」（Post-book Age）的來臨。
電子書改變了閱讀快感──直接、強烈、短暫──掀起了認知的革
命，加速與催化了圖像族的出現。這種出版媒介的電子化與視聽化，
乃是世界共通性的問題。傳統閱讀偏重文字，隨著傳播科技的進步，
傳播信息的媒介不限於文字印刷。於是童書呈現視聽化的趨勢，尤其
是電子書，在九○年代中後期，更成為童書的新寵。

（三）文體類型的多元

童書的消費市場，亦反映在文體類型上的多元。如散文、繪本、
小說，非但數量有明顯增加，且亦已形成了氣候。尤其是繪本，更成

為九〇年代的主流文類。

（四）刊物類型的多元

解嚴初期，期刊報紙曾有短期的繽紛，而後則以幼兒、漫畫等期刊為主流，且漸趨專類化與視聽化之途。

（五）稿源類型的多元

由於社會多元化，資訊流通快速，以及著作權法的實施（1992年6月起），從出版社開拓稿源的層面來看，臺灣童書國際化走向有增強且多元的趨勢。1988年以後，不再像以往大部分以美、日作品為主，德、法、義大利、加拿大、蘇俄等國家的作品，都已不斷在臺灣出現。而大陸的兒童文學作品，更是大量被引進臺灣。

申言之，臺灣自1987年解除戒嚴法，使臺灣從此走向一條多元開放的道路。但就兒童文學而言，仍有本土化與國際化之爭。這種爭執主要是對殖民文化的反動，因此，它也是一種自然的趨勢。每個人都將成為世界公民，但在同時又不能失去根本源頭的認同，每個人都必須在所屬的國家與社區扮演積極參與的角色。我們雖然要邁入國際化，但相對的，地方化、區域化的觀念愈來愈受到重視。國際化和地方本土化到底如何去化除緊張，亦是不可避免的事實。吉妮特‧佛斯（Jeannette Vos）、高頓‧戴頓（Gordon Dryden）於《學習革命》（*The Learning Revolution*）中認為塑造明日世界有十五個大趨勢，其中之十是「文化國家主義」，他們說：

> 當全球愈來愈成為一個單一經濟體，當我們的生活方式愈來愈全球化，我們就愈來愈清楚的看到一個相反的運動，奈斯比稱之為文化國家主義。

「當世界愈來愈像地球村，經濟也愈來愈互賴時」，他說，「我
們會愈來愈講求人性化，愈來愈強調彼此間的差異，愈來愈堅
持自己的母語，愈來愈想要堅守我們的根及文化。即使是歐洲
由於經濟原因而結盟，我仍認為德國人會愈來愈德國，法國人
會愈來愈法國」。

再一次的，這其中對於教育又有極為明顯的暗示。科技愈加發
達，我們就會愈想要抓住原有的文化傳統——音樂、舞蹈、語
言、藝術及歷史。當個別的地區在追求教育的新啟示時——尤
其在所謂的少數民族地區，屬於當地的文化創見將會開花結
果，種族尊嚴會巨幅提升。（見林麗寬譯，中國生產力中心出
版，1997年4月，頁43-44）

　　本土化、國際化，皆不悖離多元化。而所謂多元化、本土化的主
張，不是口號，是趨勢。在歷經長期的努力，我們已經有了對臺灣與
本土文化自然的情感。其實自1960年代末期，有愈來愈多的作家、學
者對另一種殖民作為——新殖民主義，尤其是美國好萊塢文化及其商
品侵略——開始注意。針對新舊殖民經驗，如何界定自己本土文化，
珍視傳統文化再生的契機及其不同之處，便成為刻不容緩的課題，這
也是本套書編選的最主要目的。

　　十年後，1998年10月，值幼獅文化公司四十周年慶，為了感謝廣
大讀者長久以來的愛護與支持，特別企畫了這一套《兒童文學選
集》，有助於提升國民文化素質與教育水平的指標性讀物，以達進一
步服務社會的目的。

　　綜觀十年來的兒童文學作品，受到國外出版品的激勵及電腦資訊
市場的衝擊，再加上各種有關兒童優良讀物的推介活動，與讀書會的
推動，產生多元化的特色，這樣的市場走向，讓幼獅文化公司在既有

的出版經驗上，又增添了許多的可能。於是幼獅文化公司再度委託本人策畫有關編選事宜。其間幾經商討，並曾召開編選會議，討論有關編選原則；且決定在幼獅四十周年慶時，宣布這項兒童文學的希望工程。會後亦於網路、《國語日報》、《中華民國兒童文學會訊》上刊發消息，及發函專家學者，旨在邀請國人推薦優良兒童文學作品，提供編者參考。

本套選集，其旨在檢視1988至1998年間臺灣的兒童文學成果，其檢視作品是以本土的大人創作為主。就十年來的演進與成果而言，散文、戲劇頗有可觀，因此，增加了散文與戲劇的選集。

本套選集共分七冊，其類別及主編分別是：論述（劉鳳芯）、詩歌（洪志明）、故事（馮季眉）、童話（周惠玲）、小說（張子樟）、散文（馮輝岳）、戲劇（曾西霸）。感謝七位的同意，參與編選的工作。

全書編選方式，以史的發展、作品、作家三者兼備，亦即以發展為經，作品、作家為緯。各選集除於「編者的話」裡說明編選原則外，並有作家、作品之簡介，與各文類的創作書目。

本套書預訂在2000年出版。

大體上，一個國家兒童讀物出版量與類別的多寡，以及讀物品質的高低，正反映出該國家的經濟與政治的發展情況，以及文化與技術的進步程序。同時，更是該國家文化素質與國民教育的指標。

我們期望藉著這套書的編選，一窺臺灣近十年來關於兒童文學論述、詩歌、故事、童話、小說、散文、戲劇發展的精選。

藉由這套書，在跨世紀之前，有個省思的機會。

藉由這套書，且作為兩千年兒童閱讀年的賀禮。

我們更期盼這套書能成為親子、師生共讀時的參考指引。

當然，你們的關心與喜愛，才是我們的衷心期待。

三　說明

　　幼獅公司欣逢四十周年慶（1999年10月），總編孫小英於1998年
下半年邀請我再策畫《兒童文學選集（1988-1998）》，幾經交流，選
集全套七冊，增加散文與戲劇兩種文體，外加臺灣1945至1998年兒童
文學書目《彩繪兒童又十年》，共計八冊，於2000年2月、6月分兩批
出書。

　　這套選集公司定位為「兒童文學的希望工程」，公司委由兒文所
於2000年4月25日於臺北市圖總館，舉辦一場「兒童文學希望工程研
討及座談會」，會議中，前教育部長、臺北市文化局長龍應台皆與會
並祝辭。今將「兒童文學的希望工程」說帖引錄如下：

> 兒童文學的希望工程
> 今年十月，欣逢本公司四十周年慶，為了感謝廣大讀者長久以
> 來的愛護與支持，我們特別企畫了一套有助於提升國民文化素
> 質與教育水平的指標性讀物，以達進一步服務社會的目的。
> 大體上一個國家兒童讀物出版量與類別的多寡，以及讀物品質
> 的高低，正反映出該國的經濟發展情形，以及文化與技術的進
> 步程度，同時，更是該國文化素質與國民教育的指標。
> 近十年的兒童文學作品，受到國外出版品的激勵及電腦資訊市
> 場的衝擊，產生多元化的特色，這樣的市場走向，讓我們在既
> 有的出版經驗上，又增添了許多的可能。
> 本公司秉持當代兒童文學的出版理念及編選的經驗，延請了兒
> 童文學專家林文寶所長（臺東師院兒童文學研究所所長）針對
> 近十年（1988-1998）臺灣地區兒童文學出版品做一編選。這
> 套叢書共分七冊，其類別及編者分別是：論述──劉鳳芯、詩

歌——洪志明、故事——馮季眉、童話——周惠玲、小說——
張子樟、散文——馮輝岳、戲劇——曾西霸，預計自西元2000
年（民國八十九年）起陸續出版。

我們期望藉由這套書的編選，一窺臺灣地區近十年關於兒童文
學論述、詩歌、故事、童話、小說、散文、戲劇發展的精選，
能成為老師們教授課程與父母了解兒童文學界研究兒童讀物
等，以及親子、師生共讀時的最佳參考指引，也是策勵下一個
十年對兒童文學作品精選的衷心期待。

在兒童文學作家辛苦的筆耕下，優秀作品源源不絕，為免遺珠
之憾，懇請各位作家能不藏私，踴躍提供大作，若經選入，本
公司將致贈轉載費。

臺灣兒歌一百（2000-2004）

一　書影

二 ①愛的風鈴聲

　　兒歌是幼兒生活與兒時記憶中極重要的一部分，兒童強烈的好奇心、豐富的想像力、純真無邪的感情，都透過好的兒歌呈現出來。

　　兒歌說趣逗唱，富有遊戲性、幽默性、知識性、啟發性，好的兒歌朗朗上口，兒童可以從中學習語言的節奏韻律，是傳承母語的最佳途徑，也是促進親子關係最快樂的教材。

　　看著純真、可愛的小兒女，哼唱著「咿咿呀呀」的兒歌時，所流露出惹人憐愛的神情，像極了從天而降的快樂小天使，足以解消所有成人世界的煩惱，也像一串串愛的風鈴，傳送給人們悅耳的聲音與純淨的心情。

　　兒歌也具有時代性、歷史性，它不僅充分反映兒童生活的面貌，也是文化資產的重要部分，因此，為了切合每個時代兒童的心聲，我們需要一代一代，不斷地為我國的兒童創造本土的兒歌，來傳承我們的文化生命與民族情感。

　　本會有鑑於臺灣本土的兒歌，對於兒童的成長極為重要。為了鼓勵國內的兒歌創作，特於今年首度策畫主辦「兒歌一百徵選」活動，由國立臺東師院兒童文學研究所承辦，並由臺北市立圖書總館、國語日報、民生報、信誼基金會參與協辦。我們希望兒童可在搖籃中、在遊戲時、甚至洗澡時，都有快樂的兒歌相伴，在兒歌中度過美好的童年。

　　本次兒童組總計收到三百五十四首作品，社會組收到兩千三百一十四首作品，參賽作品具有豐富多元的特色，經過縝密的初審、複審、決審三階段，最後有十八首作品脫穎而出，獲得優選。本次參賽作品內容創新、形式亦自然生動，正好可以作為全國家長、教育工作者最佳的教唱教材。

　　最後要感謝承辦單位國立臺東師院兒童文學研究所，協辦單位臺北市立圖書總館、國語日報、民生報、信誼基金會的辛勞。為了我們的下一代，我們期望大家一起來為兒歌推廣而努力，大家來寫我們的歌，來唱我們的歌！

　　　　　　陳郁秀（行政院文化建設委員會主任委員）

②尋回已逝的童心

兒歌幾乎是每個人童年經驗中最美好的回憶之一。嬰兒時，躺在溫暖的懷抱中，聽著母親輕哼催眠曲：「嬰兒嬰嬰睏，一暝大一吋……。」覺得幸福、安全，安心進入溫柔的夢鄉。慢慢長大之後，和童年玩伴又唱又玩：「一的炒米香，二的炒韭菜。三的沖沖滾，四的炒米粉……。」等遊戲歌，這些都是令人難忘的兒歌。

但是，目前兒童園地中，幾乎很少聽到這些充滿童趣的兒歌，取而代之的是大人的流行歌曲。因此，希望能鼓勵作家創作出足以傳誦的兒歌，使我們的孩子能在兒歌聲中長大。且讓我們與孩子能擁有共同的記憶，從其中尋回已逝的童心，並獲得些許的乳香。

行政院文建會陳郁秀主委非常重視兒歌的推廣，委託本所承辦「兒歌一百徵選」活動，提供豐厚的獎金，希望大人、小孩一起來進行兒歌創作。

本活動分成兒童組和社會組，只徵選兒歌「歌詞」的部分。聘請二十位對兒歌有相當研究的專家及創作者，擔任評審委員，經過縝密的初審、複審和決審三階段，希望達到公平、客觀的原則，挑選出代表性的作品。

兒童組方面，以臺灣地區各國民小學學生為對象，投稿以學校為單位，希望透過學校的推廣，能提升兒歌創作的風氣和水準。但是，此次徵選活動期間，適逢各學校開學之初，許多學校之運作尚未正式進入常軌，是以此項活動之推動未如預期熱烈，投稿數量僅三五四首。

在品質方面，評審委員共同的看法是水準參差不齊。因此原本預計徵選優選十首，佳作三十首，在評審以優選「從嚴審議」，佳作「多多鼓勵」原則下，選出優選五首，佳作二十二首。

三 說明

當時行政院文建會主委是陳郁秀，她是一位音樂家，非常重視兒歌的推廣，委託兒文所承辦「兒歌一百徵選」活動。徵選活動自2000年至2004年合計五年，每年並舉辦頒獎典禮。

第一年，只有國語，分成人組與兒童組。第二年起，語言別有：原住民語、客語、閩南語與國語，期間仍分兒童組與社會組。因此，評選過程特別複雜，尤其是原住民語，又有近十種不同族語。

兒歌一百原訂有徵曲以利推廣的計畫。但徵詞順利，譜曲與推廣過程則頗曲折，有賴申學庸的建言，簡麗莉與臺灣音樂文化教育基金會的努力，始有相關 CD、DVD 有聲產品，更有2014年11月2日臺灣音樂文化教育基金會與國家教育研究院合辦「讓愛看得見——新兒歌『咱的囡仔咱的歌』兩岸三地專題論壇」，地點在臺北分院國際會議廳。至於有聲產品如下：第一、二集咱的囡仔咱的歌；第三集紅蜻蜓；第四集湖邊比美；第五集月亮升起的時候；第六集阿嬤欲去讀冊；第七集春天的笛聲。

兒童文學工作者訪問稿

一　書影

二　一本書的完成

本書能夠編印成書，其間自有許多的因緣與際會。且容我道來。

本所自1995年9月，於〈國立臺東師院八十六學年度申請增設系所班計畫書〉裡，對本所未來發展方向與重點即有如下的規畫：

> 本所設立旨在延續語文教育系長期以來的努力與耕耘，使其成為臺灣地區兒童文學研究的重鎮，進而成為華文世界的研究中心。
>
> 因此，在發展方向首重兒童文學史料的整理，且臺灣本土地區者為優先。所謂文學史料，較寬廣的說法，凡是能用來作為文學史相關研究的基礎資料或線索資料，都可以包括在內。如以資料的內容性質來作區隔，或可分為：作家資料、書目資料、活動資料（如大事紀要）等三部分（見《一所研究所的成立》，臺東師院兒文所，1997年10月，頁13-14）。

而後，1996年8月籌備以來，更是一本初衷。尤其是1997年4月招生入學以後，更是落實於教學與研究。

就教學而言，課程有臺灣兒童文學史，並由本人授課。授課方式，除閱讀現有文獻，並以參與、觀察與訪談相輔。這門課程旨使學生能了解與掌握臺灣兒童文學的史料，進而有能力整理1945年以來臺灣地區兒童文學史之資料。這些資料包括兒童文學論述著作、兒童文學出版機構、資深兒童文學作家以及作品等。因此在研究方法的使用上，除採用文學本身常用的研究法如傳記研究法、象徵研究法、新批評研究法、接受美學研究法等之外，還將就不同的對象，採用其他適當的研究方法來進行。

（一）俗民誌方法

近年來，俗民誌研究越來越盛行，也日漸受重視。這是由於企圖建立放諸四海皆準原則的量化實驗研究，長期以來未有突破性的發展，使得質性研究日益受重視之故。俗民誌研究是一種自然的、地方化的、素質的研究，所以以此方法來從事文學史及文化背景的研究，實有其必要性。

舉凡任何一種文化，經過長距離、長時間的傳播，常會呈現出扭曲、變形的樣貌，有時甚至變得面目全非，讓人無法想像其原來的面貌。然而較令人憂心的是，它依然使用著原來的名稱，因而造成文化概念的混亂。但是，我們相信，任何一種自覺的文化現象，不管它如何變化，都不會完全失落它對自身初始狀態的記憶。因此，重回文化現場去體驗傳播文本與實際狀況之間的嚴重差距，便顯得益形重要了。

文化現場有直接現場與間接現場之分。直接現場就是一種文化的直接發生地，現在還在發生著，只要身歷其境、真切感受，就能把握住這種文化的脈搏。間接現場則是指事件已經過去、地點比較泛化的次現場。而本研究將採用以下幾種方式重回文化現場，以探究兒童文學發展過程中的原始樣貌。

1. 人物訪談：本研究使用人物訪談法之目的，是希望透過資深兒童文學工作者、著作豐富之兒童文學創作者及資深出版從業人員與其他相關人員的訪談，以期能驗證文獻中真實意涵，以獲得文獻上所缺漏之珍貴資料，並藉以了解其對兒童文學工作所抱持的理念、想法與從事此工作的態度及過程，以使研究能更加周備。

2. 口述歷史法：本研究擬對臺灣資深兒童文學作家進行口述歷史，藉作家們口述歷史的蒐集、整理與分析，來建構及呈現以兒童文學史觀出發的臺灣兒童文學發展概況。

3. 舉辦座談會：座談會的舉辦，旨在邀請資深之兒童文學領域之專家學者、創作者及出版業者參與，以期能藉由座談討論獲得相關之史料文獻。

（二）歷史研究法

本研究之重點為臺灣兒童文學史的資料整理，所以將本著求實的態度、運用縝密的心思，於現存的文獻中尋求正確的歷史事實。因此必須採取歷史研究法來進行。進行的方式首先是蒐集一切與臺灣兒童文學有關之文獻資料，並以批判的態度去考量資料產生時的時代背景、當時的思想影響、文字詞彙的應用以及文字風格等，來校正文獻的錯誤、考證文獻之真偽、整理文獻之源流、評判作者的寫作目的及其動機，並加以分析綜合，以獲得當時社會現象之通則，俾使研究能得到真實客觀的結果。

（三）內容分析法

內容分析法是資料分析的一種方法，也是資料轉換的一種方式，它可以透過客觀而系統化的步驟，將資料內容中的訊息傳達出來，以達到探究研究主題的目的。本研究將採用此方法，將其應用在大眾傳媒資訊（包括兒童報刊、期刊、雜誌、圖書、節目等）、官方及私立機關之文獻及檔案記錄（包括主辦及參與的活動、政策等）、前人所統計之資料及社會指標等方面，並將這些資料以系統化、客觀化的方式加以歸納分析，以尋找出兒童文學史中之重要的指標性事件，以作為研究撰寫之依據。

（四）文本分析法

文本研究是社會學門常採用的研究法之一。本研究擬採此法來分

析及解釋文本中所隱含的意義。此處所指的文本包括兒童文學讀物、重要兒童文學事件、人物的訪談……等。在進行文本研究時，我們將著重意義之賦予，並建立評估文本的標準原則。

落實於作業，則以指標性事件與人物的訪談為主，事件與人物各撰寫一篇，且以一萬字為限。

除教學外，個人又以「臺灣地區兒童文學史料的整理與撰寫」為題，向國科會申請為期三年（八十七至八十九學年）的研究計畫（計畫編號WSC88-2411-H-143-001）。本研究旨在對1945年以來，臺灣兒童文學的發展與演進，做一宏觀性的整理，進而撰寫出一部臺灣兒童文學史。

研究首重資料，資料的蒐集與整理亦是研究的重點。其中擬對1945年以來兒童文學論述書目做提要，以作為後人研究之參考手冊。並對前輩進行訪談或口述記錄。同時確立與整理指標性事件，以作為撰寫文學史的依據。

在教學與研究過程中，經深入蒐集後，始發現人力與經濟皆有所限制，尤其是基本資料的匱乏度，更是在預料之外。因此，調整研究策略，並尋求最有效的支援。

於是，有與中華民國兒童文學學會合作，以收群策群力之效，且適逢為迎接1999年8月「第五屆亞洲兒童文學大會」在臺北召開，於是乎《臺灣區域兒童文學概述》的編撰就於焉落實。

又有文建會的委託案──「臺灣兒童文學100評選暨研討會」。其意義與目的有：

1. 是重視兒童與迎接2000年兒童閱讀年的實際行動。

2. 為兒童閱讀年提供本土的優良兒童文學作品。

3. 在新世紀之初，期待由此100名著之研討，為有心寫史者，

> 建構出一部包含：故事、童話、小說、寓言、民間故事（含
> 神話、傳說）、兒歌、兒童詩、兒童戲劇、散文、繪本的兒
> 童文學史大綱。

　　在全球化與個人主義的弔詭中，臺灣地區自1960年代末期，有愈
來愈多的作家、學者對另一種殖民——新殖民主義，尤其是美國好萊
塢文化與其商品侵略——開始注意。針對新舊殖民經驗，如何界定自
己的本土文化，珍視傳統文化再生的契機及其不同之處，便成為刻不
容緩的課題。所謂臺灣地區，除指創作地域之外，亦兼指其精神與內
涵。所謂臺灣兒童文學100評選，其旨在於歷史的、本土的。

　　臺灣兒童文學100評選工作，我們的預期效果有：

1. 臺灣地區兒童文學史料的重視與搜集。
2. 提供本土性兒童文學作品，使其對臺灣兒童文學發展有具體
　的認識。
3. 有助於未來臺灣兒童文學史的撰寫。

　　其間，臺灣兒童文學指標人物的訪談，始自第一屆研究生，由於
不盡理想，第二屆研究生接繼與補足。而1999年6月，高雄縣文化中
心有「臺灣囝仔冊・一步一腳印——八十八年度全省兒童圖書巡迴
展」一案，其中「主題館」委託本所。本所於企劃書中所提執行方
式有：

1. 以圖表方式呈現光復以來臺灣兒童文學有關指標事件、人物
　等編年紀要。
2. 編印《資深兒童文學家訪問記》一書，訪問對象計有：華霞

菱、潘人木、詹冰、林良、徐正平、陳梅生、馬景賢、傅林統、陳千武、黃春明、薛林、郝廣才、鄭明進、曹俊彥、林煥彰、桂文亞、許義宗、林鍾隆、鄭清文、黃基博、趙天儀等人。每篇約以一萬字至一萬五千字，每篇附有年表紀事。

3. 展示作家與作品或雜誌。

4. 展示早期光復以來各種兒童圖書目錄、兒童文學論述書目。

5. 展示中華民國兒童文學學會、臺灣省兒童文學協會相關資料。

於是兒童文學指標人物的訪問記錄，有了出版的機會。書名訂為《兒童文學工作者訪問稿》（註：兒童文學工作者指的是從事兒童文學的作家、畫家、編輯、理論研究者等），並依受訪者的年齡作為編排的順序，而訪問的人物並非僅此十八位，我們希望能有機會訪問到七十人左右，更盼望有續編的印行。

兒童文學工作者的訪談，雖然訂有撰寫格式，但亦容許訪談者有權宜的空間。是以文稿書寫格式可說大同小異。但每篇訪問則必須經受訪者過目與簽名後才算定稿。又在編輯過程中，為求全書體例更趨一致，在不礙原意之下略有刪改，但仍有徵求受訪者的同意。其間或未能再經受訪者過目，仍請受訪者見諒。

全書篇次排列，是以受訪者出生年次為序。每篇皆有標題與篇頭語，並於每篇前面置有受訪者的影像與簽名。

全書能編輯成冊，真是感謝辛勞的研究生，及受訪者願意接受研究生的打擾。同時，更要感謝徐錦成同學幾個月的逐字校讀。除外，更要感謝高雄文化中心同意由萬卷樓圖書公司印製本書，我除了感謝之外，更是珍惜這份福緣。

三　說明

　　兒文所課程中有必修「臺灣兒童文學史」，由我講授。其間，臺灣兒童文學指標人物的訪問是必要的作業，始自第一屆研究生，如有不盡理想，學弟妹研究生可接繼與補足。

　　1999年6月，高雄縣文化中心有「臺灣囡仔冊‧一步一腳印──八十八年度全省兒童圖書巡迴展」一案，其中「主題館」委託本所。於是，有了本書的出版。

　　訪問稿是「臺灣兒童文學史」規定的作業，其範圍除日間部研究生外，並有夜間部、臺北班與暑期部。總計超過四百人，惜乎後來無緣出版。

臺灣文學

一　書影

二 我們的臺灣文學

臺灣新文學是二十世紀的產物，也是長期殖民統治刺激下的產物。

以臺灣新文學發源的日據時期而言，新文學是新文化運動的一環，更是民族運動的重要精神標示，新文學作家和他們的創作，與反日抵抗運動之間，無從明顯區隔，文學和歷史、現實的交融，已成為臺灣文學的一種性格，無從撇開臺灣的歷史命運來談臺灣文學的演變。

而戰後臺灣地區的文學運動，除了文學應和內在的律動，為求新求變而動之外；文學以外的非文學因素，尤其是政治、經濟對文學的影響，可說是直接而絕對的。「戰後初期，時局的瞬息丕變，接連發生的政治事件，可以說把整個臺灣的發展，擠出了軌道，臺灣文學亦然，臺灣作家無法在平穩、順直的軌道上發展屬於自己的文學，總有過多的曲折與傷害等著臺灣作家去接受考驗，是臺灣作家的苦與痛。戰前已然建立自己文學性質與風格的臺灣文學，已然有一定方向的文學運動，戰後，無疑又一次地走進飛沙走石、雲霧瀰漫的命運棋局中，重新經由沉思、探索、掙扎、爭辯、戰鬥的程序，走一趟時光的煉獄再尋求重生。」（見彭瑞金：《臺灣新文學運動40年》〈序〉，頁16。）

七〇年代是自我覺醒的時期，其關鍵是緣於政治性的衝擊：

1970年11月的釣魚臺事件。

1971年10月，政府宣布退出聯合國。12月，臺灣長老教會發表
　　國是聲明，希望臺灣變成「新而獨立」的國家。

1972年2月，尼克森和周恩來發表〈上海公報〉。

1972年9月，日本承認中共，同時廢除中日和平條約。

1975年4月5日，總統蔣中正去世。

1978年，中美斷交。

1979年12月，發生高雄美麗島事件。

這些衝擊具有足以動搖國本毀滅性的衝擊，使國人提高了反省的層次，也使得社會上層建築的文化掀起了壯大的覺醒運動。在這覺醒過程中，就新文學而言有三件大事發生：

（一）唐文標事件

時間是1972年2月至1973年。最初是關傑明在《中國時報》發表了〈中國現代詩的困境〉（1972年2月28日至29日），與〈中國現代詩的幻境〉（同年9月10日至11日）兩篇文章，而後引發詩壇熱烈的反映。但震撼文壇的是唐文標連續發表的四篇文章：

> 〈什麼時代什麼地方什麼人〉，《龍族》9期評論專號（1973年7月），頁217-228。
>
> 〈僵斃的現代詩〉，《中外文學》2卷3期（1973年8月），頁18-20。
>
> 〈詩的沒落〉，《文季》1期（1973年8月），頁12-42。
>
> 〈日之夕矣──《平原極目》序〉，《中外文學》2卷4期（1973年9月），頁86-98。

這四篇文章像一顆顆炸彈，落在已經爭爭吵吵的詩壇；顏元叔稱之為「唐文標事件」（見《中外文學》2卷5期，1973年10月）。這一回，與其說是一場現代詩的論戰，不如當它是對現代文學的本質與意義的考察。

（二）報導文學

1975年，高信疆在他主編的《中國時報》〈人間〉副刊推出「現實的邊緣」專欄之後，「報導文學」這個名詞才開始出現在臺灣文壇，並且逐漸受到矚目。報導文學是從社會關懷出發的。

（三）鄉土文學論戰

大約開於於1976年前半期，一直到1979年底王拓和楊青矗雙雙因高雄美麗島事件被捕繫獄為止。其中，導火線的關鍵性文章是1977年5月，葉石濤在《夏潮》發表的〈臺灣鄉土文學史導論〉一文（《夏潮》第14期，1977年5月）。

當時《大學雜誌》、《書評書目》、《中外文學》、《夏潮》等刊物，都先後展開有關臺灣文學傳統與特質的座談和討論，終至引爆了一場規模巨大的鄉土文學大混戰。論戰所以淪為一場混戰，最主要的原因當然是雙方都離開了文學這個主題，陷入意識型態的決戰；尤其不可原諒的是動輒在「愛國」、「忠貞」這些與論旨無關的問題上大作文章，似乎存心再掀起白色恐怖的復甦。

事實上，如互射空炮彈遊戲的鄉土文學論戰，真正的影響是在論戰之後。實際扎根於土地，具有現實使命感，無言默默的鄉土文學耕耘者，雖然只旁觀了這場火拼；但戰火不但未能傷及鄉土文學，更證明鄉土寫作的方向是正確的，給予本土作家經由迷惘摸索而萌芽再生的本土意識文學極大的鼓勵，而帶來真正鄉土文學寫作風潮。

其實，鄉土的追求與認同並非僅始於七〇年代。早在1927年6月鄭坤五在《三六九小報》中，在《臺灣藝苑》上登載白話小說，以「臺灣國風」為題，連載民間的情歌，並在若干小品，強調用臺語寫作，首先提出「鄉土文學」的口號，但缺乏一套完整的理論，未曾引

起一般的注意。

　　其後，黃石輝於1930年8月16日起，於《伍人報》第九號至十一號，陸續發表了〈怎麼不提倡鄉土文學〉一文。而郭秋生於1931年7月24日於《臺灣新聞》報上，發表〈再談鄉土文學〉一文。於是臺灣語文運動正式展開了，並引發了所謂的「鄉土文學論戰」。

　　許俊雅認為：

> 鄉土文學與臺灣運動是臺灣在日本殖民統治下，必然走上的趨
> 勢，也因鄉土語文提倡，臺灣主體性的思考，更被突顯出來，
> 得以獨樹一幟，既非日本文學之流，亦非中國文學之主流。
> （見《臺灣文學論：從現代到當代》〈再議三十年代臺灣的鄉
> 土文學論爭〉，國立編譯館，1997年10月，頁158。）

　　綜觀所謂的唐文標、報導文學、鄉土文學論戰等事件，一言以概之，皆是在於立足本土，落實現實；亦即是在於抗西化、抗國民黨、抗中共，落實的說：是臺灣意識的重現與重建。

　　以下謹以「臺灣」為名，以見臺灣文學的流變軌跡與受害歷史。

　　「臺灣文學」一詞，在日據時代即有之，就《日據時期臺灣文學雜誌總目‧人名索引》（前衛出版社，1995年3月）一書中，可見者有：臺灣新文學、臺灣文學、文藝臺灣、臺灣文藝等。又黃得時於1942年亦曾用日文撰有〈臺灣文學史序說〉（見葉石濤編譯：《臺灣文學集——日文作品選集》，春暉出版社，1996年8月，頁3-19）

　　戰後國民黨政府採取的臺灣文化政策，一言以蔽之，是中國化。首先必須把臺灣「中國化」，把臺灣人「中國人化」，最後把臺灣社會徹底統合成一元的「中國化」。

　　光復初期，似乎仍有臺灣意識的存活空間。

1946年5月4日臺灣文藝社在臺北市成立，發起人有林紫貴、姜琦、葉明勳、林茂生等，曾發行過「臺灣文學」月刊一期。

同年6月16日臺灣文化協進會在臺北市中山堂召開成立大會，選游彌堅為理事長。9月15日《臺灣文化》月刊在臺北市創刊，主編楊雲萍，迄1950年12月1日出版六卷三、四期合刊後停刊，共發行二十七期。

1948年8月10日《臺灣文學叢刊》第一輯在臺中市創刊，發行人張歐坤、主編楊逵。前後共出三輯。第二輯9月15日出版；第三輯12月15日出版。

1949年12月國民黨政府遷臺後，則是徹底的實施「中國化」。而「臺灣」一詞，也就成為魔咒。

解除臺灣文學魔咒者，當首推吳濁流。吳氏於1964年4月成立「臺灣文藝社」發刊《臺灣文藝》。《臺灣文藝》和稍後創刊的《笠》詩刊是本土文學刊物的兩大支柱。1964年，吳濁流六十五歲，從事業職場上退休，決心把他的餘生奉獻給臺灣文學重建的工作。他創辦《臺灣文藝》的目的很清楚，是要建立落實在臺灣這塊土地和人民上，承繼臺灣新文學精神傳統的戰後臺灣文學。他要提供缺少發表園地的本土作家足以耕耘的地方，以便培植後起的臺灣新本土作家，以及召集昔日共同作戰過的日治時代新文學作家。

《臺灣文藝》創刊的第二年，設置「臺灣文學獎」，5周年時，正式設立「吳濁流文學獎」基金，鼓勵新作家，鼓勵創作。

1965年11月，葉石濤於《文星》九十七期發表〈臺灣的鄉土文學〉一文，開啟了他日後論述臺灣文學與建構臺灣文學史的基礎。

1970年，張良澤於成功大學開始講授臺灣文學，可說是首開全臺之先。

1977年5月，葉石濤於《夏潮》十四期發表〈臺灣鄉土文學史導

論〉一文，這篇文章即使不是有意點燃鄉土文學論戰，也是有強烈撥開臺灣文學定義的烏雲暗霧的決心，七〇年代蓬勃的「鄉土文學」作品，逐漸蔚為文學實際的主流，但作家為何而寫？為誰而寫？作家的立場？作品的定位？事實上是處於極端曖昧的狀態，至少沒有人公開站出來批判反共文藝的不是，長期用來文化殖民的「中國文學」和蜂擁而起的鄉土文學作品，明顯的楚河漢界，也沒有人出面釐清。〈導論〉顯然是基於歷史使命召喚的登高一呼，它以「臺灣意識」賦予臺灣文學清楚準確的定義。雖然日後因此爆發了長達十數年的統獨爭論，但以臺灣意識檢驗，建構臺灣文學，則沒有爭議。

雖然，1981年，有詹宏志於《書評書目》九十三期發表〈兩種文學心靈〉一文，文中憂心臺灣文學。可能只是中國文學的邊疆文學。由此引發一場「臺灣文學地位論」的爭辯，可說是鄉土文學論戰的餘波。

八〇年代以後，鄉土文學的名稱已被揚棄，改稱為臺灣文學。1984年，葉石濤寫成《臺灣文學史大綱》，分別發表於《文學界》第十二集（1984年11月）、十三集（1985年2月）、十四集（1985年8月），其後1987年2月與林瑞明〈臺灣文學年表〉一文合刊，改名為《臺灣文學史綱》，由《文學界》雜誌社出版。在書中第七章第二節〈什麼叫作臺灣文學？〉有云：

> 進入了八〇年代的初期，臺灣作家終於成功地為臺灣文學正名，公開提倡臺灣地區的文學為「臺灣文學」。儘管有人仍然反對使用「臺灣文學」的名稱，但重要的是臺灣文學既有六十多年的歷史，無論用什麼名號，都無法抹煞鐵錚錚的內涵。由於臺灣海峽兩岸中國人的政治體制、經濟、社會結構不同，同時臺灣的自然景觀和民性風俗也跟大陸不完全相同，所以臺灣

文學自有其濃厚的地方色彩和特具的創作使命。

1982年3月回國的留美作家陳若曦曾下結論說:「北部作家希望
學習第三世界反帝國主義、反殖民主義、反封建主義的經驗,
與南部作家主張植根鄉土最眼前的事做起,這兩種不同的追求
方向都應受到重視,同時彼此也要互相尊重,不要發展出對立
或互相排斥的局面來」。這是明智的呼籲。

參加此種討論的有葉石濤、陳映真、宋冬陽、李喬、彭瑞金、
宋澤萊、高天生、詹宏志、呂昱等諸作家,然而此種問題很容
易受臺灣未來命運的影響,只好讓時間之流去做根本性的澄
清,留待歷史之手去處理。(頁172-173)

1987年7月15日零時起宣布解除長達三十八年的戒嚴令,同時公
布實施「國家安全法」。

「發現臺灣」似乎是九〇年代初期臺灣政治文化的一個熱門話
題。1991年11月《天下雜誌》發行一本〈從歷史出發〉特刊,以
「『打開歷史,走出未來』發現臺灣」為標題,並於1992年2月印製成
書(上、下兩冊),隨即又策畫《認識臺灣系列》。既言「發現」,顯
然臺灣過去一直處於被遺忘的狀態。臺灣原本有史,只是幾百年來的
被殖民經驗使它的歷史回憶被壓抑放逐。如今,臺灣塵封的過去再被
發現。

所謂發現,一言以蔽之,即是發現臺灣被殖民的歷史,而「臺灣
意識」即是被殖民的事實標記。沒有歷史,沒有記憶是所有被殖民社
會的歷史。而重建、重新發現被消逝的歷史,則是被殖民社會步入後
殖民時代,從事「抵殖民」文化建設工作的第一步。

1993年2月16至19日,聯合報系文化基金會主辦「四十年來中國
文學會議」,在會議中用「中國文學」作總題,把「臺灣文學」納為

與「大陸文學」、「海外文學」、「香港文學」等並列的子題，引起許多人的不滿，「中國文學」的霸權性格再度被突顯批判，「臺灣文學」主體性問題也再一次被熱烈討論。

1997年7月，私立淡水工商管理學院（1999年8月起改名為真理大學）成立臺灣文學系。

2000年8月，成功大學成立臺灣文學研究所。

自民進黨執政以來，強化臺灣意識，且因應九年一貫課程將自2001年9月起，從國小一年級逐年實施鄉土語言必選課程，於是鼓勵大學設立相關臺灣語文系所。

總之，自八〇年代以降，臺灣文學被公認是「顯學」。其間，除前衛出版社自1983年起率先編印以臺灣為名的年度小說、散文、新詩及文學選之外，可見以臺灣為名的文學選集有：

文學選集名稱	編著者	出版地	出版者	出版年
臺灣政治小說選（一）	李喬、高天生合編	臺北市	臺灣文藝雜誌社	無出版日期，當為1983
悲情的山林──臺灣山地小說	吳錦發編	臺北市	晨星出版社	1987.01
臺灣小說半世紀（1930-1980）	林雙不編	臺北市	前衛出版社	1987.03
臺灣當代小說精選1、2、3、4（1945-1988）	郭楓主編	臺北縣	新地文學出版社	無出版日期，當為1989
二二八臺灣小說選	林雙不編選	臺北市	自立晚報文化出版部	1989.02
願嫁山地郎──臺灣山地散文選	吳錦發編	臺北市	晨星出版社	1989.03

文學選集名稱	編著者	出版地	出版者	出版年
臺灣新世代詩人大系（上、下冊）	簡政珍、林燿德主編	臺北市	書林出版公司	1990.10
臺灣鄉土文學選集（一）	林川夫主編	臺北市	武陵出版公司	1991.08
臺灣鄉土文學選集（二）	林川夫主編	臺北市	武陵出版公司	1991.10
臺灣鄉土文學選集（三）	林川夫主編	臺北市	武陵出版公司	1991.12
日據時代臺灣小說選	施淑編	臺北市	前衛出版社	1992.12
臺灣喜劇小說選1、2	王文伶編	臺北縣	新地文學出版社	1993.03
臺灣鄉土散文選	黃錦鋐主持編輯	臺北市	教育部人文及社會學科教育指導委員會	無出版日期，當為1994
客家臺語詩選	龔萬灶、黃恆秋編選	臺北縣	客家臺灣雜誌社	1995.08
臺灣文學集1──日文作品選集	葉石濤編譯	高雄市	春暉出版社	1996.08
臺灣文學集2──日文作品選集	葉石濤編譯	高雄市	春暉出版社	1999.02
閱讀臺灣散文詩	莫渝著	苗栗縣	苗栗縣立文化中心	1997.12
日據時期臺灣小說選讀	許俊雅編	臺北市	萬卷樓圖書公司	1998.11
島嶼妏聲──臺灣女性小說讀本	江寶釵、范銘如主編	臺北市	巨流圖書公司	2000.10
臺灣文學讀本（一）、（二）	陳玉玲主編	臺北市	玉山社出版公司	2000.11

由上可知，正可說是多元共生，百花齊放。然而，卻亦有其隱憂，陳芳明於〈臺灣新文學史的建構與分期〉一文中說：

豐碩的臺灣文學遺產，誠然已經到了需要重估的時代。自1980年以降，臺灣文學被公認是一項「顯學」。然而，這個領域逐漸提升為開放的學問時，它又立即成為各種政治解釋爭奪的場域。從這個角度來看，它其實也是一項「險學」。淪為危險學問的主因，乃在於臺灣文學主體的重建不斷受到嚴厲的挑戰。挑戰的主要來源之一便是中華人民共和國學者在最近十餘年來已出版了數冊有關臺灣文學史的專書；例如，白少帆等著的《現代臺灣文學史》（遼寧大學，1987年），古繼堂的《靜聽那心底的旋律──臺灣文學論》，黃重添的《臺灣新文學概觀（上）（下）》（鷺江，1986年），以及劉登翰的《臺灣文學史（上）（下）》（海峽文藝，1991年）。這些著作的共同特色，就是持續把臺灣文學邊緣化、陰性化。他們使用邊緣化的策略，把北京政府主導下的文學解釋膨脹為主流，認為臺灣文學是中國文學不可分割的一環，把臺灣文學視為一種固定不變的存在，甚至認為臺灣作家永遠都在期待並憧憬「祖國」。這種解釋，完全無視臺灣文學內容在不同的歷史階段不斷在成長擴充。僵硬的、教條的歷史經驗，也沒有真正生活的社會經濟基礎。臺灣只是存在於他們虛構的想像之中，只是北京霸權論述的餘緒。他們的想像，與從前荷蘭、日本殖民論述裡的臺灣圖像，可謂毫無二致。因此，中國學者的臺灣文學史書寫，其實是一種變相的新殖民主義。（見《聯合文學》163期，頁172。）

綜觀臺灣近代的歷史，先後歷經荷蘭人占據三十八年（1624-1662）、西班牙局部占領十六年（1626-1642）、明鄭二十二年（1661-168年）、清朝治理二百餘年（1683-1895），以及日本占據五十年（1895-1945）。其中，相當長時間是處於殖民地的地位，因此，除了

滿人的移民文化外，尚有殖民文化的滲入；尤以日據時期的殖民文化影響最為顯著，荷蘭次之，西班牙最少。是以臺灣的文化在光復前是以漢人文化為主，殖民文化為輔的文化型態。

光復後，大陸人來臺，注入文化的熱血液。又1949年12月7日國民黨政府遷都臺北，更是湧進大量的大陸人口。特別是日本統治時代的五十年和光復後的四十年時間，在跟大陸完全隔離的狀態下吸收歐美文學和日本文學，而逐漸喪失了自主性格。尉天驄認為臺灣光復以後的新文學具有下列四種性格：

1. 移民性格
2. 殖民地性格
3. 飄泊性格
4. 工業化的消費性格（見聯經版《海峽兩岸學術研究的發展》，頁112-113）

嚴格說來，八○年代以來臺灣地區的文學，似乎已從飄泊與尋根中走向多元化的文學時代；它已邁向更自由、寬容、多元化的途徑。鄉土文學的名稱已被揚棄，而所謂的臺灣文學已然成立。

現代臺灣文學的重要課題之一，便是如何在傳統民族風格的文學中，把西方文學的技巧融入，建立具有臺灣特質及世界性視野的文學。

無史、歷史消逝是所有被殖民社會的歷史，而重建、重新發現消逝的歷史，則是所有被殖民社會步入後殖民時代，從事「抵殖民」文化建設工作的第一步。而臺灣文學史的論述，則是重建的起步。有關臺灣文學史的論述可見者有：

書名	編／著者	出版地	出版者	出版年月
臺灣新文學運動簡史	陳少廷編撰	臺北市	聯經出版事業公司	1977.05
三百年來臺灣作家與作品	王國璠、邱勝安著	高雄縣	臺灣時報社	1977.08
日據時代臺灣新文學作家小傳	黃武忠著	臺北市	時報文化出版公司	1980.08
臺灣文學史綱	葉石濤著	高雄市	文學界雜誌社	1987.02
臺灣文學入門文選	胡民祥編	臺北市	前衛出版社	1989.10
臺灣新文學運動40年	彭瑞金著	臺北市	自立晚報文化出版部	1991.03
復活的群像——臺灣卅年代作家列傳	林衡哲、張恆豪編著	臺北市	前衛出版社	1994.06
臺語文學運動史論	林央敏著	臺北市	前衛出版社	1996.03
臺灣文學入門——臺灣文學五十七問	葉石濤著	高雄市	春暉出版社	1997.06
臺灣客家文學史概論	黃恒秋著	臺北縣	客家臺灣文史工作室	1998.06

　　申言之，臺灣自1987年解除戒嚴令，使臺灣從此走向多元開放的道路。但仍有本土化與國際化之爭。這種爭執主要是對殖民文化的反動，因此，它也是一種自然的趨勢。每個人都將成為世界公民，但在同時又不能失去根本源頭的認同，每個人都必須在所屬的國家與社區扮演積極參與的角色。我們雖然要邁入國際化，但相對的，地方化、區域化的觀念愈來愈受到重視。國際化和地方本土化到底如何去化除緊張，亦是不可避免的事實。吉妮特・佛斯（Jeannette Vos）、高頓・戴頓（Gordon Dryden）於《學習革命》（*The Learning Revolu-tion*）中認為塑造明日世界有十五個大趨勢，其中之十是「文化國家主

義」，他們說：

> 當全球愈來愈成為一個單一經濟體，當我們的生活方式愈來愈
> 全球化，我們就愈來愈清楚的看到個相反的運動，奈斯比稱之
> 為文化國家主義。
>
> 「當世界愈來愈像地球村，經濟也愈來愈互賴時」，他說，「我
> 們會愈來愈講求人性化，愈來愈強調彼此間的差異，愈來愈堅
> 持自己的母語，愈來愈想要堅守我們的根及文化。即使是歐洲
> 由於經濟原因而結盟，我仍認為德國人會愈來愈德國，法國人
> 會愈來愈法國」。
>
> 再一次的，這其中對於教育又有極為明顯的暗示。科技愈加發
> 達，我們就會愈想要抓住原有的文化傳統——音樂、舞蹈、語
> 言、藝術及歷史。當個別的地區在追求教育的新啟示時——尤
> 其在所謂的少數民族地區，屬於當地的文化創見將會開花結
> 果，種族尊嚴會巨幅提升。（見林麗寬譯，中國生產力中心出
> 版，1997年4月，頁43-44）

　　本土化、國際化，皆不悖離多元化。所謂多元化、本土化的主張，
不是口號，是趨勢。在歷經長期的努力，我們已經有了對臺灣與本土
文化自然的情感。因此，論述臺灣文學史是我們無可避免的事實。

　　萬卷樓圖書公司委託本人策畫有關編選臺灣文學事宜，且得慶華
兄鼎力相助，其間幾經商討，確定有關編選原則，並決定全書篇章與
撰稿人如下：

　　第一章　臺灣文學的界定與流變　林淑貞
　　第二章　臺灣文學特色與作品舉隅　林淑貞

　　葉石濤認為要認知臺灣文學的結構，必須從三個切入點進去。分別是種族、歷史與風土。（見《舊城瑣記》〈臺灣文學的三要素——種族、歷史與風土〉，春暉出版社，2000年9月，頁71。）臺灣是個多族群的地區：原住民、平埔族、福佬、客家與外省族群。他們各有自己的語言與文化，是以母語文學的發展是不可避免的趨勢。而本書論述對象仍以北京官話的中國白話文書寫為主。其中論述可能不盡周延，但我們仍樂見多元共生與眾聲喧嘩。

　　當然，我們更盼望在多元共生與眾聲喧嘩中，走出悲情與對抗，並重現臺灣文學的主體性與自主體。

三　說明

大學與研究時代（二十世紀六○年代）有幸遇到張秀亞老師，她是當時的散文名家，我也因此喜歡了現當代新文學，也因為喜歡新文學，而走向講授兒童文學教學與研究之路。

印象中，現當代文學史幾乎都容不下「兒童文學」。其間，僅見柏楊主編《1980年中華民國文學年鑑》（時報文化出版事業公司，1982年11月），它是臺灣地區第一本文學年鑑。其中〈文學概況〉中有「兒童文學」（頁52-58）的文類，由林良執筆。如今有機會為萬卷樓圖書公司策畫主編《臺灣兒童文學》一書，順理成章的拙著〈臺灣的兒童文學〉一文列為其中一章。

全書的策畫與撰稿人，自當感謝同事周慶華的鼎力相助。撰稿人計有：林文寶、林淑貞、林素玫、張堂錡、周慶華、陳信元等七人。

本書出版，除將「兒童文學」正式列入現代文學；亦可聊慰個人對現代文學的鍾愛。同年國立文化資產保存研究中心籌備，委請陳萬益主持《臺灣文學辭典》編纂計畫中，已將「兒童文學」列為一類，而我就是「兒童文學」編輯委員。

少兒文學天地寬
——臺灣少年小說學術研討會論文集

一　書影

二 延伸少兒文學研討成果

九歌文教基金會成立於1992年6月，為鼓勵本土兒童文學創作，期待有更多屬於本國兒童的讀物，不全依賴翻譯作品，藉以提升下一代的鑑賞能力，啟發創意，舉辦現代兒童文學獎，廣向海內外徵文，徵選適合兒童及青少年閱讀的小說創作。

由於字數須在四萬字左右，適合少兒閱讀，有文學性，不說教且具啟發性，實在是高難度的挑戰；而大人揣摩孩子的眼光看世界，更是稍一不慎即會偏離題旨。過去十年，行政院文化建設委員會持續贊助，從第一屆首獎十五萬元，逐步提高到二十萬元。到2001年首獎改為文建會特別獎，來稿件數也逐年增加，初選後，經專家學者複審、決審，每屆選出六至九件優良作品，由九歌列入「九歌兒童書房」書系出版，已出版的得獎作品已有五十二本，作者群以臺灣本地作者占絕大多數，中國大陸及海外的作家也多次獲獎，作品內容多樣，人文關懷、兒童對成人世界的困惑與嚮往、成長的故事等，科幻或寫實，歷史的追尋、自然世界的探訪、未來的不可期……。作家們彩繪出繽紛的少兒文學天地，許多作品經「好書大家讀」評審委員評選為年度好書，也造就不少國內少兒文學界的生力軍。

十年有成，在國家文化藝術基金會贊助下，特於今（2002）年，與臺東師範學院兒童文學研究所合辦「臺灣少年小說學術研討會」，蒙臺北市立圖書館、民生報、國語日報等單位協辦，在臺東師院兒文研究所林文寶所長策畫下，廣邀海內外及海峽兩岸少兒文學學者作家舉辦為期兩天的研討會，就創作理念暨少兒文學教學、推廣，以及作品類型等，逐一作既深又廣的全方位探討。

　　本書集結本次研討會十三篇論文，期望以書本形式，延伸研討會的成果，推廣少兒文學，期望所有文學工作者，共同為我們的下一代創作屬於我們的少兒文學。

九歌文教基金會　謹誌

三　說明

　　因參與九歌現代兒童文學獎的評審，而認識了九歌出版社發行人蔡文甫先生。並在九歌文教基金會成立十年之際，建議舉辦「臺灣少年小說學術研討會」以做十年的祝賀禮，在蔡先生的同意之下，並授權由我策畫。

　　於是，有了2002年6月8日、9日兩天的臺灣少年小說學術研討會，計發表論文十二篇，我也撰寫了〈九歌「現代現代兒童文學獎」的觀察〉一文作為賀禮。

　　這是兒文所與業界合作舉辦學術研討會的起點。

小兵童話精選（共六冊）

一 書影

二 我的暑期研究生

　　我的工作，是從事兒童文學的研究、教學與推廣。過去，兒童文學曾經有所謂的教師作家團隊，因此，我一直認為「校園」是臥虎藏龍的地方——校園的某些角落，必定潛藏著許多優秀的兒童文學作家。這個想法，在這幾年與諸多暑期研究生朝夕相處的過程中，得到了驗證。

　　我的暑期研究生多半是現職的教師，有的年紀一大把，學習和創作的興致卻不輸年輕小伙子。他們考上了兒童文學研究所，在教書之餘來到臺東進修專業能力，熱烈討論作品，從他們和樂融融的氣氛之中，我彷彿看見臺灣兒童文學的新天堂。

　　我的暑期研究生都有過人的文字水準，因為他們從批改作文、作業中看見許多錯誤，從而自我改進。我的暑期研究生都知道兒童需要什麼，因為他們了解兒童的問題，知道應該從什麼角度切入闡述。我的暑期研究生都知道兒童的差異性，並由接觸中了解兒童對文字與內容深淺的接受程度。我的暑期研究生都有無限的創意，因為他們與兒童朝夕相處，他們的心，與兒童的笑聲一起愉悅飛揚。這一套《小兵童話精選》便是我的暑期研究生的精彩作品。

　　《小兵童話精選》是從我的暑期研究生諸多得獎童話作品中摘選六篇，並力邀六位本土知名畫家鼎力相助，繪製成精美的圖畫書。文字量比一般繪本稍多，比一般文字書稍減，後面還有精彩的操作遊戲，希望能成為小朋友「由繪本走向文字書」的橋樑，讓小朋友看了以後，從此喜愛文字閱讀。這六本書是：

　　《公雞阿歪嘎嘎嘎》原名「公雞阿歪」，第九屆臺灣省兒童文學獎。作者楊寶山，圖畫任華斌。描述公雞阿歪因為小時候發生意外撞歪了嘴，無法順利進食，因此長得十分瘦小，也不能像一般公雞喔喔

啼叫，也變得很自卑。一天晚上，大黃貓侵襲雞舍，阿歪陰錯陽差的成為拯救大家的英雄。在同伴的鼓勵下，阿歪從此突破心理障礙，每天都充滿自信的迎接第一道曙光，快樂的嘎嘎啼叫。

《小天使學壞記》原名「小天使學壞」，第十四屆文建會兒童文學創作獎。作者陳景聰，圖畫莊河源。描述只會做好事的小天使康康，為了讓他頭上惱人的光環消失，向壞蛋鴨霸拜師「學壞」。在學做壞事的過程中，奇妙的光環展現它的魔力，反而讓鴨霸帶著他的手下，痛改前非，一起跟康康學做好事。

《胖鶴丹丹出奇招》原名「鶴舞大賽」，文建會「第十四屆兒童文學創作獎」。作者陳佩萱，圖畫施姿君。描述小胖鶴丹丹因為舞技拙劣，受到同伴的嘲笑。她痛下決心，努力不懈的練習，終於練成最有創意的舞步，在鶴舞大賽中一雪前恥，奪得前所未有的大獎。

《再見李夢多》，文建會臺灣文學獎童話評審獎。作者廖炳焜，圖畫徐建國。描述充滿創意的理髮師李夢多，來到處處一成不變的古北國，展開一段充滿驚奇的旅程。李夢多利用他源源不絕的創意，不但治好了國王的病，也讓灰暗僵化的古北國變得多彩多姿，生機蓬勃而有朝氣。

《土地公阿福的心事》，2002年吳濁流文藝獎。作者林佑儒，圖畫發哥。描述住在森林裡的土地公阿福，總是盼望著能轉調到繁華的大城市裡，接受眾人的膜拜，然而，他與雪狐一場感人的相遇，使他體會到山居小動物的淳樸真情，帶給他最大的回饋是快樂與強烈的歸屬感，使他領略了愛心無價，真情可貴。

《神奇的噴火龍》原名「噴火祭」，2002年中國大陸冰心兒童文學新作獎。作者陳景聰，圖畫陳炫諭。描述噴火龍哈哈為了接下爺爺開火車的工作，到學校努力學習噴火，不但成功噴出威力強大的藍色火焰，有能力傳承爺爺駕駛「颱風號列車」的志業，還發現了隱藏在

壁畫裡的祕密，運用機智與群體力量，打敗了要破壞噴火祭的白色怪獸。

　　我的這些暑期研究生們雖然得獎無數，但卻仍「默默耕耘，隨遇而安」，從不知聒噪吹噓。身為所長的我，深知這六本童話不但圖文並茂，深具教育意義，且作者灌注在其中的愛心、表現的創意、使用語文的精準和優美的文學性，也讓我引以為傲。在他們戴上碩士帽的同時，我除了祝福之外，更願極力推介之。

三　說明

兒文所1997年正式招收十五名研究生。

1999年有在職進修專班，其中有暑期班與夜間班，各招收二十五名。

在職進修，要皆以在職中、小學教師為主，這些在職生，有能力又有心從事兒童文學創作。其間我也曾為他們牽引與月刊雜誌社撰稿，更為他們尋求出版的機會，經小兵出版社可白女士同意，合作出版一套《小兵童話精選》橋樑書。

這套書是暑期班第二屆六位同學的作品，當時他們暑三，藉第一屆暑期班畢業之際，在臺東那路灣大酒店舉辦一場名之為「新書發布暨兒童文學100迎新送舊晚會。」

參與現場的師生與貴賓，自當記憶猶新。

蜘蛛詩人

一　書影

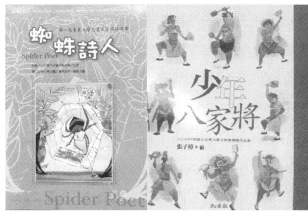

二 迎向旭日，往東大邁進

「臺東大學兒童文學獎徵選活動」於2003年首度舉辦，一方面是為慶賀臺東師院自今年八月起正式升格為臺東大學，成為臺東地區第一所大學；另一方面是慶賀兒童文學博士班的成立與第一屆招生，不僅可以為臺東地區的學子提供更優質的學習環境和進修管道，更為臺東大學在兒童文學的學術研究及實務推展上面開拓新的願景。

有鑒於要積極發展臺東大學的特色與深入兒童文學研究領域，本次活動的舉辦特別鼓勵在籍高中職及大專院校學生（含日、夜間部學生及碩、博士生）致力於兒童文學創作，推廣書寫能力，期能提升兒童文學創作風氣，為教育界及文學界培養出更多新生代的兒童文學閱讀者與創作者。

本次徵選活動的確吸引許多各級學校的學生勇於參與創作，經過初審後總計收到一〇九篇作品，包括高中職學生二十五篇，大專院校學生四十六篇，碩、博士生三十八篇。作品來源適度地分布於三種不同屬性的學生族群，顯示未來有能力投入兒童文學研究及創作的人才分布很廣，相當值得期待，並能夠在各級學校中加以培養。

經過聘請十位專業的評審委員（包括五位複審委員及五位決審委員），針對作品的內容、表現形式及兒童文學創作的技巧等進行縝密的複審後，選出二十七篇作品進行決審，並於決審會議上選出前三名優秀作品及佳作八篇。值得一提的是，評審過程中曾針對學生的作品尚未符合一般社會獲獎的標準審慎地加以評判及考量，諸如故事邏輯較不順暢，錯別字出現頻繁等，但是評審們基於鼓勵學生創作的立場，因此決議共選出十一名優秀作品，其餘佳作從缺。

整體而言，本次臺東大學兒童文學獎徵選活動基於多元教育的理念，主要目的在於鼓勵創作，當然，藉由彼此觀摩，希望往後更能提

升參賽作品的水準。在此，感謝各校踴躍參賽的同學，並由衷感謝財團法人兒童文化藝術基金會贊助出版，本校語文教育學系及兒童文學研究所師生共同投入參與徵選工作，讓這次的活動能夠圓滿落幕。

郭重吉

三　說明

　　在兒文所所長任內，籌設博士班，並向校方提案設置「臺東大學
兒童文學獎」徵選活動。一者為慶賀臺東師院自2003年8月起正式升
格為臺東大學；再者是慶賀兒文所博士班的成立與第一屆招生。經校
方同意於2003年首度舉辦徵文獎。同時我在兒文所任期屆滿，轉任首
任人文學院院長。

　　這是2003年第一屆徵文獎作品集。「臺東大學兒童文學獎」至
2008年第六屆後停止，合計六屆，其得獎作品集如：

年代＼類別	作品集	出版社	出版年月	文類
2003	蜘蛛詩人	兒童文化藝術基金會	2003.8	童話
2004	少年八家將	民生報社	2005.3	少年小說
2005	夏天	聯合報股份有限公司民生報事務處	2006.3	少年小說
2006	風和雲的青春紀事	聯合報股份有限公司	2007.3	少年小說
2007	《兒童文學學刊》第17期	臺東大學	2007.5	兒童戲劇
2008	兒童劇本作品集	臺東大學	2009.11	兒童戲劇

　　遺憾的是2004、2005兩年的得獎作品集，誤植為臺東大學文學獎
得獎作品集。

兒童讀物編輯小組的歷史與身影、我們的記憶‧我們的歷史

一 書影

二 ①想念與掛念

「兒童讀物編輯小組」的裁撤，對藝文界的朋友來說（尤其是兒童文學界），似乎是件不能接受，也不敢相信的事實。可是，它卻真地走入歷史。

身為兒童文學工作從業者的我，設法搶救或書寫相關資料，是我義不容辭的職責。於是有〈「兒童讀物編輯小組的歷史書寫與徵文活動」計畫書〉。

在撰寫期間，雖非澎湃激情，卻也感慨多端：為什麼想念總是在結束之後？為什麼我們總是找不到自己的立足處？由於諸多想念與掛記，行文不免帶有私念，甚見大量引用所謂的文獻，其實，原貌的呈現，或許可沖淡一己的私念，亦不失為另一種沒有意見的意見的書寫方式。又由於掛記太深，於是乎有了許多的附錄，但願能有助於日後的砌磚者。

由於「兒童讀物編輯小組」的結束引發爭議，因此採訪頗多不便，是以相關訪問對象，皆轉錄自《兒童文學工作者訪問稿》（萬卷樓圖書公司，2001年6月），及本所碩士論文，並感謝萬卷樓同意轉載。

計畫案執行之初，即遭遇世紀新疫SARS為虐。其後，又是本校改制為大學的繁忙期，是以中斷長達三個月。今日得以完成，自是心存感謝。

首先，要感謝申請案的順利通過。

其次，我要感謝合作的夥伴：趙秀金老師撰寫肆、伍、陸、柒等四章。

當然，更要感謝助理蔡淑娟小姐幫忙處理相關的雜事。

②記憶在深處

本書是關於《中華兒童叢書》的徵文結集。它是〈「兒童讀物編輯小組」的歷史書寫與徵文活動計畫書〉的一部分。

本次徵文活動於2003年3月10日至5月31日進行徵稿，總計收到稿件七十二件。投稿件數雖然不多，但稿件來自臺灣各地區，更有旅居海外華人參加徵文。當中不乏在學學生、現職教師、家長、兒童文學工作者，更有昔日兒童讀物編輯小組成員共襄盛舉。參加者的年齡層跨及1939年代至1980年代，顯見兒童讀物編輯小組影響世代的廣泛，而其出版品《中華兒童叢書》亦可說是跨世代共同的童年回憶。

經過聘請五位專業的評審委員（周惠玲、陳素宜、吳文薰、郭鍠莉、郭婉伶），針對作品的主題內容及表現形式進行縝密的評選後，總計四十六篇作品脫穎而出。整體而言，投稿文章一致肯定兒童讀物編輯小組的成就，也顯現《中華兒童叢書》是過去四十年來陪伴兒童成長並深受喜愛的兒童讀物。綜觀入選作品，呈現的主題內容多為：（一）抒發與《中華兒童叢書》交流的個人經驗；（二）《中華兒童叢書》的讀後感或書評；（三）《中華兒童叢書》在教學上的運用；（四）兒童讀物編輯小組的歷史發展及相關人物書寫。

應徵稿件不多，出乎意料之外，相對於裁撤之前藝文人士的激情，真有今夕何夕的感慨，或許我們錯估了真相。

身為兒童文學工作從業者，一路走來，有太多的感傷，為什麼我們總是忘了自己，難道我們真是已經忘了歷史，忘了記憶？

為什麼在結束之後，仍然缺少一點點的想念，難道是我們的記憶仍壓縮在深處？

重回深處，撫摸與慰藉傷痛，尋回自己，認識自己，肯定自己，重視我們的主體性與自主性。

於是我們我們有了關心與痛惜的對象，我們有了生命共同體的意識，也因此有了共同的記憶。

徵文活動得以順利完成，自當感謝蔡淑娟、黃柏森與黃百合三位的協助。

三　說明

　　1964年6月，臺灣省教育廳在聯合國兒童基金會的協助下，成立
「兒童讀物編輯小組」，隨後陸續定期出版各期《中華兒童叢書》，配
發至臺灣地區的國民小學各班級。兒童讀物編輯小組出版近千冊《中
華兒童叢書》、《中華兒童百科全書》、《中華幼兒叢書》、《中華幼兒圖
畫書》，並發行《兒童的雜誌》。

　　1999年臺灣省政府功能業務與組織調整，實施精省決議時，曾引
發其存廢爭議。當時教育部長曾志朗極力肯定兒童編輯小組對兒童閱
讀的貢獻，決定留存編輯小組，並重新研議其定位、運作形式等。
2002年4月，新任教育部長黃榮村以「時代已經改變，沒有存在的意
義」為由，決定在年底裁撤編輯小組。

　　在「兒童讀物編輯小組」存廢擺盪之際，卻有一群「書香媽媽」
在努力修補破舊的中華兒童叢書。他們是臺北市龍安國小圖書館的一
群義工媽媽，他們形成了一個社團組織，以領導孩子閱讀為主，稱之
為「書香隊」，義工媽媽統稱為「書香媽媽」。

　　2000學年度期末，有一位家長將所借的中華兒童叢書歸還，當時
擔任還書業務的書香媽媽，發現叢書歸還作業很困難，成堆的叢書沒
有書櫃定位，也沒有造冊資料，全部置放在角落。擔任書香隊隊長的
孫惠如，曾建議館長將前四期的叢書報廢，館長黃貴蘭表示不輕言報
廢，但孫惠如仍帶著隊員將這些舊書造冊，其用意是先作好報廢資料
的準備。

　　在編輯整理過程中孫惠如、何虹樂一一與相關單位聯繫，中部辦
公室專員吳雋卿建議她們提供東師兒童文學研究作為研究用，也因此
讓孫惠如重新思考《中華兒童叢書》的價值。原來不是廢物，而是一
塊極具學術價值的珍寶。

正視《中華兒童叢書》的價值之後，孫惠如思考如何拯救這批破損老舊的寶貝？這是一個必須長期規畫的課題，她預定帶領書香隊員投入兩年的時間，將兩萬多冊的《中華兒童叢書》整理、建檔、上書櫃，並尋求單位的支援。我也因為學生孫藝泉的引見而認識孫惠如、何虹樂、館長與校長，又因為孫惠如的努力與介紹，我又認識了當時教育部長室的機要秘書楊昌裕，與楊秘書相談甚歡，他建議我提報計畫案，計畫於2002年12月31日送教育部，幾經商榷，國教司於2003年2月19日回函，同意案裡所提「兒童讀物編輯小組」歷史回顧乙節，並研提具體執行計畫（含經費概算表）到部，所提具體執行計畫於2月26再報部，最後於3月4日來函同意補助經費辦理。

至於所謂的活動部分則委請龍安國小辦理。龍安國小的修復工作始於2001年8月，到2003年初六大功告成。

龍安國小《中華兒童叢書》修復工程已在2003年4月22日配合全國閱讀月，隆重推出《中華兒童叢書》閱讀系列活動。書展以中華兒童叢書的第一本圖畫書《我要大公雞》為名，期望純粹閱讀的古早味一點一點被叫醒。閱讀系列活動因SARS而中止。

而有關「兒童讀物編輯小組的歷史書寫與徵文活動」，也因此而展開。《兒童讀物編輯小組的歷史與身影》（2003年11月）與《我們的記憶‧我們的歷史》（2003年11月）二書就是這個計畫的成果，臺東大學兒童文學研究所出版。

其後，2007年4月10日，教育部長杜正勝到臺東縣知本溫泉國小主持「焦點三百閱讀推廣計畫」第三年的啟動儀式。在會中我強調學童宜多讀原創作品，並建議舉辦國小教師有關兒童文學徵文比賽，並將得獎作品出版，以替代以往的中華兒童叢書。事後部長交付我提計畫構想書，也多次到部裡開了幾次的會議。最後交付「教育部文藝創作獎」，主事單位在教師組中增設「童話」一項。

臺灣少年小說作家作品研討會論文集

一　書影

二 走向「開來」的途中

自從接任理事長以來，即面臨學會兩大困境。困境之一是財務的不足；困境之二是老店如何重現生機。經過多次理監事的討論，其共識是開源節流與繼往開來。就學術活動而言，繼往的是臺灣資深作家研討會；開來的則是臺灣少年小說研討會。

去年9月左右，天衛陳衛平伉儷曾就當下本土少年小說的推動等相關問題，問學會是否有意願參與策畫。於是我慨然答應提交常務理監會討論（理監會已有共識在先），會中全體一致同意，因此「臺灣少年小說研討會」於焉成型，也順理成章的展開相關籌畫事宜。

研討會的主體是論文，論文全部採徵文方式：

2003年11月，計畫確認，公開徵稿，撰稿人先行提交論文題目及六百字以內之摘要。截稿日期12月31日。

2004年1月6日，第一階段摘要審查完畢，通知入選者開始撰寫論文，共收到二十五篇摘要。其二十五篇表列如下：

採用	編號	論文篇名
	1	常民記憶與歷史傳承——陳瑞璧的少年小說作品試探
	2	從文本與生活論李潼的幽默風格——以《天天爆米香》、《望天丘》、《白蓮社板仔店》等作品為例
	3	俯首甘為孺子牛——論李潼少年小說的創作歷程與主題分析
V	4	懷舊、神話與除魅——試論臺灣少棒小說（1977-2003）
V	5	少年小說中的戰爭與和平——以《臺灣小兵造飛機》與《我們的祕魔岩》為例
	6	從《老蕃王與小頭目》看排灣族原住民的文化保存與母語教育
V	7	周芬伶少年小說中的容顏關照與成長探索
	8	尋根之旅——看張友漁作品中的原住民弱勢關懷

採用	編號	論文篇名
	9	蛻變的「搞怪大王張嘉驊」及「海洋之書」的弦外之音
	10	鄭宗弦少年小說的鄉土情懷——以《又見寒煙壺》、《第一百面金牌》、《媽祖回娘家》為例
※	11	少年小說的功能與欣賞作用——以「九歌現代兒童文學獎」得獎作品為例
	12	李潼〈帶爺爺回家〉作品探析
	13	朱秀芳作品中的陽光少年
V	14	少年時期對族群認同的心理衝突——李潼《少年噶瑪蘭》探析
	15	危險與幸運——試論《春珠村傳奇》的冒險與勇氣
V	16	少年小說中的原住民形象——以李潼《少年噶瑪蘭》、《博士、布都與我》為例
	17	談廖炳焜問題少年小說中的主題意識和寫作手法——以〈老鷹與我〉、〈竹劍風雲〉與《聖劍、阿飛與我》為例
	18	廖炳焜少年小說析論
	19	少年小說的美麗與哀愁——一個圖書資訊學者的觀點
V	20	從「反叛之歌」到「自己的歌」——從詹錫奎《再見，黃磚路》反思美援影響下的文化現象
	21	論李潼《夏日鴛鴦林》的主題呈現
V	22	陳素宜少年小說中的臺灣少女——不是問題少女，卻有少女問題
	23	從族群關係看臺灣成長小說中的英雄試煉——以李潼《我們的秘魔岩》、《尋找中央山脈的弟兄》、《博士布都與我》為例
V	24	試論林滿秋的少年小說創作
V	25	「大頭春系列」中的青少年形象

2004年2月28日，第二階段論文收件截稿，逾期者不計，共收到二十一篇論文，其中張子樟所長一篇不計，共有二十篇進入審核。

2004年3月15日，第二階段論文審查完畢，共採用九篇。

論文計收二十一篇，其中含臺東大學兒文所所長張子樟一篇，張氏是唯一資深學者，用功之勤，令人敬佩，是以內舉不避親，徵詢其同意不做論文發表，延請作專題演講。

就篇名而言，尚稱多元，當然可論述的作家不僅於此；就撰稿人而言，則以碩、博士生為多，其間不見助理教授以上之學者。真可謂後生可畏，或云後浪推前浪，只是不知前浪今何在？

論文審查為求公平與時效，全部由本人與張所長兩人負責，其過程審慎用心，評審後再經討論而決之，其結果雖然不盡如人意，但請相信我們的努力。

來稿論文，不見爭奇鬥炫，玩弄理論伎倆，雖稱平實，卻偶有流於空泛之嫌，其間並缺少該有的主體性與自主性。其實作家作品論，要以文本為主，立論為據，並將立論貫穿其間，且行文要有所依據，否則流於泛論而無聚焦。

從來稿中得知，以論述李潼者為多，是以敦請李潼作另一場專題之演講者。

三場論文發表，兩場專題演講，為求能更務實的「開來」，另有一場「與作家對話」之座談，其中五位作家皆屬新生代，是我們期待作家中的五位。

這次的研討會的名稱，從「臺灣少年小說中生代作家作品研討會」到「臺灣少年小說研討會」，其實，我們的定位是側重於近十年的作品，以年代言或該稱之為新生代；就名稱言，我們稱之為「研討會」，而不稱為「學術研討會」，因為，對近十年的新生代而言，他們仍有漫長的路要走，我們無意給予沈重的「學術」壓力，這些新生代的創作者是我們「繼往」、「開來」的期待者，也是「老幹」上的「新枝」。

　　新生代的作家該是立足於本土，放眼天下，現代臺灣兒童文學的重要課題之一，便是文化與傳承的問題，亦即是如何在自己傳統民族風格的文學中，把西方文學的技巧、思想融入，建立具有臺灣特質及世界性視野的文學。或許中國宋朝黃伯思〈冀騷序〉仍可以作為借鏡，其序云：

　　　　屈宋諸騷，皆書楚語，作楚聲，紀楚地，名楚物，故可謂之楚辭。（見陳振孫《直齋書錄解題》卷十五引）

　　只有從自己最熟悉、最關心或最好奇的事物入手，方能落實關懷本土。所謂臺灣兒童文學的發展、資料的收集、整理與研究，亦皆如此。如果我們不能關懷自身，落實本土，要皆仰賴他人，不就地取材，則將事倍功半，徒勞無功，甚至流於文化殖民而不自覺。

　　一個研討會的完成，有賴於大家的關心。首先，要感謝學會的工作團隊；其次，感謝撰稿人、主持人、講評人與引言人，謝謝你們的仗義相助；再次，要感謝參與研討會的各界人士。

　　最後，要感謝協辦單位，謝謝你們的共襄盛舉。當然最該感謝的是主辦單位國家臺灣文學館，由於你們對兒童文學的肯定與全力支持，使我們學會走出了臺北市，走過臺中市，立足於國家臺灣文學館，期許我們能勇往直前，邁向「開來」的大道。

三　說明

2014年4月25、26日兩天，在臺南市舉辦「臺灣少年小說作家作品研討會」，這是學會學術活動跨過濁水溪南下的第一次，尤其是在國家臺灣文學館。

首先，要感謝當時臺灣文學館籌備處主任林瑞明、副主任陳昌明，應允由臺灣文學館出面主辦這場臺灣少年小說作家作品的研討會；其次，是天衛陳衛平夫婦的鼎力支持；再其次，則是學會理、監事的共識；最後，自當感謝兒文所師生努力與用心。

林瑞明主任在開幕致詞，強調兒童文學不能排拒在現代文學的殿堂之外，可見主任對兒童文學的重視，也是這場研討會重要的收穫。

李潼先生作品研討會論文集

一　書影

二 永遠的兒童文學作家

李潼自投入創作以來，短短的二十多年裡，因對文學的熱情與堅持，已為這塊園地不斷製造奇蹟與影響。

李潼用一生以一枝筆說故事的方式洋洋灑灑為少年兒童寫下一本本少年小說、散文、童話和劇本。

論數量，以小說、童話、散文為主要，另有劇本、評論和報導，李潼的作品六五八萬言六十五種作品，以兒童文學作家而言數量可觀，屬於多產作家。

論品質，從李潼歷年獲得三十四種重要文學獎，以兒童文學作家而言得獎驚人，可謂多獎作家。質與量皆屬高乘的李潼其人與作品當屬臺灣文學的瑰寶。

論影響，作品多篇選入教材作為課文；作品翻譯成多國文字推廣；作品多部改編成戲劇、動畫等；作品多元一直是深究研究的重要題材。

資深兒童文學作家林良說：「兒童文學作家永遠不忘記的只有兩件事：我要告訴孩子什麼？我該怎麼告訴他？」李潼用生命碾字六百萬，俠骨風情，為兒童為文學，他是臺灣兒童文學的瑰寶，也是臺灣文化在這個時代的重要註記。

李潼不幸於2004年12月20日病逝羅東家中。李潼過世不啻臺灣兒童文學一大遺憾，也是現代臺灣文學的損失。李潼晚期曾說：「多給我一些時間，我還可以為臺灣做很多事。」

李潼是中華民國兒童文學學會資深會員，長年來關心兒童，關愛文學。李潼棄世而去，學會感懷他為臺灣的兒童文學盡心戮力，作品部部泣血佳作，故為李潼辦理「永遠的兒童文學家李潼先生作品研討會」。

　　我們辦理這場研討會的動機，希望從過程中端倪出李潼兒童文學創作作品的歷史使命與對未來的影響；希望藉李潼兒童文學創作作品的研究反觀時代背景與社會現象；希望從了解李潼兒童文學創作作品中提供閱讀策略，使少年兒童在閱讀上能獲得樂趣與心得；希望藉李潼兒童文學創作作品研討，促進兒童文學學術研討風氣與增進寫作人才。

　　這次論文徵選過程，因有這樣一層動機，來自各方的論文足式作為李潼作品特色的呈現。

　　這次研討會之後，我們希冀見到的成果能從分析李潼作品的動機、理念、風格、技巧中，了解李潼對臺灣的歷史背景、社會現象、心靈層次呈現對本土文化發展的關懷；開拓兒童文學視野，關懷少年兒童閱讀。讓藉李潼先生的作品深入明瞭兒童文學引導閱讀帶來的功能，藉此提升少年兒童閱讀層次；藉永遠的兒童文學家李潼先生作品研討會作為一個發軔點，鼓勵臺灣少年小說的創作與研究，延續兒童文學發展，進而誘發青少年文學的萌芽與發展。

　　李潼為兒童為文學一生無私貢獻影響層面寬廣，當然也不是這次研討會徵得之論文能將其作品一次涵蓋論述。他的作品將因時代不同，思維不同而有新的視野；對他作品的論述也將因更多的體會與觀點的發現而有新的研究和詮釋。

　　我們期待這場研討會在李潼逝世周年後能作為另一個開始的契機，畢竟他的努力與貢獻，足以讓有心為文化為兒童文學的後進作為楷模。

　　所以，李潼是臺灣「永遠的兒童文學家」。

三　說明

　　李潼於2004年12月20日病逝羅東家中，當夜宜蘭學生與蘇麗春來電告知，自是感嘆不已。隨即告知會訊二十一卷二期（2005年3月）為「李潼紀念專輯」。並於2005年第一次理監會決議10月舉辦「永遠的少年小說家李潼作品研討會」。追思李潼先生最佳方式之一，即是將他璀璨的作品作一學術上的研討與定位，亦是從他的作品中透析一條可以跟進的脈絡，以提攜後進在少年小說創作路上更為積極努力。

　　在我兒童文學志業途中，承蒙各方厚愛與相助，自是點滴在心頭，其中李潼的率真與直言、馬景賢的諄諄與誠懇，惜乎哲人已逝，直教人嗟嘆不已。

安徒生兩百周年誕辰國際童話學術研討會論文集

一　書影

二 2005安徒生在臺灣

（一）前言

2005年4月2日是安徒生誕辰二百周年的日子，為了紀念這位世界著名的童話作家，聯合國教科文組織把2005年命名為「安徒生年」。活動時間從4月2日至12月6日。

2005年3月，丹麥王儲弗雷德克（Frederik）帶著王妃瑪麗（Mary Donaldson）來到美國紐約公共圖書館，揭開了二百周年慶祝活動在美國的序幕。

安徒生的家鄉，丹麥，則是在4月2日在首都哥本哈根的露天體育場舉行安徒生誕辰二百周年紀念慶典，有四萬民眾參與此次的盛會，為安徒生誕辰二百周年奏響紀念活動的序曲。

為了安徒生誕生二百周年的日子——2005年4月2日的來臨，世界各地都在熱烈舉辦紀念活動，包括：丹麥、臺灣、日本、韓國、中國、瑞典、新加坡、挪威、英國、德國、俄羅斯、法國、美國、澳洲、埃及和南非等。

在臺灣，由青林國際出版股份有限公司總經理林訓民於2002年推動，拉開了安徒生二百周年慶祝活動的序幕，舉辦了「安徒生童話繪本原畫展」為期九個月在四個地區巡迴展出系列活動。

2月分別邀請丹麥及日本的專家來臺做了兩場與展出有關的演講。

3月，舉辦了「我最愛的十個安徒生童畫故事」網路票選活動。

4月到6月，「安徒生童話——插畫創意獎」的徵畫評選活動。

7月，安徒生童話之藝術表現及影響學術研討會。

總結青林的活動，除了周邊商品外，主要的結集有：

安徒生童話・繪本原畫展（2002年1月）

魔法花園——安徒生童話‧繪本原畫展導讀手冊，鄭明進導讀
（2002年1月）

安徒生圖畫之藝術表現及影響學術研討會（2002年9月）

　　有關2005年安徒生二百周年在臺灣的相關慶祝活動，擬以平面出版與動態活動分別記錄如下：

（二）相關平面出版

　　本節以收錄平面出版為主，並兼集電子光碟等。又所謂出版是以2005年為主，相關再版或改版皆不收錄。以下依時間先後順序羅列：

書名	編、譯、繪、作者	出版地	出版社	出版月	註
安徒生童話	Susanna Ko／編著	臺北市	三采文化出版事業有限公司	1	
安徒生童話漫畫繪本1、2、3	孫家裕／編繪	臺北市	聯經出版股份有限公司	2	
高效閱讀的八個絕招——安徒生（2）	林淑英／著	臺北市	旭智文化出版	2	
安徒生故事全集1-4	林樺譯	臺北市	聯經出版股份有限公司	3	
國王的新衣	約翰‧艾爾菲‧羅伊（John A. Rowe）／編繪‧劉清彥／譯	臺北市	青林國際出版股份有限公司	3	
安徒生童話上、下（各13片裝VCD）		臺北縣	音橋唱片公司	3	

書名	編、譯、繪、作者	出版地	出版社	出版月	註
姆指姑娘（附CD）	皮亞・克羅亞・拉卡（Pia Kryger Lak-ha）／繪，廖卓成／譯	臺北市	上誼文化實業股份有限公司	3	
醜小鴨（附CD）	角野榮子／編，洛伯・英潘（Robert Ingpen）／繪，張子樟／譯	臺北市	上誼文化實業股份有限公司	3	
夜鶯（附CD）	太田大八／繪，廖卓成／譯	臺北市	上誼文化實業股份有限公司	3	
人魚公主（附CD）	莉絲白・茨威格（Lisbeth Zwerger）／繪，古佳艷／譯	臺北市	上誼文化實業股份有限公司	3	
小意達的花（附CD）	角野榮子／編，市川里美／繪	臺北市	上誼文化實業股份有限公司	3	
野天鵝（附CD）	角野榮子／編，芭娜德・華茲／繪，張子樟／譯	臺北市	上誼文化實業股份有限公司	3	
安徒生童話創意教學	多位國小教師等／著	臺北市	青林國際出版股份有限公司	4	
安徒生童話創意手工皂	詹玲瑾、劉嘉蕙／蕙	臺北市	青林國際出版股份有限公司	4	
安徒生童話故事劇場貼紙書——醜小鴨	青林國際出版／著	臺北市	青林國際出版股份有限公司	4	
安徒生童話故事劇場貼紙書——豌豆公主	青林國際出版／著	臺北市	青林國際出版股份有限公司	4	

書名	編、譯、繪、作者	出版地	出版社	出版月	註
安徒生童話故事劇場貼紙書——國王的新衣	青林國際出版／著	臺北市	青林國際出版股份有限公司	4	
國王的新衣	陳璐茜／繪，任溶溶／譯	臺北市	民生報社	4	選集（一套四本）
賣火柴的女孩	趙國宗／繪，任溶溶／譯	臺北市	民生報社	4	選集（一套四本）
醜小鴨	曹俊彥／繪，任溶溶／譯	臺北市	民生報社	4	選集（一套四本）
人魚公主	鄭明進／繪，任溶溶／譯	臺北市	民生報社	4	選集（一套四本）
安徒生日記	姬健梅、邱慈貞、歐陽斐斐、高玉美／譯	臺北市	左岸文化出版	4	
安徒生剪紙	林樺／編著	臺北市	左岸文化出版	4	
《安徒生童話全集》典藏版彩色全譯本（全套4冊）	熊亮／繪，任溶溶／譯	臺北市	臺灣麥克股份有限公司	4	
安徒生——幾米魔法福袋	青林國際出版／著	臺北市	青林國際出版股份有限公司	4	
人魚公主（附CD）	瑪琳娜／繪，林良／譯	臺北市	格林文化事業股份有限公司	4	
野天鵝（附CD）	辛西亞／繪，林良／譯	臺北市	格林文化事業股份有限公司	4	

書名	編、譯、繪、作者	出版地	出版社	出版月	註
安徒生童話精選	編輯部	臺北市	木馬文化事業有限公司	4	
安徒生童話精選上、下	編輯小組	臺北市	明天國際圖書有限公司	5	
我最喜愛的童話故事第1輯（附CD）	安徒生、格林兄弟、查理‧佩羅／著	臺北市	小天下出版	5	
國王的新衣	安潔蕾蒂／繪，林良／譯	臺北市	格林文化事業股份有限公司	6	
安徒生童話（1、2）	明天編輯小組／譯	臺北市	明天國際圖書有限公司	9	
姆指姑娘（附CD）	亞莉珊卓／繪，林良／譯	臺北市	格林文化事業股份有限公司	10	
歡樂安徒生童話	杜戈立／編譯	臺北市	華立文化事業有限公司	10	
經典安徒生童話	杜戈立／編譯	臺北市	華立文化事業有限公司	10	

（三）相關動態活動

所謂相關活動，主要是以動態活動為主，仍以時間先後排列如下：

日期	承辦單位	活動主題內容
4月2日至4月23日	基隆市文化中心、信誼基金會出版社、青林國際出版股份有限公司、聯經出版股份有限公司、左岸文化出版公司、格林文化出版有限公司、臺灣麥克文化出版公	2005基隆市兒童藝術節——安徒生故事漫遊

日期	承辦單位	活動主題內容
	司	
4月2日至4月3日	臺北市立圖書館、臺灣閱讀協會、信誼基金會出版社、青林國際出版公司、聯經出版股份有限公司、左岸文化出版公司、格林文化出版公司、臺灣麥克文化出版公司	2005閱讀嘉年華——重燃閱讀安徒生的火光：安徒生作品賞析、尋找安徒生尋寶遊戲、安徒生童話故事手工皂工作坊、安徒生童話可以這樣看、安徒生繪本插畫展（4/2-4/10）
4月2日	臺北市立圖書館、民生報	座談會主題：現代童話故事的開啟者——安徒生
4月3日	民生報、臺北市立圖書館、誠品書店	座談會主題：臺灣插畫家與安徒生的相遇——我如何畫安徒生童話插畫
4月1日至4月30日	臺南縣政府文化局	尋找安徒生尋寶遊戲、安徒生童話創意、手工皂工作坊（共三場）、安徒生專題講座（共二場）、安徒生繪本插畫展
4月2日至6月26日	國立臺灣美術館（臺中）、信誼基金會出版社、青林國際出版公司、聯經出版股份有限公司、左岸文化出版公司、格林文化出版公司、民生報、臺灣麥克文化出版公司	閱讀不同面向的安徒生：尋找安徒生尋寶遊戲專題講座：安徒生的童話人生（劉清彥）
4月6日至4月24日	桃園縣文化局、信誼基金會出版社、青林國際出版公司、聯經出版股份有限公司、左岸文化出版公司、格林文化出版有限公司、	2005桃園童話嘉年華

日期	承辦單位	活動主題內容
	民生報、臺灣麥克文化出版公司	
4月25日至4月29日	臺北市立圖書館中崙分館、臺北市立敦化國小	快樂兒童閱讀嘉年華活動——邀請九位作家主講與安徒生相關主題活動
5月21日至5月29日	臺灣行政院新聞局經濟部工業局	第三屆臺灣國際動畫影展——安徒生童話「國王的夜鶯」
7月16日	臺北市文化局	臺北兒童藝術節揭幕——安徒生童話作品演出
7月16日至8月14日	中華郵政博物館	臺北兒童藝術節——漫郵童話特展彩繪安徒生童話
7月20日至7月24日	臺北仁愛福華名品	安徒生童話200周年紀念展：展出丹麥唯一授權的紀念餐具系列、安徒生童話創作郵票展、童書展
7月28日與7月30日	臺南縣政府文化局	2005南瀛兒童戲劇節——姆指姑娘·保加利亞 演出：保加利亞瓦爾納（Varna）州立偶劇團
10月7日至12月22日	九歌兒戲劇團	九歌兒童劇團——2005年「雪后與魔鏡」
10月8日至10月9日	藍天空劇團	童話大師安徒生200年紀念——多元創意兒童劇——童話家家酒
11月19日至11月20日	中華民國兒童文學學會	2005安徒生200周年誕辰國際童話學術研討會

（四）安徒生童話研討會

2002年協助青林舉辦「安徒生童話之藝術表現及影響學術研討會」時，個人曾允諾2005年時再為安徒生舉辦一場研討會。如今我們與臺南大學人文學院合辦這場「安徒生二百周年誕辰國際童話學術研討會」。除了本地學者、專家之外，並邀請了國際知名學者：

法國：Christine de Buzon（法國里昂人文社會高等師範學院副校長）

丹麥：Lektor Viggo Hjornager Pedersen（丹麥哥本哈根大學文學院教授），Lise Lotte Grederisken（Compenhagen Day and Evening College）

中國：任溶溶（退休作家、曾任上海譯文出版社副總編輯）、朱自強（中國海洋大學人文學院副院長）

臺灣：林良（曾任國語日報董事長）
楊茂秀（國立臺東大學兒童文學研究所副教授）

這場研討會於11月19日與20日在臺南大學舉行。計有專題演講七人，論文研討會四場共十一篇，還有綜合座談一場。

（五）結語

綜觀2005年有關安徒生的活動，就平面出版而言，安徒生以繪本較為耀眼，但皆為外來者。又林樺、任溶溶的安徒生童話全譯本，亦皆在2005年在臺灣正式出版，但是我們仍然沒有安徒生自傳的譯本印行。除外，似乎不見主體性的相關論述。

就動態活動而言，缺乏以文化節日的方式舉行的慶典活動，要皆以教學遊戲為主。

又就學術研討會論文而言，論述範圍嫌窄，入選者又以香港為多。我們的學者到底在哪裡？

誠如林良先生所說的：

> 我們崇拜安徒生，但是對他卻相當的陌生。安徒生童話名氣大，但是很少人細心閱讀它。（以上詳見全國新書資訊月刊，2005年5月，頁15-16）。

或許我們仍然不知道世界文化遺產的意義，似乎也不了解什麼是文化產業，我們只知道地球村與全球化，於是乎在不知覺中迷失了自己，喪失了主體與自主體。當然，更不會了解主體間性的真正意義。

我們誠惶誠恐的舉辦這場安徒生研討會，並獻上學會會訊11月的安徒生專輯，似乎將是為2005年安徒生在臺灣的慶祝活動畫下句點。

期望這個句點，是殖民文化的終結，也是臺灣學術文化反思的起點。

三　說明

　　2005年4月2日是安徒生誕辰二百周年的日子，為了紀念這位童話之王，聯合國教科文組織把2005年命名為「安徒生年」，活動時間以4月2日至12月6日。

　　在臺灣，青林林訓民先生於2002年，拉開了安徒生二百周年慶祝活動的序幕，舉辦了「安徒生童話繪本原畫展」，為期九個月在四個地區巡迴展出系列活動。個人亦協助舉辦一場「安徒生童話之藝術表現及影響學術研討會」（7月25、26日，國家圖書館國際會議廳）。在會中個人曾允諾2005年時，再為安徒生舉辦一場研討會。如今學會與臺南大學人文學院合辦這場「安徒生二百周年誕辰國際童話學術研討會」，正是我們兒童文學界對安徒生獻上最誠摯的敬意。

　　這場國際學術會，學會負責兩岸三地的徵文與論文的印製；而臺南大學人文學院則負責會議場地與專題演講的貴賓，貴賓有法國、丹麥與兩岸的知名學者。至於論文發表則以港、臺為主。

　　臺南大學人文學院，當時的院長是張清榮教授，他本身即是創作與研究並兼的兒童文學教授，這次研討會是學會二度南下的盛會。

臺灣兒童文學精華集（2000-2009）

一 書影

二 ①為什麼要編《臺灣兒童文學精華集》？

　　從事童書編輯二十年，一心一意想要為臺灣兒童文學建立一座美麗花園，但一路辛勤耕耘，總感覺再怎麼努力，也不能普遍照顧到整體。一方面要考慮出版社的生存發展，各種題材及文類都要面面俱到，另一方面，為了出書力道，總是得選擇較有知名度的作家及夠分量的作品，因此往往失去了許多與有才華的新銳作家合作的機會，真是非常可惜。每次見到靈動的新人作品乍現，總是心想，如果有更多讀者讀到這樣的作品，有更多人討論，這位新人也許會一直寫下去吧！

　　2006年是小魯創社二十周年，我們一直在想，要用什麼樣的行動來激勵自己堅持理想？贊助兒童文學研討會，設立文學獎，贊助新人寫作計畫……這些想法都與兒童文學界的好朋友們商討過，最後，小魯選擇以編選兒童文學選集的方式，作為二十周年的紀念獻禮。我們認為，小魯存在的理由是為臺灣小朋友編好書，而為臺灣兒童文學建構優質的創作環境則是小魯的核心價值。

　　很高興這樣的想法獲得臺東大學文學院林文寶院長的支持，他並召集了洪志明先生、陳沛慈小姐、陳景聰先生擔任編輯委員，展開艱辛的選編工作。

　　我們決定從2000年開始編起，希望每年為臺灣讀者選出當年最優秀、最精華的兒童文學作品，並配合各項兒童文學推廣活動，讓老師們在教學現場能活用這些最新鮮的素材，讓每個創作欲正旺的作家能感受到小讀者閱讀的反映與熱情！小魯相信，只要我們有毅力做下去，臺灣兒童文學一定會發光發熱，成為二十一世紀華文文化世界中最亮麗的一道風景！

沙永玲（天衛文化出版總監）

②我們的世界，他們的世代

上個世紀末期，由聯合國教科文組織帶領世界各國，積極展開教育改革的工作，理由是：面臨二十一世紀——科技化、國際化、民主化、多元化的腦力密集時代，如何使下一代的國民在這多變的世界中安身立命，愉快生活；如何能妥當因應新趨勢而不斷提升國家和社會競爭力，理當對教育的功能必然要重新思考。於是乎，大刀闊斧的推動教教育改革，就成為最迫切、最重要的全民工程。

所謂的教育改革，毀譽交加。一言以蔽之，其弊在於美國化。簡單的說就是沒有自我的殖民化，離不開競爭、卓越的經濟與政治模式，缺乏共生共榮的「眾聲喧嘩，多元共生」的沙拉概念。

在教育改革中，我們看到一股覺醒的活力——本土意識的覺醒；也因為本土意識的覺醒，於是有了讀書會的崛起；又因為讀書的崛起、教育改革中的終生學習與學習型社會有了落實處。在終生學習的理論中，「學會學習」是不二的名言。而學習始於兒童，始於閱讀，對兒童而言，閱讀在於有興趣，其實，閱讀是本能，是遊戲；只要能夠舞動、品嚐、觸摸、傾聽、觀察，並且感覺周遭的各種訊息，孩子們幾乎沒有任何學不會的事情。因此，兒童的閱讀，其關鍵在於有協助的大人。

申言之，在教育改革中，就基礎教育而言，我們看到了文學的魅力，也就是在九年一貫的語文教材中，我們的確看到了以兒童文學為主軸的課文。

回顧臺灣地區兒童文學的發展，可說是緩慢又閉鎖、且政策與學術界似乎亦未克盡職責：

1960年7月，臺中師專（現已升格為臺中教育大學）開設「兒

童文學」課程。

1964年6月，成立教育廳兒童讀物編輯小組。

1971年5月3日，板橋「臺灣省國校教師研習會」開辦兒童讀物
　　寫作研習班（該會第一百三十六期）。

1981年，成立高雄市兒童文學寫作學會。

1989年5月，幼獅文化事業股份有限公司出版第一套兒童文學
　　選集五冊。

1997年8月，國立臺東師範學院成立兒童文學研究所。

2000年3月，文建會有「臺灣（1945-1998）兒童文學100」的
　　評選。

2004年3月，九歌出版社有限公司推出《九十二年童話選》。

就整體而言，產、官、學仍有努力的空間。

2005年底，天衛文化圖書股份有限公司社長陳衛平先生、出版總
監沙永玲女士，擬於公司成立二十周年時推出較為有意義的活動，幾
經討論，決定推出二十一世紀以來兒童文學年度選，並委由個人籌
畫，且擬一次編選四年。

個人長期以來，致力於兒童文學的教學與研究，尤其是關注本土
原創作品的發展，並擬撰寫〈二十一世紀以來臺灣兒童文學的創作現
況〉，其目的在觀察臺灣地區有關兒童文學創作的現況，其間並涉及
教育改革、讀書會等相關議題。而創作現況的觀察切入點，則以「報
章、雜誌」、「兒童文學創作獎」與「創作出版品」三者為主。其中
「兒童文學創作獎」與「創作出版品」，由於長期關心與整理，資料
尚稱完備。今就「創作出版品」為例，略為統計四年裡的出版量。

本文所謂創作出版品，是指本土原創且結集出版者，出版品資料
是以個人歷年整理之年度書目為主，又自2000年以來為觀察「翻譯外

來創作」現象，於年度書目中增列兒童文學翻譯書目（圖畫書不收錄），今將二十一世紀以來四年創作書目與翻譯的出版情況列表如下：

		小說	故事	詩歌	散文	童話	繪本	其他	總計	外來翻譯
2000年	總數	44	36	24	27	26	63	10	230	106
	大陸作者	8	1	2	1	1	0	0	13	
2001年	總數	40	21	26	30	34	66	11	228	137
	大陸作者	11	3	0	6	6	4	2	32	
2002年	總數	48	53	8	23	22	33	19	206	249
	大陸作者	3	16	0	0	4	0	1	24	
2003年	總數	56	43	12	26	34	45	12	228	274
	大陸作者	5	4	3	0	6	0	0	18	
2004年	總數	188	153	70	106	116	207	52	892	766
	大陸作者	27	24	5	7	17	4	3	87	

　　至於報章、雜誌則只統計數量與類別。今就編選年度選的機會，並委請洪志明、陳景聰、陳沛慈三位全面批閱有關報章、雜誌，歷時半年，討論再三，年度選集總算告成，期間報章有：《中華日報》、《中國時報》、《民生報》、《自由時報》、《國語日報》、《聯合報》等；雜誌有：《小作家月刊》、《毛毛蟲月刊》、《幼獅少年》、《兒童的》、《臺灣兒童文學季刊》等。

　　本書除選文外，並有點評、年度兒童文學文化現象與觀察，以各類文體的教學指引。

　　《臺灣兒童文學精華集》的編選，其目的除為篩選作品與保存史料外，更為身分認同找到歸依處。雖然全球化、地球村是無可避免的事實，但是全球化、地球村絕非殖民，而是休戚與共的並存。因此，在全球化、地球村的今日，如何呈現在地文化的特色，才是刻不容緩的重點。這種在地文化，在全球化、地球村的觀照下，稱之為「球域化」（glocalization），亦即既是全球性的，也是地域性的，是普遍性與地方性或地域之特色的融合。這種在地的球域文化，是眾聲喧嘩、多元共生，且是價值觀的並存沙拉。

　　教育的目的，在於使人成為一個人，而非競爭與卓越的追求，這個新世紀所需要的，是能互相欣賞與共存共榮的文化人，這種共存共榮的文化人，絕不會放棄做自己。因此，使學童通過文學，了解自己，進而並存於國際，正式這套《臺灣兒童文學精華集》的初衷。

　　據說，大體上一個國家兒童讀物出版與類別的多寡，以及讀物品質的高低，正反映出該國的經濟發展情形，以及文化與技術的進步程度，更是該國文化素質與國民教育的指標。寄望在我們的世界，對於兒童文學能有更多重視，並期望能透過兒童文學，來牽引我們的孩子，使他們有個活潑快樂的童年。於是，屬於他們的世代，或許就是所謂的大同世界。

三　說明

　　猶記幼獅出版社總編輯孫小英女士，再三囑咐約定繼續編選第三套臺灣兒童文學選集。而後孫女士因故離職，編選計畫也因此終止。

　　而後，天衛文化出版總監沙永玲女士有意願以編選兒童文學選的方式，作為創社二十周年的紀念獻禮。於是有了二十一世紀前十年的這套選集，並於2012年4月28日下午於紀州庵舉行新書發表會。

2007臺灣兒童文學年鑑

一　書影

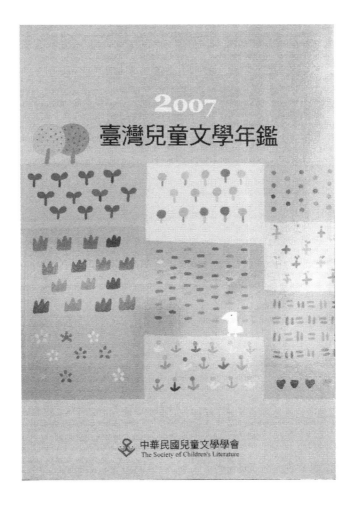

二 ①品味我們自己的作品——談《2007臺灣兒童文學年鑑》的出版

值得做的一件事

　　三十多年前，我在馬景賢先生那裡看到一本書，記得書名是《The World of Children's Literature》，意思是「兒童文學世界」。著者是一位博士生，這本書是她的論文。她對世界各國兒童文學的發展和現況，作了詳細的論述，厚達七、八百頁，附有許多照片和插畫，是一本很好看的書。

　　看到這本書，當然也很想知道她怎樣論述臺灣的兒童文學發展和現況，心中充滿期待。先查目錄，果然列有中華民國一章，打開來看，非常失望。這一章裡只有幾行字，說的是兩件事。第一，她手邊只有一本《兒童圖書館》，談的是兒童圖書館的管理和運作，好像是大學圖書館系的教材。第二，我們的中央圖書館每月出版一份「新書月刊」，登錄了前一個月出版的新書，可供參考。除此以外，就什麼也沒有了。換句話說，她對臺灣兒童文學的研究，採取完全放棄的態度。

　　看了這本書，心裡很難過。我們這一群熱心推廣兒童文學的朋友，有一件事情疏忽了，那就是我們對於怎樣幫助有心了解我們的研究者，毫無準備。我們心中有資料，卻沒有書面記錄。我們心中有照片，卻都沒經過沖洗。這就是我們後來認為有必要成立一個兒童文學學會的原因。有了一個學會，我們至少可以提供一些資訊，推薦幾部著作，給研究者一些必要的幫助。今年學會準備編印《2007臺灣兒童文學年鑑》，一方面是為大家付出的心血留腳印，一方面也是為了幫助後來的研究者，是一件值得去做的好事。

這本年鑑是一個開始

　　這本年鑑是第一本臺灣兒童文學年鑑，也是為臺灣兒童文學編年鑑的開始，我們希望今後年年有一本，每一本都像是臺灣兒童文學發展珠串裡的一顆珠子，提供研究者、論述者作主要的參考。

　　這本年鑑第一號的內容很豐富，有論述，有過去一年的兒童文學大事記，有過去一年兒童文學各種文類的概況報導，有兒童文學工作者的素描和介紹，有分類出版書目，有報章雜誌刊行作品的選目，有兒童文學學術會議、碩博士論文、兒童文學獎的報導，還有一個實用的附錄，登錄了兒童文學團體、大學院校兒童文學相關課程、兒童文學相關出版單位，兒童文學網站。這樣一本內容豐富，有論述、有報導、有資料的兒童文學年鑑，應該是很值得我們兒童文學工作者珍惜的案頭書，同時也期待著我們兒童文學工作者今後協力來耕耘這一塊寶地。

珍惜我們的好作品

　　這本年鑑的一個特色，是對年度作品的分類登錄。不但登錄了作者的長篇作品，也登錄了報章雜誌上的單篇。這個工作很艱鉅，也很難做得圓滿，但是很有意義。五、六十年來，我們的兒童文學作家、童詩詩人、童書畫家，寫過許多好故事，寫過許多好童詩，畫過許多好圖畫書，但是這些具有永恆的價值與趣味的好作品，往往只跟讀者打過一次照面以後，就失去了蹤影。作者不分好壞，都像發大水時滾滾洪流中的漂木，從你眼前一閃而過。不懂得珍惜好作品，我們怎麼可能會有兒童文學成就。兒童文學成就，是不能以多少萬字或多少篇計算的。

　　研究者為了甄選好作品，都必須經過「搜集」、「登錄」、「閱

讀」、「評論」這樣艱辛的歷程，然後再以「選集」的方式加以保存。
這本年鑑裡的「報紙作品分類選目」、「期刊作品分類選目」，等於為
研究者必須經歷的「搜集」、「登錄」提供了線索，分擔了他們一半的
辛勞。這是這本年鑑的另一貢獻。

半個世紀的時間，好幾百位作家、畫家的創作，累積的作品不
少。這些作品值得我們加以審視，細細品味，像挖寶似的，一一挑選
出來，再以各種「選集」的方式加以保存，讓它流傳下去，這也是一
件值得去做的事情。希望年鑑的出版，能引起我們的研究者、出版家
對「品味我們自己的作品」發生興趣。

兩種翻譯

1883年，義大利一家出版社，為作家「科洛地」（Crlo Collodi）
在報紙上連載、小孩子都很愛讀的〈木偶傳奇〉出版單行本，從此我
們所知道的《木偶奇遇記》就流傳全世界，成為義大利對世界兒童文
學的一項貢獻。本來，一篇用義大利文寫的兒童故事，頂多是在義大
利童書中占有一席之地就是了，怎麼有可能「向世界各地流傳」呢？
原因就在「翻譯」。

我們這本年鑑對於年度童書出版的登錄，分為「創作」和「翻
譯」兩類，而且很明顯的呈現出「翻譯」多於「創作」。其實，透過
翻譯把外國優秀的童書介紹給國內的小朋友閱讀，並沒有什麼不好，
不然的話，我們的孩子怎麼會知道《木偶奇遇記》？可憂的是，翻譯
多於創作是一種「翻譯入超」的現象。出版者傾向於出版翻譯，原因
是「書是現成的」，只要換一種文字就行了，更何況那些書多少還有
些特色。出版翻譯既可以節省製作成本，又可以節省時間成本，「吸
引力」就在這裡。其實為了兒童文學的發展，我們最需要的是「中文
外譯」，我們應該培養這樣的人才。這本年鑑的出版，引發了我們在

這方面的思考。

年鑑的出版，是一件喜事。我就以這篇感想，作為我向年鑑工作群道賀的花籃。辛苦辛苦，恭喜恭喜！

林　良

②值得典藏的文化資產──《2007臺灣兒童文學年鑑》

　　中華民國兒童文學學會,是由兒童文學家林良先生等前輩發起創設的;當初成立學會,無非是希望兒童文學作家、畫家、編輯、研究者,有一個可以凝聚感情、可以進行專業交流的團體。在林良先生、林煥彰先生等人的經營下,學會這個團體有如一個大家庭,吸引了眾多為孩子寫故事的人、為故事畫插圖的人、為童書做編輯的人、研究兒童文學的人,以及教兒童閱讀童書的人。漸漸的,這個大家庭有了老、中、青不同世代的成員。

　　定期的理監事會議、年度會員大會,以及不定期的交誼活動,讓平日各自忙於工作的會員,經常有見面言歡的機會,凝聚感情。會訊、資深作家研討會,以及學會全年所推出的各種兒童文學相關課程,則具有專業交流與人才養成的功能,讓具有各種不同專業與經驗的兒童文學界人士,可以和其他會員或社會人士,分享專業,提攜後進。

　　身為會員以及後繼者,我希望能遵循歷任前輩理事長的腳步,將學會美好的傳統和做法,加以維護;同時,基於使命感,希望接棒之後,運用有限的資源,也能有所突破與開創。

　　為臺灣兒童文學編纂「年鑑」,是尚未有人進行,而我認為非常適合由學會來做的重要的事。環顧整體環境,臺灣的兒童文學發展,不論是創作、研究或出版,從業人員的質量都在提升,表現益趨成熟,相關產業也正蓬勃。一年之中,兒童文學的重要事件,舉凡創作的趨勢、哪些創作者投入耕耘,各個兒童文學文類的創作、發表與出版情況,研究重心、研討會情況,文學獎的設立、運作與結果,還有年度有特殊表現或貢獻的人物,這些訊息與面向,如果能經過採集、整理、研究、採訪、成書,將使得珍貴的兒童文學史料有了完整的分年記錄,不但有助兒童文學的研究、有助社會全面性的認識兒童文學

樣貌，更讓所有在這個領域辛勤耕耘的人，受到應有的重視，留下走過的足跡。

這樣一年編纂出版一本「臺灣兒童文學年鑑」的構想，於2006年萌芽，在學會理監事支持下，展開籌備工作。編纂計畫獲得臺灣文學館的部分補助，也很幸運的，獲得學會前任理事長林文寶教授首肯，由他擔任專案計畫主持人，協助主持這個工程浩大的專案。林文寶教授對臺灣兒童文學研究的貢獻，有目共睹；全國第一個兒童文學研究所，也是他所催生；加上他甫從學會理事長這個職務卸任，對學會的請託一向有求必應，確實是主持這個計畫的不二人選。2007年他接受學會正式委託之後，就率領由臺東大學兒童文學研究所研究生所組成的團隊，開始進行內容規畫、資料採集、撰寫、採訪、邀稿等工作。

我們暱稱「阿寶老師」的林文寶教授，是一位認真負責又有效率的學者，根據多年來的相處經驗，只要是他應允的事情，絕不黃牛，更不會延誤。因此，除了偶爾通通電話，彼此溝通意見或關心進度之外，就是靜待「結果」了。

2008年4月初的一個晚上，我接到林文寶教授的電話，他說：「年鑑已經完成了，書面稿以及光碟，都已經寄去學會了，你看到了嗎？」第二天我趕緊請學會的祕書益欣，將稿件快遞給我。當我收到「一個紙箱」，開箱捧出厚厚一疊稿件的時候，相當感動，這不僅是我個人希望在服務學會期間，能為兒童文學界做點什麼的願望即將實現，更是許多有共同理念和熱情的朋友們願意參與、協助，才有的成果。

斷斷續續利用下班後的時間，往往是午夜時分，展卷閱讀。

透過「2007臺灣兒童文學大事紀」，我和工作夥伴共同經歷的一些文學評審、頒獎典禮、各項活動，點滴回憶紛紛浮現。

「綜論」單元，分別回顧2007年的童話、童詩、少年小說、兒童劇、兒童讀物的創作、發表與出版情況，提出觀察報告。透過觀察報

告，得以更清晰的看到兒童文學不同文類的不同發展趨勢。

　　「人物」單元，訪談年度「焦點人物」，他們是2007年於各個兒童文學獎項得獎或出版的風雲人物，如邱阿塗、麥莉、鄭丞鈞、廖雅蘋等人，以及屹立文壇、始終創作不輟的林良，還有年度資深兒童文學作家研討會的研究主題人物鄭明進。令人遺憾的是黃宣勳、嚴友梅兩位前輩作家於2007年這一年過世，「人物」單元的「懷念人物」，回顧了兩位前輩的足跡與貢獻。

　　在資料收集與整理方面，年鑑提供了相當完整豐富的資訊。「出版」單元，提供當年度出版的所有兒童文學的創作、翻譯、論述、圖畫書的出版品書目。「報章、雜誌刊行作品要目」，將在報紙副刊、期刊、大學院校期刊發表過的創作、論述，建立要目，使得未出版成書的創作與論述，也不致被漏失、遺忘。

　　「學術與活動」，臚列這一年之中所舉辦的兒童文學相關學術會議、發表的碩博士論文、舉辦的兒童文學獎項。「附錄」收錄這一年有哪些兒童文學團體存在、大學院校有哪些兒童文學課程、與兒童文學相關的出版單位有哪些、相關的網站有哪些。

　　厚厚一疊稿件，約有三百頁，我大約利用兩個星期的時間，斷續在夜裡翻閱。閱讀過程中，當然也發現一些未來可以改進的地方，冀望下次可以做得更好。閱畢之後，委請張子樟教授和許建崑教授協助審查；他們兩位分別提出許多寶貴建議，其中若干建議，已於編修過程中落實調整。

　　這部臺灣第一冊兒童文學年鑑，完成不易。謹代表兒童文學學會的理監事以及所有會員，對林文寶教授以及他所帶領的專案團隊致敬與致謝，並對義務協助審查、提供專業意見的張子樟教授、許建崑教授，致上深摯感謝。攤開一冊兒童文學年鑑，頁頁記載著兒童文學界在各方面努力的步履，呈現兒童文學界的心血結晶；兒童文學學會，

只是適時扮演發起者的角色。期待跨出這第一步之後，一年一本「兒童文學年鑑」的理想，仍將延續，為兒童文學界的努力留下見證，為社會留下值得典藏的文化資產。

馮季眉

③建立兒童文學資料寶山

綜觀臺灣近代的歷史，先後經歷荷蘭人占據三十八年（1624-1662），西班牙局部占領十六年（1626-1642），明鄭二十二年（1661-1683），清朝治理二百餘年（1683-1895），以及日本占據五十年（1895-1945）。其中，相當長時間是處於殖民的地位。因此，除了漢人的移民文化外，尚有殖民文化的滲入；尤以日據時期的殖民文化影響最為顯著，荷蘭次之，西班牙最少。是以臺灣的文化在光復前是以漢人文化為主，殖民文化為輔的文化型態。

光復後，大陸人來臺，注入文化的熱血。又1949年12月7日國民黨政府遷都臺北，更是湧進大量的大陸人口。特別是日本統治的五十年和光復後的四十年時間，在跟大陸完全隔離的狀態下接受西方歐美與日本的洗禮，一直難以有鮮明的自主性。

自1987年11月戒嚴令廢除以後，「發現臺灣」成為口號與流行。其實，所謂的「發現臺灣」，簡言之，即是「臺灣意識」從過去潛藏的狀態，如火山爆發似地湧現，成為解嚴後臺灣最引人注目的現象之一。所謂「臺灣意識」是指生存在臺灣的人認識並解釋他所生存的時空情境的方式及其思想。

作為一個思想史現象，「臺灣意識」內涵豐富，方面廣袤，總言之，屬於同時代或不同時代的社會、政治、經濟階級的人，皆各有其互異的「臺灣意識」。就其組成要素而言，「臺灣意識」雖以「鄉土情懷」為其感情基礎，但卻不等同於「臺獨意識」。

一般說來，百餘年來的臺灣，一直處於被殖民的狀態下，是以「臺灣意識」基本只是一種抗爭論述——反抗日本、反抗西化、反抗國民黨、反抗中共。

在這種抗爭論述過程中，所謂的兒童文學是屬於弱勢與邊緣，其

發展是緩慢與充滿困難境。

考各國兒童文學的源頭有三：

1. 口傳文學。
2. 古代典籍。
3. 歷代啟蒙教材。

而臺灣的兒童文學更有日本的兒童文學、中國的兒童文學與西方外來翻譯作品的影子。

又就「兒童文學」課程發展而言，則始於1960年師專。1960年秋，臺灣省立臺中師範學校改制為臺中師範專科學校，即著手擬定課程綱要。1961年5月又加以修訂，其中選修科甲組列有「兒童文學習作」兩學分。這是臺灣地區有「兒童文學」的開始。1985年11月7日行政院通過師專改制案，並於1987年8月一日起，將國內現有的九所師專一次改制為師範學院。在新制師範學院的一般課程，列有兩個學分的「兒童文學」，且是師院生必修科目。

「兒童文學」隨師專改制為師院，似乎已由邊緣課程提升為核心必修課程。

又1996年8月，臺東師院獲准籌設兒童文學研究所，隔年四月，正式招生。2003年8月，臺東師院改制為國立臺東大學，並招收博士，同時設立臺東大學兒童文學獎。

然而，這些演進或改變，似乎並未提升臺灣兒童文學的學術與地位，就其原因，當首推主體性、自主性與專業素養的不足。由於主體性、自主性與專業素養的不足，是以不知選擇，也不能了解理論與工具性基本資料的重要性。

申言之，所謂工具性基本資料，即是指名史料是研究的基礎。臺

灣兒童文學學術的建立，首先，有賴於史料的收集與整理。

個人長期以來，即致力於臺灣兒童文學的理論與實務。今日有幸策畫年鑑一書，這是臺灣兒童文學的第一本年鑑，其過程之辛勞參與者皆點滴在心頭。

編寫兒童文學年鑑是一件吃力不討好的工作，一者，沒有前人立範，全然必須自己摸索揣測，二者，要在茫茫書海中，尋找兒童文學的蹤影，猶如大海撈針，掏不盡也補不全，只能試圖把網罟編織編得更密實。

兒童文學總是依歸在成人文學下，因此更需擴大檢視範圍，大量搜索，逐項過濾，深怕遺漏，因此任何資料盡量以找到書面資料為目標，減少謬誤，讓同學吃足苦頭。

一本簡單的年鑑，或許看起來沒有什麼，只是資料的整理與歸納，但位居後山的我們，資源匱乏不足，許多資料都是許多同學無怨無悔、想盡辦法才獲得，難免還會有很多漏網之魚，但一切盡心盡力。

電腦當機、檔案遺失、忘記存檔，這些「天災人禍」都屢見不鮮，同學們哀鴻遍野，但也只能緊忍淚水，眼望花花螢幕繼續重新謄打。另外，倘發現需要更動體例以求更明瞭易懂，好不容易完成的整理，也只好重新整理，所費時間，只有星辰知道。

這場與文字資料的對決，猶如一場無盡長遠的戰爭，從資料蒐集、整理到編輯，場場硬戰，中途想退出都不行，硬著頭皮撐完戰爭是不二方法，不管這場戰贏或輸，已然無關。大家想為兒童文學盡份心力，本著此精神，打完此戰役，這汗水和淚水才值得嘉許。

年鑑的完成是靠著多方人馬的幫忙，才得以收割。同學們雖個個已精疲力竭，但瞧見兒童文學的花園竟然如此生意盎然、朝氣勃勃，充滿驚喜，勞累盡除。用文字默默守護著孩子的這群人，他們散落各地，經過此般覓尋，發現不在少數，只是他們都如此的緘默溫柔，如

母親般，這是我們編著此年鑑最大的感動，辛苦也值得。

　　遺漏難免，虛心接受各方批評與指教。此年鑑也獻給這些為兒童文學努力不懈的耘耕者，謝謝他們的努力與付出。

三　說明

　　馮季眉女士接學會理事長，想為臺灣兒童文學編纂「年鑑」，經學會理監事支持下，並獲得臺灣文學館的部分補助。於是要我協助主持這項專案，我當然義不容辭，當下率同研究生組成工作團隊，進行內容規畫、資料採集、撰寫、採訪、邀稿等工作。這是史無前例的臺灣兒童文學第一本年鑑，遺憾的至目前為止，仍是唯一的一本。今將編撰凡例與工作團隊隨附如下：

編輯宗旨

　　年鑑為資料性工具書，旨為記錄2007年臺灣兒童文學發展現況，作為臺灣兒童文學發展觀察、記錄、研究的基礎史料。

年鑑內容

　　年鑑所收錄的範圍，以2007年在臺灣所發生與兒童文學相關之創作、論述、出版、研究、文學活動為主。「臺灣」是採廣義，以地域為主軸，中文書寫且在臺灣出版，才予以編蒐。「兒童文學」採廣義定之，與「兒童讀物」屬於互通的同義詞，於此特別說明。臺灣兒童文學作品、研究、評論，既多且繁，本計畫即是蒐集這些資料，以簡明扼要之方式，進行整理編輯，以收研究檢索便利之效。

　　本年鑑係收錄臺灣兒童文學於2007年相關書目、研究、論述及活動。共分為「大事紀」、「出版」、「報章雜誌刊行作品要目」、「綜論」、「人物」、「學術與活動」等六項。「出版」、「報章雜誌刊行作品要目」與「學術與活動」此三項以蒐羅資訊，再加以整理方式進行。

各類內容說明

（一）「大事紀」以國語日報所刊登之新聞為主，其他報刊資料新聞
　　　為輔，所編列而成的文學紀事。

（二）「出版」分為「兒童文學創作書目」、「兒童文學翻譯書目」、
　　　「兒童文學論述書目」三部分，均以出版年月依序編排。

（三）「報章雜誌刊行作品要目」含「報紙副刊作品分類選目」、「期
　　　刊作品分類選目」和「大學院校期刊論述選目」三個部分，以
　　　分類條目的方式呈現，選錄標準主要考量作品是否為兒童文學
　　　範疇為題。前兩部分再劃分為「創作」及「論述」二類，以出
　　　版年月秩序排列。

（四）「綜論」則依照兒童文學文類區分，有「兒童讀物」、「童話」、
　　　「詩歌」、「小說」與「兒童劇」。各類均由專人討論。

（五）「人物」包括「焦點人物」與「懷念人物」。前者由本年鑑編輯
　　　委員就本年度在文學創作、研究、文學活動上有所突破與創作
　　　之表現者，選擇六位，以小傳形式介紹其人、事或作品；「懷
　　　念人物」則追記2007年辭世的兩位作家。內容格式予撰寫者自
　　　行發揮，顯其書寫特色。

（六）「學術與活動」收錄「2007年兒童文學相關學術會議」、「碩博
　　　士論文」與「兒童文學相關獎項」。

　　1.「2007年兒童文學相關學術會議」與「兒童文學相關獎項」，
　　　依主辦單位、地點、時間、內容的順序，以條目方式呈現。

　　2.「碩博士論文」，收錄全國大學院校與兒童文學相關研究之碩
　　　博士論文篇目，以學校系所方式排列。

（七）「附錄」收錄「兒童文學團體」、「大學院校相關兒童文學課
　　　程」、「兒童文學相關出版單位」和「兒童文學相關網站」。其

中「大學院校相關兒童文學課程」以系所為單位，因應各大專
院校課程現況，蒐羅通識教育中心及其他系所開設與兒童文學
相關課程。

格式與體例

此年鑑係屬資料性工具書，在體例與格式上力求規範化、統一
化。說明如下：

名稱的使用

學校單位系所名稱，一律省略「國立」或「私立」字眼。
有關「出版者」部分，一律以全稱方式撰寫。

數字的使用

數字用語具一般數字意義（如日期、時間）、統計意義者（如5
篇、2首），或以阿拉伯數字表示較清楚者，一律使用阿拉伯數字書
寫。若數字屬描述性用語、專有名詞、慣用語，或以中文數字表示較
妥切者，則以中文數字表示。

發行人：馮季眉
企畫總監：林文寶
編審顧問：張子樟、許建崑（依筆劃順序排列）
執行編輯：林瑋、陳玫靜（依筆劃順序排列）
編輯團隊／撰文：李公元、林文寶、邱各容、林榮淑、陳玉金、
黃秋芳、湯芝萱、麥莉、陳唏如、張淑惠、陳晴、鄭丞鈞、顏志豪、
蘇麗春（依筆劃順序排列）
編輯團隊／整理：王宇清、洪群翔、徐仔瑩、陳金蓮、顏志豪、

嚴淑女（依筆劃順序排列）

　　封面設計：郭冠群

　　美術編輯：鍾燕貞

第六屆國際青年學者漢學會議
——民間文學與漢學研究論文集

一　書影

二 ①《民間文學與漢學研究》序

2007年11月14日至16日，第六屆國際青年學者漢學會議在臺灣國立臺東大學召開。這項會議是由國立臺東大學文學院，美國哈佛大學東亞語言與文明系，美國蔣經國基金會校際漢學中心，以及教育部共同主辦。會議的題目為「民間文學與漢學研究」。共有來自臺灣、大陸、香港、日本、越南、美國、法國的青年學者共三十餘人發表論文，臺灣各大學教授、研究生近五十人與會。並由哈佛大學教授、國際知名的漢學家伊維德（Wilt Idema）發表專題演講。

漢學為西方學界對中國研究的統稱。以往漢學多半偏重以異己眼光治中國文，難免有東方主義之嫌。但漢學研究的方法、史觀、和成果卻不容一筆抹殺。尤其相對於固步自封的在地學術風格，漢學所標榜的跨學科、跨國界、跨時期的視野，反而為廣義的「中」學研究，提供一項出路。漢學在東西方學界的發展，各有洞見與不見；青年學者理應有機會相互切磋，藉以增益所學。

本次會議以「民間文學」主題，探討「民間」作為社會階層，知識場域，文化生產空間，以及想像座標的可能下，如何激發種種文學、文化創作和實踐。論文發表者的理論視角或方法取徑容或不同，但均能聚焦於下列幾個面向：漢學與民間文學的傳統性；漢學與民間文學的現代性；兒童文學、童話；民間故事、傳說、神話；歌謠、寓言。

這本選集精選了會議論文十四篇，極能代表與會者治學的廣度及深度。從歷史故事在中國通俗說唱文學的演變，到民間道教儀式的傳承與變革；從臺灣、日本民間故事的比較研究，到五四新文學塑造「民間」的考察。都能讓我們回顧「民間」所象徵的豐沛資源，在文學、文化史中所形成豐富的對話脈絡。除此，部分論文觸及宗教儀式、民間風俗等，更使會議討論有了跨越領域的面向。

　　論文的發表者或是在學界嶄露頭角的年輕教授，或是即將完成論文的博士候選人。他們的成績很能代表當代漢學在不同地域的表現，而他們研究方向也說明目前研究的大勢所趨。我們希望漢學能夠藉此機會激盪出更多，更有力的議題，而臺灣也能成為未來漢學研究的重要據點。

　　此次會議的主辦單位臺東大學文學院在院長林文寶教授的領導下，師生全力合作，會議議程設計細膩，接待工作無微不至，使得賓主盡歡。國科會人文處處長廖炳惠教授、國立臺灣史前文化博物館浦忠成館長大力支持議事籌備，臺東大學鄧源樹教授綜理聯絡工作，謹此一併敬致謝意。當然，參與會議的青年學者是會議成功的關鍵。他們的精彩論文，讓我們寄予深深期許，也期望在不久將來，他們成為推動國際漢學研究的主力。

　　　　王德威（美國哈佛大學東亞語言與文明學系講座教授）

②序

　　第六屆國際青年學者漢學會議由臺東大學人文學院與美國哈佛大學東亞語言與文明系共同承辦，以「民間文學與漢學研究」為主題，邀請各界漢學領域之年輕學者（博士候選人或三年內甫獲博士學位者）共襄盛舉。我們希望秉持過去幾屆的精神繼續拓展漢學研究的新興領域。民間文學不僅是當前漢學研究中的重要議題，更面臨傳統、現代，以及全球化的急劇衝擊。這些衝擊將是漢學家持續關注的焦點。因此，第六屆國際青年學者漢學會議冀望聚焦這些議題，引領全球青年學者為漢學研究注入更多的動力與關懷。

　　本屆會議邀請世界級重要傑出漢學家參與，將漢學精髓融入民間文學與兒童文學的領域，綻放了內涵豐富的美麗花朵。美國哈佛大學伊維德教授，已有所成，為世人矚目；臺東大學人文學院向來以兒童文學與民間文學為發展重點，結合區域文化特色，強化跨學科的研究與教學，為漢學研究注入一股新的研究風氣。

　　本次會議能順利舉辦，首先要感謝王德威教授的鼎力支持。國科會人文處廖炳惠處長的大力協助，在此致上最深的謝意。感謝蔣經國國際學術交流基金會、教育部、國科會等單位之支持與補助，在此特表達我們最誠摯的感激。會議期間，臺灣史前博物館浦忠成館長的熱情支持，在此也一併致謝。最後要感謝臺東大學人文學院全體同仁的鼎力配合與付出，讓大會能順利舉行，激發了智慧的火花。

三 說明

　　因本校同事林清財老師介紹認識王德威、廖炳惠兩位教授，也因此有機會承辦第六屆國際青年學者漢學會議。重要的是我將兒童文學、民間文學帶進國際漢學會議。

　　今將議程附錄如下：

　　第六屆國際青年學者漢學會議：「民間文學與漢學研究」
　　會議議程
　　時間：2007年11月14–16日
　　地點：國立臺灣史前文化博物館會議廳
　　主辦：臺東大學人文學院　美國哈佛大學東亞語言與文明學系
　　協辦：國立臺灣史前文化博物館

第一天：11月14日（星期三）	
時間	
08:00~ 08:30	報到

時間	會議內容	主持人
08:30~ 09:00	開幕	郭重吉 （臺東大學校長）
09:00~ 10:00	主題演講 Professor Wilt Lukas Idema （美國哈佛大學東亞語言與文明學系教授）	浦忠成 （臺灣史前文化博物館館長）
10:00~ 10:30	茶敘	
10:30~ 12:10	第一場：理論	主持人：曾永義（世新大學中國文學系講座教授）

	論文題目與發表人	討論人
1	民間文學在六朝 ——以六朝諧隱主題為對象 林佳燕 （成功大學中國文學研究所博士候選人）	柯慶明 （臺灣大學臺灣文學研究所所長）
2	臺灣文獻所載「媽祖」與「王爺」傳說的文化詮釋 林淑慧 （臺灣師範大學臺灣文化及語言文學研究所助理教授）	柯慶明 （臺灣大學臺灣文學研究所所長）
33	中國民間文化在當代文學和電影中的反映 Roman Shapiro （俄羅斯莫斯科大學亞非學院一級教員）	杜明城 （臺東大學兒童文學研究所所長）

	4	虎姑婆吃不吃小孩的手指頭？ ——論兒童文學對民間故事 「驚悚情節」的接受 張嘉驊 （北京師範大學中國現當代文 學博士）	吳玫瑛 （臺東大學兒童文學研究所副教 授）
12:10~ 13:30	午餐（全體）		
13:30~ 15:10	第二場：傳說		主持人：林明德（彰化師範大學副 校長）
		論文題目與發表人	討論人
	1	東亞望夫石傳說初探 彭衍綸 （花蓮教育大學民間文學研究 所助理教授）	孫大川 （政治大學臺灣文學研究所副教 授）
	2	珍奇異物：傳說與奇聞建構下 的明代華人海外想像初探 李毓中 （西班牙塞維亞大學美洲史研 究所博士候選人）	孫大川 （政治大學臺灣文學研究所副教 授）
	3	明清時期傳說中的諸葛亮形象 述略 張谷良 （元智大學通識教學部專案客 座助理教授）	許秀霞 （臺東大學華語文學系主任）
	4	臺灣與日本的民間故事比較研 究 ——以臺灣〈虎姑婆〉與日 本〈天道的金鎖〉為例 林佳慧 （日本白百合女子大學兒童文 學研究所博士生）	游珮芸 （臺東大學兒童文學研究所助理教 授）

15:10~ 15:40	茶敘	
15:40~ 17:20	第三場：戲曲	主持人：李殿魁（臺北藝術大學傳統藝術研究所教授）
	論文題目與發表人	討論人
1	《鼠鬥龍爭》——浙崑《十五貫》改編歌子戲探討 陳玟惠 （臺南護理專科學校兼任助理教授）	林鋒雄 （臺北大學民俗藝術研究所所長）
2	万尾（中國，廣西）京族在民間歌唱生活中文化混雜性表現 阮氏方針 （越南社會科學院文化研究所研究員）	林鋒雄 （臺北大學民俗藝術研究所所長）
3	澎湖普庵法「造橋」儀式中之【逐水流】及其運用 馬上雲 （臺灣師範大學音樂系博士生）	林清財 （臺東大學音樂系主任）
4	臺灣福佬歌謠的程式套語運用及其發展 ——以林清月的《歌謠集粹》為例 黃文車 （屏東教育大學中國語文學系助理教授）	林清財 （臺東大學音樂系主任）
17:20~ 18:20	晚餐	浦忠成 （臺灣史前文化博物館館長）
19:00~ 21:00	各國學者交流座談會	

第二天：11月15（星期四）		
時間	會議內容	
08:30~09:00	報到	
09:00~10:40	第四場：文學	主持人：廖炳惠（國科會人文處處長）
	論文題目與發表人	**討論人**
	1　從原住民文學到原住民哲學：以泰雅族文學為例的可能建構 陳寬鴻、官大偉 （美國夏威夷大學哲學系博士生、美國夏威夷大學地理系博士候選人）	董恕明 （臺東大學華語文學系助理教授）
	2　「民間」資源與新文學的自我塑造 ——以魯迅、周作人為例 林分份 （北京大學中文系博士候選人）	許學仁 （花蓮教育大學中國語文學系教授）
	3　文人創造的說書藝人：《桃花扇》裡柳敬亭的人物塑造 Maria Franca Sibau （美國哈佛大學東亞語言與文明學系博士候選人）	許學仁 （花蓮教育大學中國語文學系教授）
10:40~10:50	茶敘	
10:50~12:30	第五場：民俗	主持人：Pater Hans Egli
	論文題目與發表人	**討論人**
	1　《布洛陀經詩》與宋明時期田州岑氏土司	金榮華 （東吳大學中國文學系教授）

		麥思傑 （廣東商學院人文與傳播學院講師）	
	2	西雙版納傣族的起名儀式「祝詞」 ──生育之文化意義 磯部美里 （日本愛知大學研究生院博士生）	金榮華 （東吳大學中國文學系教授）
	3	記載越南民間風俗的相關漢喃文獻略考 阮穌蘭 （越南社會科學院漢喃研究所研究員）	謝明勳 （中正大學中國文學研究所所長）
	4	書房與市井之間：文康《兒女英雄傳》之有聲空間 Paize Keulemans （美國耶魯大學東亞語文學系助理教授）	謝明勳 （中正大學中國文學研究所所長）
12:30~ 13:30	午餐		
13:30~ 15:10	第六場：宗教		主持人：楊茂秀（臺東大學兒童文學研究所教授）
		論文題目與發表人	討論人
	1	民間道教儀式的傳承與變革：臺灣北部與福建詔安的「道法二門」傳統 林振源 （法國高等研究實驗學院宗教學博士候選人）	鄭阿財 （南華大學文學系教授）

	2	從宗教文書到文學殿堂 ——中、日願文的發展與轉變 李映瑾 （中正大學中文研究所博士候選人）	鄭阿財 （南華大學文學系教授）
	3	歷史故事在中國通俗說唱文學的演變 ——黃巢起義的故事在《五代史平話》與《目連寶卷》中的流傳 Rostislav Berezkin （美國賓州大學東亞語言與文明學系博士生）	李進益 （花蓮教育大學民間文學研究所所長）
15:10~ 15:40	茶敘		
15:40~ 17:20	**座談、閉幕**		**主持人：廖炳惠（國科會人文處處長）**
17:20~ 18:30	晚餐		
19:00~ 21:00	各國學者交流座談會： Idema、Egli、李進益		林清財（臺東大學音樂系主任）

第三天：11月16（星期五）		
時間	會議內容	
8:30~ 12:00	參觀：臺東大學知本校區、布農部落	
12:00~ 14:00	風味餐，山海同樂	賦歸

會議說明：

會議語言以漢語為主，英語為輔。

大會發表論文共22篇,分6場次發表,每場100分鐘。

每場論文時間分配如下:主持人3-5分鐘;發表人10分鐘;討論人8分鐘。

每階段最後3分鐘響一短鈴,最後2分鐘響兩短鈴,時間到響一長鈴。請與會人士嚴格遵守發言時間。

大會網站請見:http://www0.nttu.edu.tw/coh/home.htm

第九屆亞洲兒童文學大會論文集

一　書影

二 開幕詞

歡迎大家來到臺灣臺東，距離上一次亞洲兒童文學大會在臺灣舉辦，已經八年了，很高興能夠在這裡，看到這麼多老朋友與新朋友。

這次「第九屆亞洲兒童文學大會」，邀請各位來到臺東，臺東有優美的自然環境，更是臺灣兒童文學的重鎮。

本次大會主題是生態、全球化和主體性，我們假臺東的史前文化博物館場地舉辦大會，就是希望展現臺東在地生態與文化，並在此地，與來自四面八方的朋友們一起討論亞洲兒童文學在面臨全球化的衝擊之下如何與之抗衡，展現在地化及主體性。

國立臺東大學成立兒童文學研究所以來，迄今已經十年，培養出許多優秀的兒童文學作家，以及兒童文學工作者，這些人才有的在各地小學任教，帶領兒童閱讀，領略兒童文學之美；有的在出版界默默耕耘，創作出好看的兒童文學作品，近年來，更逐漸開始關注學術發展，為兒童文學的研究而努力。

個人認為，「兒童文學」不是寂寞的學術，更不是孤立的研究。我們關注兒童讀物，因此學術要發展一定要關注產業界；出版品需要品質的提升，因此產業界要進步一定要支持學術界。臺東大學兒童文學研究所，一直和出版界的朋友們互動良好，希望學術與產業的合作交流，能夠為兒童讀物把關，提供兒童更好的作品。除此之外，每年致力於海峽兩岸交流，拜訪北京師範大學、浙江師範大學等地的兒童文學研究所，企盼以兩岸學術的交流，拓展華文兒童大學的視野，更能擴及亞洲兒童文學，將亞洲的在地特色、兒童文化，也像西方兒童文學那樣傳布到全世界。

這次感謝各界單位的鼎力支持，鼓勵亞洲兒童文學交流，也感謝所有協辦單位的朋友們全力協助舉辦這次大會，並祝福大會順利圓滿，所有參加的朋友們健康順心！

三　說明

　　2006年第八屆亞洲兒童文學大會在韓國首爾舉行，我在總會長李在徹先生強力邀請之下參與大會。同時正式接任臺北分會會長，並經大會決議由臺北分會承辦第九屆大會。

　　第九屆亞洲兒童文學大會主題：「土・土・土：生態、全球化和主體性。」會場在史前文化博物館，住宿在那路彎大酒店。會議時間是2008年7月27日至31日前後五天，第一天報到，二、三兩天是正式會議，第四天是臺東文化古蹟之旅，第五天是賦歸。

　　值得記錄者有二：其一，緣於第五屆1999年之教訓，特別於2008年7月25日至26日舉辦一場「2008年海峽兩岸兒童文學學術研討會」，以便大陸朋友能順利入境參與，這次大陸有二十二人參加。

　　其二，有颱風來襲。7月24日，菲律賓大地地理天文部門發現熱帶性低氣壓，聯合颱風警報中心隨後發布其為熱帶性低氣壓。日本氣象廳亦宣布其為熱帶低氣壓。同時，聯合颱風警報中心將它升格為熱帶風暴，並命名為鳳凰。7月26日，鳳凰持續增強，日本氣象廳將其升格為強烈熱帶風暴，同日晚上，聯合警報中心將鳳凰升格為颱風。

　　28日早上，鳳凰登陸臺灣臺東縣長濱鄉附近。託天之福，各國會員皆及時趕到，而會議則在鳳凰颱風中舉行。

　　2009年2月，我屆齡退休，除參加第十屆在中國金華浙師大的大會，十一屆在日本的大會則委由同事游珮芸教授代表參加，並正式提出辭呈，且推薦游珮芸教授接任，經大會主席團同意，游珮芸教授於2012年8月正式接任臺北分會會長。

新世紀少兒文學家

一　書影

二 編選前言

「少年小說」是少年、兒童閱讀領域中甚為重要的一種體裁,具有「跨越性」的功能——從童書導向成人閱讀的跨越。在臺灣,少年小說擁有廣大的閱讀群眾。無論是歸屬於臺灣本土創作與得獎作品,還是大量翻譯國外優良的作品。廣度上在於出版的「數量」;深度上在於作品的「品質」,均有相當高層次的水準,這是令人欣賞的現象。

然而,地球村潮流與文化殖民影響,相對的,無形中也造成「文化霸權」的入侵。深具臺灣人文關懷與本土自然風情的優秀創作,往往因此緣故,可能出版未久,便覆沒在廣大的書海裡。

於是,為了免於有遺珠之憾,各項評選、推薦的活動順勢而起。一方面期望在茫茫書海中為讀者再次尋找優良的作品,這樣的歷程,可謂是在精華中萃取精華;另一方面也是為在地語言、本土文化、歷史傳承與深具臺灣本土意識的佳作,提供再一次聚光的舞臺。

所以,關心兒童文學出版,有其必要性的適時觀察、檢視,以期了解全面性的發展過程。綜觀兒童文學無論是常態性的出版運行,還是隱藏性的書寫變化,都是在呈現一時一地文學之菁萃,使其蓬蓽生輝。

筆者長期蒐羅兒童文學作家作品,輯注出版書目,曾於1987年及1998年兩度策畫兒童文學各文類階段性編選工作,並編纂2000至2009年兒童文學年度精華選集。

就兒童文學小說一類之演進,在關注發展與多方蒐集資料,題材自寫實鄉土至奇幻異境;從孤兒自勵到頑童冒險,可見取材視野之開闊,風格也趨向多元多變。

在見證作品豐富多變之時,身為讀者固然「開卷有益」是一種幸福,然而作為評選者往往就得慎重面臨思索、分析與取捨作品,來滿

足讀者及研究者。慶幸在不同時期，我們擁有願意支持這份志業的出版家，以及願意擔負這份重責的編選者，所以完成多部眾聲喧嘩、質量可觀的兒童文學小說選集，持續為茁長兒童文學的枝幹，增添新葉。

九歌出版社自1983年設立「九歌兒童書房」（後更名為「九歌少兒書房」）書系，其文教基金會繼於1993年起舉辦「九歌現代兒童文學獎」（後更名為「九歌現代少兒文學獎」），不論是獎勵作家創作或是出版優秀作品，每件事都為臺灣少年小說的開展樹立典範。為服務廣大兒童文學小說愛好者，特地規畫「新世紀少兒文學家」書系，以個別作家的整體作品為範疇，精選適合少年兒童閱讀的作品編輯成冊，這樣的兒童文學作家作品編選方式是前所未有的。

在臺灣兒童文學創作領域以少年小說為創作主力者，在各時期都有名家傑作產生。有些職志未改，始終關注青春少年議題，為其發聲，儘管時空轉換，仍是筆耕不輟；有些志趣轉向，然而對少年兒童的精準描繪與豐富想像仍舊可觀。

這些作家對臺灣少年兒童所處的家庭、學校、社會構築的生活有其獨到的論述，成就獨樹一幟的敘事，不僅體現在地作家的人文關懷，更形成反映本土現實的珍貴資產。

本書系為本土少兒文學名家作品選集，主要提供國小高年級及國中以上學子閱讀之優秀作品，所選名作都與少年讀者生活息息相關。文章以精短為主，可讀性與適讀性兼具，以期少年讀者能獨立閱讀。

走過千禧年，在第一個十年之時，希望本書系之出版能為本土少兒作家的文學成就獻上禮讚，亦為臺灣少年讀者的閱讀視野再闢風光，謹以為誌。

三 說明

　　我曾企圖遊說九歌蔡文甫先生，是否有可能出版類似幼獅版的兒童文學選集，而蔡先生則希望我能跳脫傳統編選方式，從個別作家的所有作品中，選出適合十至十五歲孩子閱讀的文章，讓少兒享受愉快閱讀。並將書系稱為「新世紀少兒文學家系列」，首先於2010年4月出版三本：

《紙青蛙》──鄭清文精華集
《誰來陪我放熱汽球》──小野精華集
《愛像紙屑一樣多》──李叔真精選集

　　並於2010年4月18日於臺北市立總圖書館舉行《新世紀少兒文學家》座談會暨新書發表會，名之為「與少兒文學家的經典對話」。系列共計出九本，兩本增訂改版：

1	紙青蛙──鄭清文精華集	鄭清文	2014/4/1
2	誰來陪我放熱汽球──小野精華集	小　野	2014/4/1
3	愛像紙屑一樣多──李叔真精選集（改版）	李叔真	2014/4/1
4	我家有個燕子窩──陳瑞璧精選集	陳瑞璧	2010/7/1
5	紅龜粿與風獅爺──鄭宗弦精選集（改版）	鄭宗弦	2010/7/1
6	小河彎彎──馬景賢精選集	馬景賢	2010/9/1
7	在美的暈眩中──桂文亞精選集	桂文亞	2011/2/1
8	與鴿子海鷗約會──林良精選集	林　良	2011/7/1
9	大俠古安安──姜子安精選集	姜子安	2011/10/1
10	紅龜粿與風獅爺──鄭宗弦精選集（增訂新版）	鄭宗弦	2017/10/1

| 11 | 愛像紙屑一樣多──李叔真精選集（增訂新版） | 李叔真 | 2017/12/1 |

系列編選得力於學生邱子寧，特於此誌之。

臺灣原住民圖畫書 50

一　書影

二 ①與每個時代的兒童對話，真實延續原住民文化

　　本書為行政院原住民委員會委託國立臺東大學兒童讀物研究中心與榮譽教授林文寶老師辦理的「臺灣原住民兒童圖畫書精選計畫案」之成果專書。本計畫蒐羅了1966年至2010年的原住民圖畫書，請專家學者諮詢與協助選出五十本，並以專文導讀方式編輯成書。其中我們可以看到1966年省政府教育廳所出版的中華兒童叢書系列——《雅美族的船》，可見以原住民為題材的兒童讀物早於1966年便已開其端，其亦是本計畫蒐羅到的最早的原住民圖畫書。

　　綜觀至2010年的原住民圖畫書內容，可以發現有幾個發展方向——神話傳說、口傳故事、生活點滴、童年回憶、神話改編、傳記，以及文化傳承或歷史背景主題之展開；但大多還是以神話傳說與口傳故事或這兩者的改編為主，甚少看到關於近代原住民的生活或所面臨的議題為主題的故事情節。雖然臺灣原住民運動與臺灣原住民文學興起於1980年代，迄今已過了三十個年頭，這當中歷經了正名運動、還我土地運動、恢復傳統姓名等等，但我們卻甚少看到以這類議題為主題的圖畫書或將其發展為兒童讀物，且關於原住民兒童文學的研究也是寥寥可數。又，目前所蒐羅到的原住民圖畫書，其作者與繪者大多為非原住民族，在族群本體為本的教育理念之下，我們期望，未來會有更多的原住民作家投入這塊領域的耕耘，讓族人為自己的族群與文化發聲，並傳承給下一代的孩子。

　　在本書中，我們可以看到成人作家對於原住民圖畫書創作的投入。而在2010年11月，媒體曾解導豐濱鄉港口國小自九十八學年度起推動「一生一繪本」教學活動，讓孩子們寫自己的生活故事並將之創作成圖畫書。九十九學年度時，財團法人原住民族文化事業基金會贊助將孩子們所創作的生命故事編印成書。此次獲得贊助編印的故事書

分別是以父親、爺爺與阿美族野菜為題材，傳達孩子生活中的感受與生命故事，不再只是神話傳說的故事創作。故事中呈現孩子的父母為了養家活口，必須離鄉背井到外地工作，小朋友把它記錄下來，並將自己對父母的想念以畫筆描繪出來。而《我最喜歡吃的野菜》一書，除了有小朋友的幼時記憶，也把野菜的料理方式逐一描述，傳達了老祖先的智慧與原住民的野菜文化。此教學活動除了讓原住民兒童為自己與其所屬的族群文化發聲之外，也使我們聽到屬於現代原住民兒童的聲音。

原住民文化的延續，不僅需要傳統的養分，更需要與每一個時代保持對話，兒童是民族心靈的真實感應，時時看見兒童眼中所描繪的世界，可以提醒大人世界保持敏銳與關照，以確認我們所努力的方向，可為族群的未來帶來一點點幸福。

此次出版，除了期待引起兒童的閱讀樂趣之外，冀望更多有心人一齊關注原住民兒童文學，以免將來下一代往上看，只看見一片空白。

孫大川（巴厄拉邦）

（卑南族人，臺灣原住民作家，時為行政院原住民族委員會主任委員）

②為孩子打開一扇窗

　　一個健康、開朗、樂觀的國民，對於其居住的土地、人民、歷史與文化，都會有充分的認識與積極的看法，並且願意付出心力。位處東亞交通要衝與黑潮通過的臺灣，自史前時代就是多元民族與文化匯集的島嶼。自舊石器時期的臺東長濱文化、臺南左鎮文化以及新石器時代的大坌坑、牛稠子、卑南等文化及鐵器時代的蔦松、十三行等文化遺址的陸續發現，我們知道臺灣這塊土地充滿著多元而豐富的歷史與文化內涵。在漫長的歲月中，臺灣的原住民以散居的部落型態，各自經營自己的生活方式，並以口耳相傳的故事、歌謠、諺語等，加上各類儀式、舞蹈等形式，描述周遭的自然環境與自身的遭遇、想像與情感，成為這塊土地最原始的文化呈現。

　　十六世紀開啟的大航海時代，荷蘭人、西班牙人、葡萄牙人、日本人都曾經踏上或瞭望臺灣的土地，甚至駐留一段時間，留下斑駁卻具體的歷史殘留與記憶。臺灣在十七世紀鄭成功驅走荷蘭人之後，逐漸變成漢民社會；以游耕、漁獵為主要生活型態的原住民受到嚴重的威脅，土地的流失、文化的消亡與生計的困頓，正是三、四百年來原住民族集體命運的主調。在這樣的情況下，由於缺乏可以記錄文化與歷史內涵的工具──文字，部落原有的文化內涵逐漸在變遷中被遺忘。儘管如此，為數不少的部落到日治時期仍能維繫著不絕如縷的祭祀、儀式、敘事、禁忌、倫理片段，讓進入部落田野的研究者記錄仍稱豐富的珍貴資料；百年來各類人文領域的專家因此得以累積了社會組織、語言、祭儀、舞蹈、建築、故事、藝術等調查與研究成果。

　　臺灣社會過去對於居住在這塊土地最悠久的原住民族的認識往往是片斷、負面、扭曲，甚至是歧視的；其原因除了是主流社會過去長期的刻板印象外，主要是在學校教育體系未能建立積極有效的多元文

化學習方式，讓孩童能夠從小就有機會藉由課程的安排，閱讀或親自體驗不同族群文化，從認識、了解到體諒、尊重與合作，兼顧認知、情意的學習，並延伸到爾後生活的實踐。教育心理學認為童年時期的經驗或印象，對於一個人會有長久的影響；孩童的心理與視野有無限拓展的可能，臺灣要成為真正開放的社會，孩童們能夠學習並了解多元的族群文化，並養成尊重、欣賞與關懷的態度，將是最重要的關鍵。

　　由林文寶教授組成的「臺灣原住民兒童圖畫書精選計畫案」計畫夥伴，先選出五十本由學者、文史工作者、原住民等不同背景者撰寫的原住民圖畫書，再由具備兒童文學專業的年輕學者撰寫每一本書的導讀，希望讀者可以藉由它的引導，按圖索驥，了解每一本圖畫書的內容、特色。被選出的五十本書都是圖文並陳，讓精彩的文章與生動的圖畫把文化的故事、道理闡釋得更為清晰。這些淺顯易懂的選本，將為我們的孩子打開視野更為開闊的窗戶。

浦忠成（巴蘇亞・博伊哲努）

（鄒族人，為臺灣原住民族學者中第一位本土博士，專長原住民族神話研究、民間文學研究等，時任考試院考試委員）

③試論臺灣原住民圖畫書

（一）前言

原住民文學的出現，乃是各種因素促成，亦是必然的趨勢。

西方思潮在二十世紀六〇年代以後，逐漸有了「文化轉向」。文化研究是跨學科性質，其間影響最大的當屬人類學，而人類學的世紀之旅可以總結出意義深遠的三大發現。這正是後來居上並給整個人文社會學科帶來重要轉向的關鍵所在：人的發現、文化的發現、現代性原罪的發現。[1]

所謂人的發現，是指人類學這門學科第一次實現對全球範圍的不同文化和不同族群的全面認識，並在此基礎上宣告：地球上任何一個角落的任何一個族群，不論其生產力與物質水平如何差異，在本質上都是同樣的族類種屬，其文化價值也同樣沒有優劣高下之分。人類關係區域檔案庫的建立，加速促進著人權平等的理念，使得文化相對論原則最終提升起來，成為當今處理國際關係的基本準則。

文化的發現是人類學界講述得最多的一面，是二十世紀人類最重要的發現。廣義的文化是相對於自然而言的；宇宙萬物中唯獨人類創造了文化，因此人可以定義為文化動物。狹義的文化即小文化概念，是指人類的特定族群所持有的一整套感知、思維和行為特徵。在這一意義上，人類學家說到愛斯基摩文化、瑪雅文化、古希臘文化和納西族文化等。於是，通過研究文化，人類學能夠解釋以往不得其門而入的許許多多的人類族群之差異及社會構成原理。

現代性原罪的發現，指通過對世界上千千萬萬不同文化的認識和比照，終於意識到唯獨在歐美產生的資本主義生產生活制度及現代性

---

[1] 葉舒憲：《文學人類學教程》（北京市：中國社會科學出版社，2010年），頁13-15。

後果，是一種特殊文化現象，它既不是人類普世性的理想選擇，也不是未來人類唯一有美好預期的方向選擇。從生態學和地球生物的立場看，現代性已經將人類引入危險和風險之途。

　　人類學的文化相對論原則，一方面啟發人們用平等的眼光重新看待世界的主流文化與非主流文化；另一方面也自然導向一種全球公正理論，使得盲從西方現代性的主流思考方式受到質疑：為什麼總數以千計的原住民社會在沒有外界干預的情況下是可持續的，而現代性的高風險社會反而是不可持續的！處在前現代的文化──原住民原生態文化作為鏡子，反照出現代文明的醜陋和瘋狂的一面。

　　於是，聯合國訂1993年為「國際原住民年」，其後又在1994年宣布「世界原住民國際十年」（1995至2004年），主題是「原住民族──行動夥伴關係」，目的在於喚起國際社會重新重視、關注在這個星球上最被忽視、受創最深的族群。[2]2004年聯合過大會再度宣布，2005到2014年為「第二個世界原住民族國際十年」，由此可見世界各國對於原住民族的傳統文化與知識，無不視為人類共同遺產與稀世珍寶。

　　臺灣目前政府認定原住民族有十四族，人口數約四十三萬人，約占臺灣總人口數的百分之二，約占世界上南島語系民族人口總數的百分之零點一一（0.11%）。[3]臺灣原住民[4]人數雖少，也沒有文字，但部落的歷史、傳說神話、祭祀歌謠以口傳的方式傳遞，使得臺灣的原住民擁有獨特的歷史、語言、習俗，和豐富內涵的傳統文化。隨著社會

2　〈相呴以濕，相濡以沫──國際原住民之花果飄零及其靈根自植〉，《山海雜誌》第2期，頁6。

3　參見臺灣原住民文化園區網站臺灣原住民族介紹http://www.tacp.gov.tw/home02_3.aspx?ID=$3001&IDK=2&EXEC=L

4　指的是十七世紀中國大陸沿海地區人民尚未大量移民臺灣前，就已經住在臺灣及其周邊島嶼的人民，包括現已全然漢化的平埔諸族，以及現今行政院原住民委員會公佈的十四族群如泰雅、賽夏、阿美、卑南、排灣、魯凱、布農、邵、鄒、雅美（達悟）、太魯閣、噶瑪蘭、撒奇萊雅、賽德克而言。

的整體發展，臺灣原住民文化也有所變遷，昔日以部落為基礎的生活內涵，因為與其他族群的接觸交流，逐漸產生融合、吸納外來的文化，進入都會生活的原住民更超過十三萬。

四、五〇年代的臺灣社會，物資極度缺乏，生活條件普遍不理想，急需仰賴外援，若論臺灣兒童讀物發展，可謂都是因陋就簡。早期兒童讀物編印，大致沿襲傳統，不特別講究編排，內容許多是來自國外翻譯或改寫的故事。1964年兒童讀物編輯小組成立，開始致力於《中華兒童叢書》的編輯出版工作，間接提升帶動兒童讀物的出版水準。八〇年代後民間出版力量勃興，兒童讀物出版品質與量逐年提升，兒童圖書出版愈趨激烈競爭，激盪出許多創意十足的優秀作品[5]。

多樣豐富的臺灣原住民文化，不但是啟蒙孩童認識臺灣土地、人文與多元文化的豐富材料，同時也是兒童了解原住民如何與動物、環境以及大自然相互依存、和平共處的最佳素材，原住民圖畫書出版不僅在傳承原住民獨特的文化，還提供不同族群的孩子彼此認識的機會。

圖畫書的定義國內外皆有多種說法，大多一般是指有圖畫、簡單主題、情節內容簡短的故事書，主要是針對幼兒所設定的出版品，而關於圖畫書的名稱國內常見有「圖畫書」、「圖畫故事書」、「繪本」等不同名稱，為觀察臺灣光復後出版現象，因此文中所討論的文本以「圖畫書」概括稱之，簡單定義為「以圖文融合方式，或以文為主圖為輔之出版品。」

而個人於九〇年代期間，開始關注於原住民兒童文學。其緣起在於撰寫「臺灣最早的童謠」一節，就文獻而言，自當以黃叔璥的《臺海使搓錄》為最早，該書卷五至卷七〈番俗六考〉，是記述北路諸羅

5　林文寶、趙金秀：《兒童讀物編輯小組的歷史與身影》（臺北市：萬卷樓圖書公司，2003年），頁95-97。

番及南路鳳山番的風俗習慣，並附〈番歌〉三十三首，其中兩首或疑為原住民童謠。於是乎開始收錄有關原住民文學、兒童文學的論述與作品。其中，又以原住民圖畫書最為用心。並於第九屆亞洲兒童文學大會期間（2008年7月29至31日）於臺東臺灣史前文化博物館展出三個月。個人一直期待能有原住民兒童文學的相關選集，或原住民兒童文學研討會，於是有《臺灣原住民圖畫書50》的構想與編選。

（二）原住民文學

現今所稱之「臺灣原住民文學」，意涵是指原住民口傳文學和原住民作家文學[6]。臺灣原住民沒有文字，多以「口傳」的方式留下祖先的訓示、經驗、傳說、歷史等等，稱之為「原住民口傳文學」。原住民作家文學是指原住民開始運用文字後，以漢文、日文或其他語文寫之文類稱為「原住民文學」。

原住民文學興起於八〇年代，此時正為臺灣社會面臨關鍵性轉型之際，不論在政治、社會、文化的面向上，莫不以臺灣「本土化」作為最強烈的改革訴求。八〇年代的原住民文學在原住民運動帶動下，一發面啟發了原住民對自我族群的重視；另一方面則成為所有後來的原住民文學創作者的母題和寫作動力所在。[7]

九〇年代末原住民文學在學術評論，儼然成為一個新熱門的研究課題，不論是單篇論文或碩、博士論文對此議題的開發都已經大大的拓展原先的領域了。原住民文學不僅在量增加，也逐漸有學者強調原住民主體性的問題，認為原住民族群的加入，才可謂之為原住民文

6　參見《臺灣原住民族漢語文學選集——評論卷》（臺北縣：印刻出版社，2003年），頁97，浦忠成先生觀察日據時期至今的原住民文學發展認為，臺灣原住民的文學依其形成、傳播方式以及創作的目的因素加以區別，有口傳文學及作家文學兩種。

7　東華大學「原住民文學」，網站http://dcc.ndhu.edu.tw/literature/subject7_1.htm

學。因此對於「原住民文學」的定義，學者多有所分歧。董恕明依據孫大川、浦忠成、瓦歷斯諾幹和多位原住民作家的說法，認為原住民文學大致可分為三種面向，分別是（一）身分說、（二）題材說、（三）語言說。[8]茲整理如下：

> 身分說：凡具有「原住民身分」創作者的創作，都可歸納之。
> 題材說：以寫作的「題材」決定是否歸屬於原住民文學。
> 語言說：以「母語寫作」。漢語、日語、英語等其他語言不算。（頁2-8）

以「身分說」界定原住民文學學者認為，以「題材說」分類為作家帶來許多困擾；同樣一位作家，有時是原住民文學的創作者，有時卻又不是；另外也由於題材的限制，「題材說」的原住民作家只能著墨於某領域的文章，創作大受限制。以「題材說」界定原住民文學學者卻認為，不僅會放寬書寫的限制，有非原住民身分創作者參與，有可能讓原住民文學呈現較多的可能性與多樣化。而以「語言說」界定原住民文學，雖立意良善突顯原住民文學獨立存在之目的，但大部分的學者皆認為，目前推行上有實質的困難。

各界對原住民文學的定義雖有所分歧，但對於推動原住民文學，卻都是不約而同：譬如對於原住民作家文學的出版、設置原住民文學獎、專屬原住民媒體成立、大學校院開設原住民文學專門研究等，在各方的推波助瀾，原住民文學如雨後春筍般的蓬勃發展。

對於臺灣原住民文學蓬勃發展，推動臺灣原住民文學日譯工作的下村作次郎教授曾驚嘆地表示：「確實沒有想到短短的十五年，僅僅

8　董恕明：《邊緣主體的建構——臺灣當代原住民文學研究》（臺中市：東海大學中國文學研究所碩士論文，2003年），頁2-8。

四十一萬人口的臺灣原住民，竟可以有那麼多作家、產生那麼多作品，就密度上來說，這是高密度的文學生產。」[9]由此可見臺灣原住民文學不只是量的增加，質的提升，國際上對於這塊獨特的文化也深感興趣。

發展至今，原住民文學創作者於詩、散文、小說領域都各有表現，也出現了許多不錯的作品。並有蒲忠成《被遺忘的聖域──原住民神話、歷史與文字的追溯》、《臺灣原住民族文學史綱》（上、下）兩本史論著作。

（三）原住民圖畫書

相對於原住民文學的蓬勃發展與受重視，則原住民兒童文學似乎是被忽視的一角。其實不然，原住民豐富的神話（含神話、傳說、民間故事），正是兒童文學的活水源頭，其蓄意與待發，是指日可待。其間，圖畫書已成為眾所矚目。而本文所謂的圖畫書，是兼具「身分、題材、語言」三種面向，尤其是以「題材」為先。

不論是民間出版社、文史工作室或是官方，皆積極投入以原住民文化為出版主題之圖畫書，部分出版社並透過中、英文對照，甚有結合不同傳播媒體如音樂 CD、電腦多媒體等，使能讓更多讀者以不同管道及閱讀方式，認識臺灣原住民寶貴的生活文化遺產，讓這段臺灣遠古歷史變得鮮明、可親。

從臺灣圖畫書的創作與出版史來看，臺灣原住民圖畫書起步雖較其他類別為晚，但從出版的量與成長來看，卻見其旺盛的出版熱力；原住民圖畫書在多家出版社的相互競爭下和政府出版品的推動，逐漸成為一股不容忽視文學領域。

9　孫大川主編：《臺灣原住民漢語文學選集──評論卷》，頁10。

　　以圖畫書出版傳承推廣保存原住民文化，一如懷劭・法努司推薦
2003年新自然出版社出版《臺灣原住民的神話與傳說》系列推薦序所
說：「在聚會所內，神話與傳說是用「話」來「說」的，那種經驗已
距離我好遠好遠了。現在，不一樣的經驗，是用「畫」來「話」的，
就是這本書，讓我感覺是這麼地貼近原鄉的生活──它不禁讓我開口
大唱：「Ho hai yan.ho wai ha hai──我又回到聚會所了。」

　　根據臺東大學兒童文學研究2000年所舉辦的「臺灣地區1945年至
1998年兒童文學一百本評選活動」中之統計，1945至1998年間，臺灣
出版之本土創作圖畫書類有五四二冊，屬原住民圖畫書出版僅十三
冊，2008年展出有一〇六本，至2010年則有一六二本。尤其2000年以
後，更成氣候。原住民圖畫書突如雨後春筍冒出，在短短的十年的時
間裡出版一二四冊，出版數量成倍數成長；其中不僅出版來源多變
化，原住民籍與非原住民籍作家的相繼投入，圖畫書的另一個推
手──繪者，也以不同方式投入這塊文化傳承的園地。

　　以下試以題材（族群）、出版單位、身分（作者）、語言等觀點說
明之：

1　以族群為題材

表一　臺灣原住民圖畫書族群統計（全部收錄）

族別／年代	阿美	排灣	泰雅	布農	魯凱	卑南	鄒	賽夏	雅美（達悟）	邵	噶瑪蘭	太魯閣	撒奇萊雅	賽德克	*平埔	史前文化	合編	總計
1966-1975				1					2								2	5
1980-	2	2	2	1				2	2								3	14

族別＼年代	阿美	排灣	泰雅	布農	魯凱	卑南	鄒	賽夏	雅美（達悟）	邵	噶瑪蘭	太魯閣	撒奇萊雅	賽德克	*平埔	史前文化	合編	總計
1989																		
1992-1999	1	1	2		1	2	1		4		1	1			1	2	2	19
2000-2010	13	10	17	10	4	8	8	5	8	3	3	4	1	2	6	8	14	124
小計	16	13	21	12	5	10	9	7	16	3	4	5	1	2	7	10	21	162

* 平埔包括：西拉雅、拍瀑拉。

　　此次研究各族群圖畫書統計數字如上表一，整體而言，圖畫書出版以合編及泰雅族為多，以雅美族、阿美族次之。各族群圖畫書出版數量，大抵和原住民人口數相關，唯獨雅美族人口數排行九，出版量卻居高，1966年出版《雅美族神話故事集》，更是拔得原住民圖畫書出版頭籌，這可能與雅美族為臺灣唯一居於外島的原住民，不論在生活環境、建築、服裝、工藝等，呈現出特別的生活型態，讓作家、繪者們特別對其感興趣。

　　合編出版圖畫書以多主題、多族群方式出版，整體而言出版來源多為民間出版社，這可能以民間出版社方便行銷販賣有關。合編出版的族群統計以布農為主題居冠，阿美居二，和上述單一族群的圖畫書分布相差不大。（見表二）

表二　臺灣原住民圖畫書：合編書籍族群統計（全部收錄）

書籍＼族別	阿美	排灣	泰雅	布農	魯凱	卑南	*鄒	賽夏	雅美（達悟）	邵	噶瑪蘭	太魯閣	撒奇萊雅	賽德克	平埔	漢	史前文化	總計
山地神話1				V		V	V		V									4
山地神話2	V		V	V	V		V		V									6
山地故事	V	V	V	V	V	V	V	V	V									9
太陽的孩子（臺灣先住民圖畫故事選）	V	V	V	V					V									5
臺灣的歷史②：先住民全盛的時代	V	V							V									3

*鄒族包括：卡那布，平埔包括：西拉雅、拍瀑拉、巴則海。

書籍＼族別	阿美	排灣	泰雅	布農	魯凱	卑南	鄒	賽夏	雅美（達悟）	邵	噶瑪蘭	太魯閣	撒奇萊雅	賽德克	平埔	漢	史前文化	總計
虹從哪裡來		V	V	V	V	V	V	V	V									8
臺灣童話（一）										V						V		2
重返部落		V		V														2
NeNeNe 臺灣原住民搖籃曲、【導讀手冊】乘	V	V	V	V	V	V	V	V	V			V			V			11

書籍 ＼ 族別	阿美	排灣	泰雅	布農	魯凱	卑南	鄒	賽夏	雅美（達悟）	邵	噶瑪蘭	太魯閣	撒奇萊雅	賽德克	平埔	漢	史前文化	總計
著歌聲的翅膀																		
最後的山羊			V					V										2
一個部落到一個部落	V		V		V	V			V					V				6
拜訪原住民	V	V	V	V	V	V	V	V	V									9
VuVu 的故事	V	V	V	V	V	V	V	V	V						V			10
與山海共舞：原住民	V	V	V	V	V	V	V	V	V	V					V			11
矮靈祭（大洪水、山芋人、巴嫩公主）				V	V			V	V									4
射日（懶人變猴子、兄妹變島、兩個婆婆、女人島）	V		V			V												3
到部落走走	V	V	V	V	V	V	V	V	V	V	V	V						12
百年觀點特展：史料中的臺灣‧原住民及臺東專刊								V							V	V		3

書籍 ＼ 族別	阿美	排灣	泰雅	布農	魯凱	卑南	鄒	賽夏	雅美（達悟）	邵	噶瑪蘭	太魯閣	撒奇萊雅	賽德克	平埔	漢	史前文化	總計
勇士那魯和雲豹的故事：那魯	V	V	V		V	V								V				6
童謠繪本	V			V								V						3
看‧傳說：臺灣原住民的神話與創作（展覽遊戲書）	V	V				V												3
海洋與原鄉歷史童書	V			V														2
小計	15	12	12	15	10	12	11	10	12	3	2	2	0	2	3	2	1	124

2 出版單位

　　原住民圖畫書依其出版來源來看（如下表三），政府、民間與非營利組織競相出版，民間出版數量至2008年初領先政府出版數量，不過若搭配年份來看，原住民圖畫書早期以政府出版品為主，後民間出版漸漸起步，甚有獨領風騷之勢，不過最近幾年卻少見民間出版社大手筆推動，反倒是政府出版品近年以多元文化方式出版推動各式原住民圖畫書。

表三　臺灣原住民圖畫書出版單位統計（全部收錄）

單位 年代	政府 出版品	民間 出版品 （非營利 單位）	出版社 出版品 （營利單位）	政府與 民間合作 出版品	政府與出 版社合作 出版品	學校 出版品	民間與出 版社合作 出版品	政府與 學校合作 出版品	總計
1966- 1975	5								5
1980- 1989	2		12						14
1992- 1999	8	1	6		1		3		19
2000- 2010	33	7	36	16	7	10	11	4	124
小計	48	8	54	16	8	10	14	4	162

　　而關於政府、民間與非營利組織出版概況如下說明：

（1）政府出版品

　　政府出版原住民圖畫書出版品，首推1966年臺灣省政府教育廳兒童讀物《中華兒童叢書》系列，至2002年兒童讀物編輯小組完成階段性任務，總計出版七本關於原住民主題繪本。行政院農業委員會自1992年出版的《田園之春》系列繪本，1994年出版《阿里棒棒飛魚祭》，後又陸續推出《刺桐花開過新年》、《山谷中的花環》、《達娜伊谷》、《重返部落》等以部落為主題之原住民圖畫書。

　　臺南縣政府與臺東縣政府則為展現在地文化，分別以《南瀛之美》、《臺東故事》系列，出版了《少年西拉雅》、《都蘭山傳奇》、《雲豹與黑熊》、《亞洲鐵人楊傳廣》四本繪本，展現當地的自然景觀、歷史發展與民俗文化等特色，適合當地學校作為鄉土教材教學之用。

　　博物館也加入出版原住民圖畫書行列。2001年十三行博物館出版《人面陶罐的家》、《陶偶家族——十三行人的小故事》。2004年，國立臺灣史前文化博物館舉辦「回憶父親的歌」特展，出版以三位原住民音樂家之後代的敘述觀點，來描述記憶中的父親。

　　另外許多政府單位也推出原住民圖畫書作為推廣教育之用。如：太魯閣國家公園管理處出版《泰雅傳說——祖先的故事》，國立嘉義大學原住民生產力培訓中心出版《鄒族——神話與傳說》，國立臺東大學美教系出版《七彩布群》、《阿朵兒的竹口琴》、《彩虹橋》，國立花蓮教育大學出版《魚的家——巴拉告》、《遺忘的芭吉魯》。

（2）政府與民間合作

　　政府與民間合作模式，大致是由政府策畫出版，民間製作、編輯、發行。以這樣的方式出版圖畫書，可借用民間行銷通路的方式，廣推政府出版品。如：1997年由行政院文建會策畫、雄獅圖書公司製作發行《臺灣史前人》，2001年，行政院文化建設委員會鼓勵本土兒童文學作家及插畫家創作，透過甄選方式與民間公司合作，由青林出版《射日》。2007年，臺南縣政府出版《少年西拉雅》策畫，青林出版社編輯發行。2006年，由國立臺灣美術館出版，東華出版社編輯製作發行《文化臺灣繪本》叢書，其中包括兩本原住民文化圖書《莫那魯道》、《天上飛來的魚》。

（3）民間出版社——營利組織

　　1988年民間遠流出版社以《少年兒童館》系列打頭陣出版《太陽的孩子》，編輯此書主編郝廣才在序中提及：

　　　兒童是最愛聽故事的，還有什麼比發源於臺灣的故事，更能使

　　兒童了解臺灣，孕育對鄉土的情感和關愛呢？「這本書是一個起點，同樣的工作，我們還會繼續下去，不會停止。」

　　從文中我們隱約可觀察到，原住民文學運動精神延燒至兒童圖畫書出版，原住民文化之美與傳承，漸漸受到民間業者的注目。1989年遠流出版社接續出版《繪本臺灣風土民俗》、《繪本臺灣民間故事》二大系列叢書，其中有八本關於原住民之圖畫書。

　　專門性的原住民圖畫叢書的出版，也漸獲出版社青睞。2002年12月新自然主義出版社邀請了當時擔任東華大學原住民民族學院民族發展所所長的孫大川先生擔任總策畫，大手筆出版了《臺灣原住民的神話與傳說》系列叢書，共計十本圖畫書。一如叢書的名稱《臺灣原住民的神話與傳說》，這套叢書以各族分類分別出版，全書中、英文對照，書後附加其他小單元，如：「部落百寶盒」快速掌握原住民生活全貌、「e網情報站」蒐羅原住民資料快又準、「造訪部落」提供探索故事發生的地圖資料、「原住民語開口」現學現賣朗朗上口。除書籍內涵多樣內容，出版社還同時邀集多位名人共同推薦，搭配行銷活動，讓這套叢書聲名大噪，2007年4月此套書已為二版六刷。

　　除大手筆推出原住民圖畫書叢書，營利組織為圖畫書附加不同傳播媒材，增加圖畫書多姿之樣貌。如1998年，大大樹製作以音樂CD、有聲故事CD、圖畫書三大內容構成音樂有聲書《邦查WAWA放暑假》。2001年，信誼出版社以一本圖畫書、一張CD、一導讀手冊組合出版《NeNeNe臺灣原住民搖籃曲》，介紹原住民傳統搖籃曲的專輯，總共收集十族十二首歌曲，每首歌曲配上各族小朋友的畫作，再加上排灣族的藝術家蔡德東先生的插畫，作成一本圖畫書，展現原住民生活上的特殊性。

（4）民間出版——非營利組織

非營利組織對於圖畫書出版也不遑多讓；臺灣原住民部落振興文教基金會自2000年起陸續出版了七本族群神話童書叢書，2001年，財團法人浩然基金會因九二一大地震協助潭南國小重建，製作「布農的家——潭南社區文化傳承系列」鄉土教材，總計出版《Ba hin 和 Qa vu tadh 的家》、《部落山林記事》、《阿嬤的織布箱》、《植物的煉金術》、《部落家屋再生》等五本出版品，內容涵蓋布農族建築、織布、植物染織、部落來源等，期望能夠在學校落成之後，提供給老師作為教學的參考，同時也作為復育布農傳統文化，進而發展社區特色產業的基礎。這套編印精美的專書，可惜行銷通路並不廣泛，訂購方式可至浩然基金會網站（http://www.hao-ran.org.tw/index.asp）。

3 圖畫作家

不論從身分說、題材說、語言說角度來看原住民文學作家，對於原住民圖畫書的投入皆不遺餘力。在一六二本中，總計參與圖畫書作者與繪者約有三七一人，而不論是文字或繪者以不具原住民身分作者占多數（如下表四、表五），具原住民身分作者、繪者不到百分之二十。

表四　臺灣原住民圖畫書作者族群統計（全部收錄）

族別＼年代	阿美	排灣	泰雅	布農	魯凱	卑南	鄒	賽夏	雅美（達悟）	邵	噶瑪蘭	太魯閣	撒奇萊雅	賽德克	平埔（西拉雅）	漢	未具名	外國人	團隊	總計
1966-1975									1							5				6

族別＼年代	阿美	排灣	泰雅	布農	魯凱	卑南	鄒	賽夏	雅美（達悟）	邵	噶瑪蘭	太魯閣	撒奇萊雅	賽德克	平埔（西拉雅）	漢	未具名	外國人	團隊	總計
1980-1989																15				15
1992-1999	1					1			2			2				15				21
2000-2010	1	6	5	4	2	4	2	1	1	1		2			1	103	5	1	1	140
小計	2	6	5	4	2	5	2	1	4	1	0	4	0	0	1	138	5	1	1	182

表五　臺灣原住民圖畫書繪者
（包括攝影及插圖）族群統計（全部收錄）

族別＼年代	阿美	排灣	泰雅	布農	魯凱	卑南	鄒	賽夏	雅美（達悟）	邵	噶瑪蘭	太魯閣	撒奇萊雅	賽德克	平埔	漢	外國人	團隊	總計
1966-1975																5			5
1980-1989																15			15
1992-1999						1										21			22
2000-2010	2	8	6		1	10	2		1			1			1	112	1	2	147
小計	2	8	6	0	1	11	2	0	1	0	0	1	0	0	1	153	1	2	189

文字作者二位者有二十本，而繪者二位者有二十五本。

又具原住民身分的作家創作圖畫書，多為第一次出版原住民圖畫書，部分作者為將自己原有已出版的文學作品轉為圖畫書，如孫大川、利格拉樂・阿烏，嘗試將自己的作品轉換成圖畫書。2003年孫大川改寫《久久酒一次》出版《姨公公》，同年，原住民女性作家利格拉樂・阿烏改寫《誰來穿我的美麗衣裳》，出版《故事地圖》。排灣族文學作家亞榮隆・撒可努出版《VuVu 的故事》有聲故事 CD，以其豐富的聲音表情扮演 VuVu（在排灣族裡，祖父、祖母與孫子、孫女都稱 VuVu，在這裡指的是祖父的意思），為孫子講述荷蘭人到臺灣原住民部落遊歷的故事。雅美族作家周宗經後因從事保育雅美文化而步入寫作，有「素人作家」之稱，出版三本分別是《雅美族神話故事》、《Misinmo pa libangbang 飛魚》、《Akokay tatala 獨木舟》，周宗經的文字樸拙野趣，深具原味，在此次研究文本中，具原住民身分作家中算為多產作家。

2003年新自然主義出版社出版《臺灣原住民的神話與傳說》系列，邀集了多位的原住民作家共同參與圖文製作及編輯，出版社以「有最多原住民共同參與的圖畫故事書，寫出原住民生命動力，記錄臺灣悠遠歷史，是獻給臺灣孩子的最佳讀物。」[10]作為出版特色，而此套參與作者林志興、馬耀基朗、里慕伊・阿紀、巴蘇亞・迪亞卡納、杜石鑾、奧威・尼卡露斯等多為第一次出版原住民圖畫書，後續無再出版其他圖畫書。

4 語言

在一六二本繪本中，有一本是屬無字圖畫書，只是在說明用母語。

---

10 參見《臺灣原住民的神話與傳說》（臺北市：新自然主義公司，2006年）。

表六　臺灣原住民圖畫書統計：語言（全部收錄）

語言年代	中文創作	母語創作	中文、母語並列	中文、英語並列	總計
1966-1975	5				5
1980-1989	14				14
1992-1999	17		2		19
2000-2010	92	1	18	13	124
小計	128	1	20	13	162

（四）原住民繪本精選 50

　　本案擬從一六二本圖畫書中評選出五十本，每本並有專文介紹，且將編輯《臺灣原住民兒童圖畫書精選50》專書。旨在提供原住民師長，及各界認識原住民文化的選書參考，盼能促使其和新生代的原住民與孩童了解原住民族的歷史與記憶，進而提升原住民族兒童文學的創作與關注，引領兒童認識臺灣原住民族寶貴的生活文化遺產，讓臺灣這段遠古歷史變得清晰、鮮活、可親。

　　其評選原則：

　　1. 有現代原住民的聲音，不只是古老的故事。
　　2. 能展現非刻板印象的原住民故事。
　　3. 具有研究與歷史意義的故事。

　　當然，圖畫書本身的元素，則是必備的條件。又在評選時亦當避免作者或繪者重複化，且各族群亦當在收錄之列。總結以上的原則，即是所謂「文化並置」（cultural juxtapoition）。

> 文化並置是出自人類學理論的一個命題，後來推廣運用到文學藝術和影視創作，指寫作中常見的一種技巧，及通過將不同文化及其價值觀相並列的方式，使人能夠從相輔相成或相反相成的對照中，看出原來不易看出的文化特色或文化成見、偏見。文化並置所帶來的認識效果，類似日常生活中的反觀或者對照。在反觀之中，可將原來熟知的東西陌生化，從大家習以為常的感知模式中超脫出來。在後殖民批判的視野中，文化並置會以激進的邊緣立場，對所為正統觀念和主流價值加以顛覆、翻轉。[11]

　　因此，本文所謂的文化並置，即是指對各原住民族群以其共存共榮的平等意義，它是消解傳統的帝國意識和文化沙文主義的有效手段。

　　至於，其評選過程：

　　我們將一六二本原住民繪本的相關資料彙集成電子檔，然後委請五十位對原住民圖畫書有研究或有興趣者勾選。勾選原則以自己熟悉者為限，最多不超過五十本，並在期限其間回傳。經工作小組統計後，再交由研究小組詳加討論，最後選出五十本。（詳見附錄）

　　五十本圖畫書雖然是故事為主，但亦不排除其他類型，而這種類型者要皆為合編者。試將五十本依族群題材、出版單位、語言、作者繪者統計列表如下：

11　葉舒憲：《文學人類學教程》，頁120。

臺灣原住民圖畫書族群統計（精選五十本）

年代單位	阿美	排灣	泰雅	布農	魯凱	卑南	鄒	賽夏	雅美（達悟）	邵	噶瑪蘭	太魯閣	撒奇萊雅	賽德克	平埔	合編	總計
1966-1975				1					1								2
1980-1989	1	1	1	1				2	2								8
1992-1999	1		1						2		1						5
2000-2010	2	3	4	2	2	3	3		4	1	1	1	1	1	2	5	35
小計	4	4	6	4	2	3	3	2	9	1	2	1	1	1	2	5	50
平埔族包括：西拉雅及拍瀑拉																	

基本上是合乎文化並置，但雅美族與泰雅族仍較居多。

臺灣原住民圖畫書：合編書籍族群統計（精選五十本）

族別 書籍	阿美	排灣	泰雅	布農	魯凱	卑南	鄒	賽夏	雅美（達悟）	邵	噶瑪蘭	太魯閣	撒奇萊雅	賽德克	平埔	漢	史前文化	總計
重返部落		V	V															2
NeNeNe臺灣原住民搖籃曲、【導讀手冊】乘著歌聲的翅膀	V	V	V	V	V	V	V	V	V		V				V			11

書籍 ＼ 族別	阿美	排灣	泰雅	布農	魯凱	卑南	鄒	賽夏	雅美（達悟）	邵	噶瑪蘭	太魯閣	撒奇萊雅	賽德克	平埔	漢	史前文化	總計
與山海共舞：原住民	V	V	V	V	V	V	V	V	V	V					V			11
勇士那魯和雲豹的故事：那魯	V	V	V		V	V								V				6
看·傳說：臺灣原住民的神話與創作（展覽遊戲書）	V	V				V												3
小計	4	5	3	3	3	4	2	2	2	1	1	0	0	1	2	0	0	33
平埔族包括：西拉雅及拍瀑拉																		

　　其中《與山海共舞：原住民》是屬於知識性圖畫書，而《看·傳說：臺灣原住民的神話與創作》，則是遊戲書。

臺灣原住民圖畫書出版單位統計（精選五十本）

單位 年代	政府出版品	民間出版品（非營利單位）	出版社出版品（營利單位）	政府與民間合作出版品	政府與出版社合作出版品	學校出版品	總計
1966-1975	2						2
1980-1989	1		7				8
1992-1999	3	1	1				5
2000-2010	8	2	15	2	5	3	35

單位 年代	政府 出版品	民間出版品 （非營利單位）	出版社出版品 （營利單位）	政府與民間 合作出版品	政府與出版社 合作出版品	學校 出版品	總計
小計	14	3	23	2	5	3	50
	備註：學校為東華大學						

其出版方式頗為多元，可見其趨向是蓬勃的。

臺灣原住民圖畫書統計：語言（精選五十本）

語言 年代	中文 創作	母語 創作	中文、母 語並列	中文、英語 並列	總計
1966- 1975	2				2
1980- 1989	8				8
1992- 1999	4		1		5
2000- 2010	29		5	1	35
小計	43	0	6	1	50

純母語創作不見，以母語創作，或中文、母語並列，或許是今後的趨勢。

臺灣原住民圖畫書作者族群統計（精選五十本）

族別＼年代	阿美	排灣	泰雅	布農	魯凱	卑南	鄒	賽夏	雅美（達悟）	邵	噶瑪蘭	太魯閣	撒奇萊雅	賽德克	平埔	漢	總計
1966-1975																2	2
1980-1989																8	8
1992-1999	1															4	5
2000-2010		2	3		1	2	1									30	39
小計	1	2	3	0	1	2	1	0	0	0	0	0	0	0	0	44	54

二位作者的書籍：26. 杜鵑山的迴旋曲（回憶父親之二），27. 愛寫歌的陸爺爺（回憶父親之三），29. 百步蛇的新娘，49. 吧滴力向南走

臺灣原住民圖畫書繪者（包括攝影及插圖）族群統計（精選 50 本）

族別＼年代	阿美	排灣	泰雅	布農	魯凱	卑南	鄒	賽夏	雅美（達悟）	邵	噶瑪蘭	太魯閣	撒奇萊雅	賽德克	西拉雅	拉瀑拉	平埔	漢	總計
1966-1975																		2	2
1980-1989																		8	8

族別＼年代	阿美	排灣	泰雅	布農	魯凱	卑南	鄒	賽夏	雅美（達悟）	邵	噶瑪蘭	太魯閣	撒奇萊雅	賽德克	西拉雅	拉瀑拉	平埔	漢	總計
1992-1999																		6	6
2000-2010		5	3			1	1					1						28	39
小計	0	5	3	0	0	1	1	0	0	0	0	1	0	0	0	0	0	44	55

二位繪者或是包括攝影書籍：

11. 阿里棒棒飛魚祭，17. 母親，她束腰，20. 與山海共舞：原住民，29. 百步蛇的新娘，39. 看‧傳說：臺灣原住民的神化與創作（展覽遊戲書）

（五）結語

在沒有文字的時代，原住民老祖先們以說故事的方式，讓一代又一代的族人學會面對生活與人生，雖然沒有文字，但是原住民的舞蹈、音樂、工藝、祭儀等卻蘊藏豐富的文學內涵。

臺灣原住民文學逐漸受重視，一如浦忠成先生在1998年11月由臺灣原住民文教基金會首次舉辦臺灣原住民文學研討座談會表示：「臺灣原住民文學正在起步，由於其歷史文化背景的特質，在臺灣文學中有其無法遭到否定或取代的地位，而在世界原住民中，亦由於獨特的奮鬥環境與經驗而擁有重要文學表述資產。」[12]

原住民圖畫書無疑是原住民文學的新領域，除了以「文」也以「圖」書寫原住民文學，更是結合現代傳播工具的新傳播方式，反映了原住民特殊的文化背景、歷史傳統和家族觀念，讓兒童不只從部落中接觸原住民傳統文化，在新的環境同時也能接觸自己的文化，讓自

12《21世紀臺灣原住民文學》，頁15。

己引以為傲,更樂於與其他人分享自己的文化,原住民圖畫書的出版,也讓其他族群的兒童了解原住民文化之美,進而相互珍惜、相互尊重。

不論是官方或是民間出版,兩者既是競爭也是合作夥伴,對於推動原住民文化皆是不遺餘力。原住民圖畫書的出版起步雖晚,豐沛的題材讓不同背景的人投入這塊待耕耘之園地。整體而言原住民圖畫書作者、繪者,具原住民身分有逐年增加的趨勢,但也有停滯之現象,反倒是不具原住民身分作者、繪者,以原住民豐沛的文化作為圖畫書創作題材躍躍欲試。而原住民族語圖畫書的作品整體雖少,卻是後起之秀,呈現了另一個原住民圖畫書重要觀察趨勢。

對於臺灣原住民圖畫書的出版,筆者引用孫大川先生〈山海雜誌致創刊序〉:

> 「山」盟「海」誓,是我們跨越世紀末的唯一憑藉;它不是一個浪漫的情緒,而是一項責任,決定將原住民祖先的面容,一代一代傳遞在這原本屬於他們的島嶼上,成為永恆的記憶和永續不斷的創作源泉。

原住民圖畫書的出版,不僅是為保留屬於我們珍貴的文化資產,更是在傳承屬於我們共同擁有的記憶,如何讓更多兒童接觸與傳承,這塊獨特、豐富的文化資產,想必是耕耘在原住民圖畫書人的一致目標。

而編選《臺灣原住民兒童圖畫書50》我們寄望除了歷史與記憶之外,更能有學術的意義:

1. 使學者致力於原住民兒童文學術研究,並提供各界深入此領域的研究。

2. 引起更多學術議題的討論，拓展原住民兒童文學研究的領域。

3. 與各地原住民兒童文學研究、專家進行學術交流，提供兒童文學界、創作界的視野。

4. 讓原住民的兒童文學的趨勢研究，促進兒童文學界思索原住民兒童文學未來的研究方向和趨勢。

5. 透過《臺灣原住民兒童圖畫書50》專書，使原住民文化能讓更多原住民以及非原住民兒童認識，以達到文化傳承與交流的目的。

　　《臺灣原住民兒童圖畫書50》能夠編輯出版，自當感謝行政院原住民委員會的補助，諮詢委員（鄭明進、曹俊彥、浦忠成）的熱心，還有工作團隊（郭佑慈、傅鳳琴、蔡佳恩、林庭薇）的協助，以及參與勾選的五十位同好，謝謝大家。

　　在整體編選過程已進入編輯時，又見原住民族文化基金會出版的繪本《巨人阿里嘎該》、《螞蟻欺負我》，號稱史上第一套原住民「自己寫文本，用母語說故事、唱童謠、繪圖」的有聲繪本，出版的時間是2010年12月，而實際的新書發表是2011年4月14日，可見慢工出細活，我們未及時收錄，致謹將書影附於文末，以表歉意，我們會去觀賞以裝置藝術形式在Sogo百貨臺北復興館九樓展出。

林文寶、傅鳳琴

參考書目

一　專書

巴蘇亞・博伊哲努（浦忠成）　《臺灣原住民的口傳文學》　臺北市　常民文化事業公司　1996年5月

巴蘇亞・博伊哲努（浦忠成）　《原住民的神話與文學》　臺北市　臺原出版社　1999年6月

巴蘇亞・博伊哲努（浦忠成）　《被遺忘的聖域──原住民神話、歷史與文學的追溯》　臺北市　五南圖書出版公司　2007年1月

巴蘇亞・博伊哲努（浦忠成）　《臺灣原住民族文學史綱》（上）、（下）　臺北市　里仁書局　2009年10月

林文寶主編《臺灣（1945-1998）兒童文學100》　臺東縣　臺東師範學院兒童文學研究所　2000年3月

孫大川　《久久酒一次》　臺北市　張老師文化事業公司　1991年7月

孫大川主編　《臺灣原住民漢語文學選集──評論卷》　臺北縣　印刻印刷出版公司　2003年4月

孫大川　〈山海世界〉　《山海雜誌》第1期　1993年10月

〈相呴以濕，相濡以沫──國際原住民之花果飄零及其靈根自植〉　《山海雜誌》第2期　1994年1月

黃鈴華編　《21世紀臺灣原住民文學》　臺北市　臺灣原住民文教基金會　1999年12月

葉舒憲　《文學人類學教程》　中國社會科學　2010年7月

劉鳳芯主編　《擺盪在感性與理性之間》　臺北市　幼獅文化事業公司　2000年6月

二　論文

董恕明　《邊緣主體的建構——臺灣當代原住民文學研究》　2003年
　　　　1月　頁2-8

三　網站資料

《臺灣原住民文化園區》http://www.tacp.gov.tw/home02_3.aspx?ID=
　　　　$3001&IDK=2&EXEC=L
東華大學《原住民文學》網站http://dcc.ndhu.edu.tw/literature/subject7_
　　　　1.htm
《臺灣原住民的神話與傳說》新自然主義股份有限公司行銷網站
　　　　http://www.thirdnature.com.tw/aborigine_detail.php?s_id=32&d
　　　　_id=55

三 說明

　　身處東部，又開創兒童文學研究，且執行許多的計畫與研討會，其中獨獨缺少了原住民兒童文學這一板塊，這是一件深深以為憾的事。感謝同事林清財教授，以及孫大川主委的遠見與大器，讓我有機會補足缺憾的一角。今並隨附「撰寫體例說明」及五十本書名如下：

《臺灣原住民圖畫書50》撰寫體例說明

（一）作者及繪者的族別參考傅鳳琴〈從邊陲到主體——試說臺灣原
　　　住民兒童圖畫書〉一文的附錄：「臺灣光復至2008年臺灣原住
　　　民圖畫書出版概況表」；或書中作、繪者介紹，或是網路上搜
　　　尋之結果。

（二）書目資料，包括頁數、尺寸、定價及ISBN均以計畫內收書為
　　　主；頁數以書名頁起算至版權頁為止，如果附有教學輔助手冊
　　　另計。

（三）出版日期以書為主，網路資料為輔。

（四）行文中的「原住民」泛指稱原住民個體或其各族總稱。

臺灣原住民圖畫書精選五十本書目

編號	書　名	文／（族別）圖／（族別）	附屬叢書	族別	出版單位	出版日期
1	雅美族的船	文／宋龍飛 (漢) 圖／陳壽美 (漢)	中華兒童叢書	雅美族（達悟）	臺灣省政府教育廳	1966.09
2	布農族的獵隊	文／馬雨辰 (漢) 圖／陳壽美 (漢)	中華兒童叢書	布農族	臺灣書店	1967.09
3	小矮人	文／鄭惠英 (漢)	幼幼閱讀列車	賽夏族	信誼基金	1984.10

編號	書　名	文／（族別） 圖／（族別）	附屬叢書	族別	出版單位	出版日期
		圖／洪義男（漢）			出版社	
4	蘭嶼的故事	文／謝釗龍（漢） 圖／楊恩生（漢） 等	中華兒童叢書	雅美族 （達悟）	臺灣省政府教育廳	1986.12
5	神鳥西雷克	文／劉思源（漢） 圖／劉宗慧（漢）	繪本臺灣風土民俗	泰雅族	遠流出版事業股份有限公司	1989.04
6	女人島	文／張子媛（漢） 圖／李漢文（漢）	繪本臺灣風土民俗	阿美族	遠流出版事業股份有限公司	1989.04
7	懶人變猴子	文／李昂（漢） 圖／王家珠（漢）	繪本臺灣風土民俗	賽夏族	遠流出版事業股份有限公司	1989.06
8	仙奶泉	文／嚴斐琨（漢） 圖／李漢文（漢）	繪本臺灣風土民俗	排灣族	遠流出版事業股份有限公司	1989.09
9	能高山	文／莊展鵬（漢） 圖／李純真（漢）	繪本臺灣風土民俗	布農族	遠流出版事業股份有限公司	1989.11
10	火種	文／劉思源（漢） 圖／徐曉雲（漢）	繪本臺灣風土民俗	雅美族 （達悟）	遠流出版事業股份有限公司	1989.11
11	阿里棒棒飛魚祭	文／陳木城（漢） 攝影／關曉榮（漢） 插畫／羅平和（漢）	田園之春叢書	雅美族 （達悟）	行政院農業委員會	1994.06

編號	書　名	文／（族別）圖／（族別）	附屬叢書	族別	出版單位	出版日期
12	刺桐花開過新年	文／李潼^(漢)圖／李讚成^(漢)	田園之春叢書	噶瑪蘭族	行政院農業委員會	1997.09
13	雅美族的飛魚祭	文、圖、立體設計／洪義男^(漢)	中華幼兒圖畫書	雅美族（達悟）	臺灣省政府教育廳	1997.12
14	邦查 wawa 放暑假	故事編導／笛布斯·顗賚（陳麗真）^(阿美)插畫／楊大緯^(漢)		阿美族	大大樹音樂圖像製作，新力音樂發行	1998.08
15	小莫那上山	文／劉曉惠^(漢)圖／溫孟威^(漢)	精湛兒童之友月刊第16期	泰雅族	臺灣英文雜誌社有限公司	1999.08
16	重返部落	文、攝影／王瑋昶^(漢)插畫／撒古流^(排灣)	田園之春叢書	布農族排灣族	行政院農業委員會	2000.12
17	母親，她束腰	文／歐蜜·偉浪^(泰雅)圖/ 阿邁、熙嵐^(泰雅)、琤琤·瑪邵^(太魯閣)	小書迷04	泰雅族	晨星出版有限公司	2001.01
18	NeNeNe 臺灣原住民搖籃曲、【導讀手冊】乘著歌	文^(賞析)／溫秋菊^(漢)圖／蔡德東^(排灣)	【母語繪本】	泰雅族賽夏族布農族鄒族魯凱族	信誼基金出版社	2001.05

編號	書　名	文／（族別） 圖／（族別）	附屬叢書	族別	出版單位	出版日期
	聲的翅膀			排灣族 卑南族 阿美族 雅美族 （達悟） 噶瑪蘭族 巴則海族		
19	射日	文、圖／賴馬_{（漢）}	臺灣兒童圖畫書	泰雅族	青林國際出版股份有限公司（行政院文化建設委員會策畫）	2001.05
20	與山海共舞：原住民	文／林貞貞^{（漢）}等 圖／王其鈞^{（漢）}攝影／張詠捷_{（漢）等}	探索家園	賽夏族 泰雅族 布農族 鄒族 邵族 魯凱族 排灣族 卑南族 阿美族 雅美族 （達悟） 平埔族	秋雨文化事業股份有限公司	2002.11
21	泰雅族：彩虹橋的審判	文^{（採集）}／里慕伊‧阿紀^{（泰雅）}	臺灣原住民的神話與傳說	泰雅族	新自然主義股份有	2002.12

編號	書　名	文／（族別）圖／（族別）	附屬叢書	族別	出版單位	出版日期
		圖／琤琤・瑪邵（泰雅）			限公司	
22	魯凱族：多情的巴嫩姑娘	文（採集）／奧威尼・卡露斯（魯凱）圖／伊誕・巴瓦瓦隆（排灣）	臺灣原住民神話與傳說【魯凱語】	魯凱族	新自然主義股份有限公司	2003.01
23	春神跳舞的森林	文／嚴淑女（漢）圖／張又然（漢）	格林名家繪本館	鄒族	格林文化事業股份有限公司	2003.03
24	故事地圖	文／利格拉樂・阿（排灣）圖／阿緞（漢）	臺灣真少年5	排灣族	遠流出版事業股份有限公司	2003.06
25	姨公公	文／孫大川（卑南）圖／簡滄榕（漢）	臺灣真少年2	卑南族	遠流出版事業股份有限公司	2003.06
26	杜鵑山的迴旋曲（回憶父親之二）	文／盧梅芬（漢）蘇量義（漢）圖／黃志勳（漢）	部落的旋律・時代的脈動【高一生】	鄒族	國立臺灣史前文化博物館	2003.11
27	愛寫歌的陸爺爺（回憶父親之三）	文／林娜玲（卑南）、蘇量義（漢）圖／黃志勳（漢）	部落的旋律・時代的脈動【陸森寶】	卑南族（南王）	國立臺灣史前文化博物館	2003.11
28	小島上的貓	文、圖／何華		雅美族	青林國際	2004.02

編號	書　名	文／（族別） 圖／（族別）	附屬叢書	族別	出版單位	出版日期
	頭鷹	仁^{（漢）}		（達悟）	出版股份有限公司	
29	百步蛇的新娘	文、圖／姚亘^{（漢）}、王淇^{（漢）}	亞洲民間故事【臺灣】	排灣族	信誼基金出版社	2005.02
30	雲豹與黑熊	口述／哈古^{（陳文生）（卑南）} 文／嚴淑女^{（漢）} 圖／董小蕙^{（漢）}	故事繪本	卑南族	財團法人臺東縣文化基金會	2005.12
31	天上飛來的魚	文、圖／劉伯樂^{（漢）}	文化臺灣繪本	雅美族（達悟）	國立臺灣美術館策畫，東華書局股份有限公司出版	2006.12
32	二十圓硬幣上的英雄：莫那魯道	文／鄧相揚^{（漢）} 圖／邱若龍^{（漢）}	文化臺灣繪本	泰雅族	國立臺灣美術館策畫，東華書局股份有限公司出版	2006.12
33	高山上的小米田	文、圖／卓惠美^{（泰雅）}		塞德克族	南投縣政府教育局	2007.2
34	少年西拉雅	文／林滿秋^{（漢）} 圖／張又然^{（漢）}	南瀛之美	平埔族（西拉雅）	青林國際出版股份有限公司出版（臺南縣政府策畫）	2007.06

編號	書　名	文／（族別） 圖／（族別）	附屬叢書	族別	出版單位	出版日期
35	那魯	文、圖／李如青^{（漢）}	我們的故事系列：李如青作品	阿美族 卑南族 排灣族 魯凱族 泰雅族 塞德克族	和英出版社	2007.10
36	葫蘆花與陶鍋	總編、美編／李治國^{（漢）}等 插畫／邱淑芬^{（漢）}等	初來布農族神話故事【故事繪本】	布農族	臺東縣政府教育局	2007.11
37	魯凱族神話童書	文／梅海文^{（漢）} 圖／林文賢^{（卑南）}		魯凱族	臺灣原住民部落振興文教基金會	2007.12
38	希·瑪德嫩	編寫／盧彥芬^{（漢）} 圖／曹俊彥^{（漢）}	雅美^{（達悟）}族語繪本系列二	雅美族（達悟）	臺東縣政府文化處出版（財團法人兒童文化藝術基金會執行）	2008.11
39	看·傳說：臺灣原住民的神化與創	撰稿編輯／陳嬋娟^{（漢）}等 插畫繪圖／雷	（展覽遊戲書）	阿美族 卑南族 排灣族	高雄市立美術館	2009.03

編號	書　名	文／（族別） 圖／（族別）	附屬叢書	族別	出版單位	出版日期
	作	恩（排灣）黃麗娟（漢）				
40	尤瑪婆婆的口簧琴	文、圖／翁韻淇（漢）	東臺灣生態文化繪本	太魯閣族	國立東華大學	2009.04
41	火光中的撒奇萊雅	文、圖／陳奕杰（漢）	東臺灣生態文化繪本	撒奇萊雅族	國立東華大學	2009.04
42	土地和太陽的孩子：排灣族源起神話傳說	文、圖／伊誕·巴瓦瓦隆（排灣）	悅讀臺灣人文系列	排灣族	藝術家出版社	2009.09
43	阿美野菜奶奶	文、圖／李孟芬（漢）	東臺灣生態文化繪本	阿美族	國立東華大學	2009.04
44	黃金神花的子民：鄒族源起神話傳說	文、圖／不舞·阿古亞那（鄒）	悅讀臺灣人文系列	鄒族	藝術家出版社	2009.09
45	嘎格令	編寫／盧彥芬（漢） 圖／筆兔（邱承宗）（漢）	雅美（達悟）族語繪本系列三	雅美族（達悟）	臺東縣政府文化處出版（財團法人兒童文化藝術基金會執行）	2009.11

編號	書　名	文／（族別）圖／（族別）	附屬叢書	族別	出版單位	出版日期
46	大肚王：甘仔轄·阿拉米	文／莫凡^{（漢）} 圖／蔡達源^{（漢）}		平埔族（拍瀑拉）	青林國際出版股份有限公司出版（國立自然科學博物館策畫）	2009.12
47	日月潭的水怪	文／吳燈山^{（漢）} 圖／張哲銘^{（漢）}	臺灣故事繪本	邵族	世一文化事業股份有限公司	2010.01
48	回到美好的夜晚	文／劉克襄^{（漢）} 圖／鍾易真^{（漢）}	社區文化繪本系列	阿美族	花蓮縣文化局	2010.11
49	吧滴力向南走	文／徐秀菊^{（漢）}、李雪菱^{（漢）} 圖／郭育君^{（漢）}	社區文化繪本系列	阿美族	花蓮縣文化局	2010.11
50	月亮的禮物	文／吳冠婷^{（漢）} 圖／林傳宗^{（漢）}	臺灣故事繪本	布農族	世一文化事業股份有限公司	2010.12

臺灣兒童文學一百年

一　書影

二 ①建檔勾微留青史

今年欣逢臺灣兒童文學一百年，又逢建國百年，人生難得逢百，對臺灣兒童文學界而言，意義更是特別。

一世紀的臺灣兒童文學，經歷過「去中國化」、「再日本化」的日本殖民統治，也經歷過「去日本化」、「再中國化」的國民政府統治。是以，臺灣兒童文學自然地融合了日本兒童文學、中國兒童文學，以及臺灣在地的民間口傳文學，呈現多元而豐富的兒童文學風貌。

臺灣兒童文學從日治時期迄今，經歷過1912至1945年（日治時期）、1945至1963年（臺灣光復到經濟起飛前一年）、1964至1986年（經濟起飛到解嚴前一年）、1987至1995年（解嚴後到兒文所通過設置前一年）、1996至2010年（兒文所通過設置到2010年）等五個階段的發展。基本上，這樣的分期是以「事件」作為分期依據。有別於洪文瓊的「以出版立史」，也有異於邱各容的「以史料立史」。

一世紀的臺灣兒童文學發展，資料浩如煙海，取捨談何容易？以「影響臺灣兒童文學發展的重要指標事件」為入史的基點，應該是不錯的選擇。由於受到計畫執行時限的約束，只能提綱挈領、要言不繁的敘述。俄國文豪契訶夫有言：「作家不要做判官，只要做見證者。」是以，本書在敘述臺灣兒童文學發展的歷程中，盡量如實記載，如實評述，閱讀空間盡量留給讀者。

本書在書寫過程中，對相關資料盡量採取「表格化」，以加深讀者印象。對戰後迄今，臺灣兒童文學的發展，一方面有鑒於前行代與前行者的高瞻遠矚，辛勤播種，而後才有今日的蓬勃發展，而生景仰之心。另一方面，有感於很多很有意義的事，卻因為「因人設事」、「因人廢事」的一再上演，而生遺憾之感。有些人扮演「種樹的行者」，有些人卻扮演「終結者」，世事難料，莫此為甚。

　　無論如何，對於百年來在臺灣兒童文學發展過程中奉獻心力的兒童文學工作者，他們的心血與努力，建構出足以流傳青史的「史料基礎」，這樣的精神，是應該被肯定的，應該被傳揚的。本書的書寫，就是奠基在這樣的「基礎」上。

　　由於時間有限，無法面面俱到，疏漏在所難免，尚請方家有以教之。讀者不妨以「簡明臺灣兒童文學史」視之。

　　　　　　　　　　　　　　　　　　　　　　　　　邱各容

②遲來的序

　　本書原是當年行政院文化建設委員會慶祝中華民國建國一百年補助民間提案。提案單位是中華民國兒童文學學會，我是計畫主持人，邱各容是協同主持人。各容致力於臺灣兒童文學的教學與研究，當時的提案計畫即是邱各容全權負責。計畫案於當年2月21日來函告知，發文字號：文參字第1003003306號。因此，實際撰稿時間只有十個月。

　　當年勇於提案，其緣由是不希望兒童文學界留白，再加上個人長期以來致力於臺灣兒童文學的建構。而各容是我指導的碩士生，我們之間亦師亦友，他更是癡心於臺灣兒童文學，他的碩士論文是：〈日治時期臺灣兒童文學發展研究〉（2007年6月）這篇論文經過增訂改寫後，由秀威資訊科技股份有限公司於2013年9月出版，並改名為《臺灣近代兒童文學史》。

　　各容在合作撰寫《臺灣兒童文學一百年》之前，已有多本有關臺灣兒童之類的著作：

　　　　《臺灣兒童文學史料初稿（1945-1989）》　富春文化事業股份
　　　　　　有限公司　1990年8月。
　　　　《播種希望的人們：臺灣兒童文學工作者群像》　富春文化事
　　　　　　業股份有限公司　2002年8月。
　　　　《回首來時路：兒童文學史料工作路迢迢》　臺北縣政府
　　　　　　2003年12月。
　　　　《臺灣兒童文學史》　五南圖書出版股份有限公司　2005年6
　　　　　　月。
　　　　《臺灣兒童文學年表（1895-2004）》　五南圖書出版股份有限
　　　　　　公司　2007年1月。

《臺灣兒童文學作家及作品論》　富春文化事業股份有限公司
2008年8月。

尤其《臺灣兒童文學史》一書，是臺灣第一本兒童文學史，在著作出版之前，各容亦已推甄入兒童文學研究進修。當時我曾以「民間學者的純樸，理當在切磋琢磨中，更見直樸」相勉。如今，幾經琢磨，已顯卓然有成。再度撰寫臺灣兒童文學史，自是駕輕就熟，且義不容辭。

提案通過後，即著撰寫事宜。在提案編輯計畫中，我們認為本計畫的特色有：

（一）多元共生型

所謂「多元共生型」，係指臺灣兒童文學涵蓋著日治時期的日籍和臺籍作家，戰後時期的省籍作家和大陸來臺作家。彼此不分種族國籍、語言，不分先來後到，都是創作「以臺灣為主體性」的兒童文學作品，讓臺灣兒童文學綻放出多元共生的花朵。

（二）建檔勾微

所謂「建檔勾微」，係指為前人建檔，為今人勾微之意。主要藉供學術研究參考之用。百年兒童文學的發展，其中可資記載的何其之多，在缺乏「史觀意識」的情況下，唯恐諸多重要文獻散佚，正如藉慶祝中華民國建國百年，也為百年來的臺灣兒童文學建檔勾微。

至於執行文式：

組織《臺灣兒童文學一百年》工作小組，以文學撰寫為主，兼及文獻的蒐集與整理，俾使為百年來的臺灣兒童文學發展留下比較完整的歷史記錄。

　　幾經討論，首先聘請助理，幫忙收集與整理相關資料。其次確除撰寫《臺灣兒童文學一百年》之外，並編輯《臺灣兒童文學史問論選集》。

　　於是由我擬定章節架構，《臺灣兒童文學一百年》確認全書計分柒章，其間壹、柒兩章由我撰寫。其餘五章中的每章第一節：時代背景由我撰稿，其他各節，則由各容負責執筆。除外，我並擔當《臺灣兒童文學史文論選集》的初選工作。

　　當時，由於雜事繁多，再加上時間倉促，結案在即。雖然能如期完成，卻未能詳細校讀，並核對相關資料。事後，發現除錯別字外，疏漏之處竟然超乎想像。作為計畫主持人的我，未能善盡職責，頗多愧咎。於是有修訂增補的決心。並決定全書隨文附上作者的照片、書影，以及相關文件，以增加全書的可讀性。

　　首先，花了四個月的時間，仔細校讀修改，並重新核對相關引文資料。同時尋找相關影像，結果全文增增塗塗，只好請助理在電子檔上修改，而後重新裝訂成冊。

　　隔年在博士班「臺灣兒童文學專題研究」課程，即以《臺灣兒童文學一百年》為授課教材。當時修課者有博士生：江福祐、林素文、呂每琴、陳瑋玲，隨堂上課的助理有：顏志豪、丁君君、陳玉珊，合計有七人。將七人分章節預先校讀，並搜尋相關影像。而後在課堂上逐章由預讀同學報告，再進行共讀，同時上網即時核對資料，有時並連線相關作者詢問相關史實，如此反覆校讀了整個學期，課堂上並有同學現場在電子檔上修改。最後再重新影印裝訂成書，分發每位同學在校讀一次，最後再由我總校讀。

　　總校讀後，仍有許多影像尋求無門，於是再請成功大學臺文所博士生蔡明原幫忙。最後再請共同主持人各容過目。

　　《臺灣兒童文學一百年》，從出版到修訂增補與影像化的過程，

忽忽已有三年之久，正體驗了「上窮碧落下黃泉，動手動腳找資料」的過程也真是如人飲水，冷暖自知。

當然，本書能順利修訂再版，自當感謝當年文建會的補助，協同撰稿人邱各容的合作無間，以及教學相長的修課學生。

最後，藉修訂再版，將《臺灣兒童文學一百年》易名《臺灣兒童文學史》。並將資料增補至2012年。

而今，距離正式出版，又忽忽有六年之久，自當感謝萬卷樓圖書公司。

三 說明

這是當年文建會慶祝中華民國建國百年補助案，似乎也是唯一通過的兒童文學案。提案單位是中華民國兒童文學學會，我是計畫主持人，邱各容是協同主持人。當時的提案計畫案其實是邱各容全權負責。

結案報告除本書外，另有《臺灣兒童文學史文論選集》，兩本皆於2011年11月由富春文化事業股份有限公司出版發行。

當年亦於12月3日舉行「臺灣兒童文學一百年」研討會。

其後，將原書修訂再版，於2018年7月由萬卷樓圖書股份有限公司出版，並易名為《臺灣兒童史》，而我也寫了一篇〈遲來的序〉，說明其過程。

臺灣兒童圖畫書精彩 100

一 書影

二 ①開啟兒童亮麗的未來

今年適逢中華民國建國一百年，任何從事文化工作者，都應藉此清理過往，總結歷史經驗，對於未來，應會有較新、較具可能性的開展。

國立臺灣文學館在建國一百年推出「臺灣文學，精彩一百」計畫，即是一個例子，這計畫除了以一個特展呈現之外，同時也是一本圖文並茂的書，我們企圖通過「精彩一百」來呈現百年間值得加以特寫的有關臺灣文學的人、事、書等，幾乎是一個小型的臺灣文學史。百年來臺灣文學的發展，用比較淺顯的方式，讓讀者、讓觀眾可以在比較快也比較輕鬆的情況下，進入臺灣文學的範疇，這是我們今年對臺灣文學的一種作為。

兒童文學方面，過去有很多前輩，在不同歷史時期，做過不同程度的努力跟貢獻，他們的成就一直讓我們敬佩與懷念，在這樣的年度裡面，如何產生較具體的總結，也是一個必要的思考，特別是兒童圖畫書的領域，與一般兒童文學之研究或推廣有很大的不同，但對於兒童會產生較重大的影響，因為圖畫書圖文並茂，且通過正式出版，出現在兒童教育的場所，讓兒童能夠透過圖畫和文字，去接觸作家所要表達的童真、童趣，以及通過閱讀，開啟他們亮麗的未來。兒童文學具有非常重要的屬性，包含成長及啟發的主題，如何通過文學、文字去呈現，這正是過去長期以來兒童文學作家或者插圖繪畫者們所努力的方向。

我們出版這本書，是希望利用這機會，把品質很好且值得流傳下去的作品，經過林文寶教授所籌組的工作團隊，加以票選，最後以並茂的圖文再現其精彩。我們當然期待從事教育工作的人或為人父母者，可以藉由這本書找到讓孩子有興趣閱讀的故事。這本書也同時保

留了過去兒童文學作家、繪圖者努力的成果。

　　最後，希望好作品不因時間而流失，文學作品能超越時間，讓每個時代的孩子都能閱讀，我們期待也努力創造、保存更多的精彩。

　　　　　　　　李瑞騰（國立臺灣文學館館長）

②試說臺灣圖畫書的歷史與記憶

（一）前言

本計畫受國立臺灣文學館委託，擬編選《臺灣兒童圖畫書精彩100》。於是重閱有關圖畫書相關資料與文獻，是以聯想到臺灣圖畫書的許多相關人、事、物。

圖畫書原屬於低幼孩子的讀物，因此，所謂臺灣圖畫書，即是等同於臺灣兒童圖畫書。

現在臺灣童書市場上充滿外來的翻譯圖畫書，而臺灣本土圖畫書創作和出版是從什麼時候開始的呢？翻開臺灣圖畫書的歷史，驚訝的發現，事實上臺灣本土圖畫書創作從五〇年代就開始了。本文藉由圖畫書文獻的蒐集，讓大家一起回顧那一段歷史和記憶。

臺灣圖畫書歷史的研究，或說是始於賴素秋《臺灣兒童圖畫書發展研究（1945-2001）》（2002年碩士論文）。於今視之，雖可說是頗為簡陋，但這是文獻不足使然。

至於，2004年洪文瓊的《臺灣圖畫書發展史：出版觀點的解析》一書（傳文文化事業有限公司出版，2004年11月），從史的寫作觀點視之，或許仍會有人抱持不同的意見，但就文獻（材料）而言，則有令人大開眼界的驚喜。

「治史最重要的就是『材料』，此次我再度感受到基本史料蒐集與整理的重要」，這是洪文瓊〈出版感言〉中的話。其實，這也是學術研究者的共同心聲（尤其是兒童文學研究者）。

洪氏除《臺灣圖畫書發展史：出版觀點的解析》一書外，同年7月亦編著《臺灣圖畫書手冊》。

賴素秋碩士論文《臺灣兒　　洪文瓊《臺灣圖畫書發　　洪文瓊《臺灣圖畫書手冊》
童圖畫書發展研究　　　　　展史
（1945-2001）》

（二）《臺灣兒童圖畫書精彩100》

　　《臺灣兒童圖畫書精彩100》編選小組，小組成員皆是兒童文學
研究所的碩、博士生：陳玉金、嚴淑女、林珮熒、李公元、林德姮。
皆對圖畫書情有獨鍾，且亦頗有精闢見解。歷經多次討論與辯證，終
於有《臺灣兒童圖畫書精彩100》的書目，個人試將其緣起、意義、
目的與態度說明如下：

　　個人致力於兒童文學研究，首重兒童文學基本史料與整理，且以
臺灣在地為優先，亦即是以「本土策略，全球表現」。

　　其間，除研究專案和論文之外，已完成基礎史料的收集與整理者
有：

　　1.兒童文學選集（1945-1987）全套五冊（幼獅版）

　　2.兒童文學選集（1988-1998）全套七冊（同上）

　　3.臺灣兒童文學100（文建會）

4. 254位兒童文學作家作品目錄（臺灣文學館）

5. 臺灣兒童文學評論分類資料目錄（臺灣文學館）

6. 2000-2009臺灣兒童文學精華集（小魯）

7. 策劃主編新世紀少兒文學家系列（九歌）

■林文寶主編《兒童文　■林文寶總策畫、洪志明　■《台灣兒童文學 100　■林文寶總策畫　■林文寶主編《與論子
學詩歌選集》。　　　主編《童詩萬花筒──　　（1945～1998）》　　《2000～2009台灣兒　　海鷗約會：林良精選
　　　　　　　　　兒童文學詩歌選集》。　　　　　　　　　童文學精華集》。　　集》。

《臺灣兒童圖畫書精彩100》的編選，其意義與目的：

1. 為兒童提供本土的優良圖畫書。

2. 為學術界提供研究史料。

所謂臺灣，除指創作地域之外，亦兼指其精神與內涵。是以臺灣
圖畫書的編選，是以樂趣、啟蒙、染情、益智為主，其訴求主題是：
歷史的、本土的、創作的。我們相信有許多人堅持為臺灣兒童創作：
在建國百年之際，讓我們循其先行者的腳步，尋找我們共同的歷史與
記憶。

編委推薦書目的原則如下：

1. 印象非常深刻的作品。

2. 從國內外各大兒童文學獎圖畫書類和優良圖畫書推薦活動中挑
選。

3. 故事類和非故事類兼備。

4. 不同年代的圖畫書。

5. 不同作家的代表作。

6. 不同議題的原創圖畫書。

7. 文圖兼備的圖畫書。

8. 不同年齡層的圖畫書。

編委在推薦書目的討論過程中，有建議、有質疑，也有批評與爭議。所謂的批評與爭議皆是為兒童圖畫書，更是為關懷本土，了解自己的起點。

幾經討論，最後的決議：

1. 入選《臺灣（1945-1998）兒童文學100》的十七本圖畫書優先入選。

2. 由於2011年8月，行政院原住民族委員會已出版由本人擔任計畫主持人之《臺灣原住民圖畫書50》，為了資源避免重複使用，以及讓更多精彩圖畫書有機會被看見，因此以原住民為題材的圖畫書不列入本案選書。（《臺灣原住民圖畫書50》詳細書目，請見文末）

3. 以十年為一個世代。

4. 在同一世代，每位圖畫作家以一本為原則。

綜合以上原則，合計選出100 本。依世代列表如下：

世代	本數
五〇年代	2
六〇年代	9
七〇年代	7
八〇年代	13
九〇年代	29
二十一世紀一〇年代	40

（三）臺灣兒童圖畫書始於何時？

臺灣兒童圖畫書到底始於何時？可見的最早圖畫書是何種形象？

2000年6月出版的《彩繪兒童又十年》列的是：1957年3月出版的《舅舅照相》。

洪文瓊《臺灣圖畫書發展史》附錄一〈臺灣圖畫書發展簡要年表〉列的是：1956年12月出版的《童年故事畫集》。（頁105）

《童年故事畫集》，由童年書店發行，鄭嬰主編，共有四冊：

程鶯編著，陳慶熇繪圖《赤血丹心》
曾益恩編著，鄧雲峰繪圖《虞舜的故事》
丁弋編著，陳慶熇繪圖《媽咪的樂園》
程鶯編著，鄧雲峰繪圖《牛郎‧織女》

其實，臺灣圖畫書的歷史，仍然可以往前溯源。其間，由教育部國民教育司、國立中央圖書館編輯的《中華民國兒童圖書目錄》是重要的指引。其中「國語類：故事、小說」低年級有書目如下表：

《中華民國兒童圖書目錄》「國語類：故事、小說」低年級書目

書名	作者	出版年月	出版者	出版地	版面	冊數	頁數	彩頁說明	適用年級
小風箏	莫朝雄	1957.03	香　港	亞洲出版社	18.5x14	1	28	加紅等四色	低
小把戲	沈秉文	1954.10	香　港	亞洲出版社	18.5x14	1	28	加藍等三色	低
小蝴蝶	高仲平	1956.10	香　港	亞洲出版社	18.5x14	1	28	加紅等三色	低
小木屐	胡三元	1956.10	香　港	亞洲出版社	18.5x14	1	28	加紅等三色	低
小蓮花	莫朝雄	1956.08	香　港	亞洲出版社	18.5x14	1	28	加黃等三色	低
小水滴	金　秋	1956.10	香　港	亞洲出版社	18.5x14	1	28	加黃等三色	低
小白兔	趙濟安	1956.04	香　港	亞洲出版社	18.5x14	1	28	加黃等四色	低
小老鼠	趙濟安	1956.03	香　港	亞洲出版社	18.5x14	1	28	加紅等四色	低
小麻雀	趙濟安	1956.03	香　港	亞洲出版社	18.5x14	1	28	加黃等四色	低
小花貓	趙濟安	1956.04	香　港	亞洲出版社	18.5x14	1	28	加紅等三色	低
小山羊	趙濟安	1956.04	香　港	亞洲出版社	18.5x14	1	28	加紅等三色	低
小肥豬	趙濟安	1956.05	香　港	亞洲出版社	18.5x14	1	28	加紅等三色	低

書名	作者	出版年月	出版者	出版地	版面	冊數	頁數	彩頁說明	適用年級
小黃狗	趙濟安	1956.05	香　港	亞洲出版社	18.5x14	1	28	加棕等四色	低
小公雞	趙濟安	1956.06	香　港	亞洲出版社	18.5x14	1	28	加紫等四色	低
小鴨子	趙濟安	1956.06	香　港	亞洲出版社	18.5x14	1	28	加紅等四色	低
小猴子	趙濟安	1956.05	香　港	亞洲出版社	18.5x14	1	28	加紅等四色	低
王老頭兒	國語推行委員會	1957.04	臺北市	寶島出版社	19x13	1	16	加紅等二色	低
國語讀本	李劍南	1956.10	臺北市	寶島出版社	11.5x13	1	32	加紅等三色	幼、低
小美的狗	國語推行委員會	1956.06	臺北市	寶島出版社	18.5x13	1	16	加紅等二色	低
鸚鵡為什麼光會學舌	國語推行委員會	1956.11	臺北市	寶島出版社	18.5x13	1	20	加黃等二色	低、中
舅舅照像	國語推行委員會	1957.03	臺北市	寶島出版社	18.5x13	1	16	加紅等二色	低、中
聰明的阿智	國語推行委員會	1956.11	臺北市	寶島出版社	18.5x13	1	28	加黃色	低

書名	作者	出版年月	出版者	出版地	版面	冊數	頁數	彩頁說明	適用年級
四青年	國語推行委員會	1957.02	臺北市	寶島出版社	18.5x13	1	20	加紅藍色	中
烏龜跟猴子分樹	國語推行委員會	1957.04	臺北市	寶島出版社	18.5x13	1	16	加紅等四色	低
小狗兒想出去	國語推行委員會	1956.07	臺北市	寶島出版社	18.5x13	1	14	加紅藍色	低
天要塌下來了	國語推行委員會	1957.01	臺北市	寶島出版社	18.5x13	1	14	加藍色	低
小老鼠兒	國語推行委員會	1957.04	臺北市	寶島出版社	18.5x13	1	16	加黃紫色	低
大公雞和肥鴨子	國語推行委員會	1956.11	臺北市	寶島出版社	18.5x13	1	16	加紅等三色	低
打老虎救弟弟	國語推行委員會	1957.01	臺北市	寶島出版社	18.5x13	1	16	加藍黃色	低
虞舜的故事	曾益恩	1956.12	臺北市	童年書店	13.5x13.5	1	22	加紅等五色	低、中
瑪咪的樂園	丁弋	1956.12	臺北市	童年書店	15.5x13.5	1	22	加紅等五色	低、中
牛郎織女	程鶩	1956.12	臺北市	童年書店	15.5x13.5	1	22	加紅等五色	低、中

書名	作者	出版年月	出版者	出版地	版面	冊數	頁數	彩頁說明	適用年級
赤血丹心	程　鶯	1956.12	臺北市	童年書店	15.5x12.5	1	22	加紅等五色	低、中
頑皮的小白兔	辛媛英	1957.05	臺北市	正中書局	18.5x13	1	16		幼、低
三隻羊	芮宣之	1957.06	臺北市	正中書局	18.5x13	1	21		低、中
動物的生活故事	國語推行委員會	1951.09	臺北市	國語推行委員會	18x13	1	31		低、中
烏鴉變白了	國語推行委員會	1951.10	臺北市	國語推行委員會	18x13	1	31		低、中

　　從以上書目中，早於1956年12月者，就有二十三本之多。而《小水滴》、《小蓮花》標示為「第二集1、2」，可見尚有「第一集」。而書目最後兩本筆者仍未見。如再扣除在香港出版的十五本，仍有八本之多。

又目錄頁二十九有：

魏廉、魏訥著　《兒童寓言版畫集》（四冊）　臺北市　世界
書局　1952年10月

陳洪甄木刻，頗有特色，稱之為圖畫書，誰曰不宜？

又目錄頁五十五「幼稚園類：識字」類有「兒童漫畫故事集」十
冊，如下表：

《中華民國兒童圖書目錄》「幼稚園類：識字」類「兒童漫畫故事集」
書目

書名	作者	出版年月	出版者	出版地	版面	冊數	頁數	彩頁說明	適用年級
孤兒	薛世英		臺北市	正中書局	15x10.5	1	31	加紅色	幼、低
孟子的幼年	薛世英	1948.01	臺北市	正中書局	15x10.5	1	31	加藍色	幼、低
鈴銓拾金	薛世英	1948.01	臺北市	正中書局	15x10.5	1	31		幼、低
小航空家	薛世英	1948.01	臺北市	正中書局	15x10.5	1	31	加藍色	幼、低
郊遊記	薛世英	1948.01	臺北市	正中書局	15x10.5	1	31	加綠色	幼、低
金花病了	薛世英	1948.01	臺北市	正中書局	15x10.5	1	31		幼、低

書名	作者	出版年月	出版者	出版地	版面	冊數	頁數	彩頁說明	適用年級
報童	薛世英	1948.01	臺北市	正中書局	15x10.5	1	31		幼、低
窮畫家	薛世英	1948.01	臺北市	正中書局	15x10.5	1	31	加藍色	幼、低
學仙去	薛世英	1948.01	臺北市	正中書局	15x10.5	1	31	加綠色	幼、低
最後勝利	薛世英	1948.01	臺北市	正中書局	15x10.5	1	31	加紅色	幼、低

所謂「漫畫故事集」，因未見文本，不便置喙。

至於，由臺灣省國語推行委員會主編，寶島出版社發行的「小學國語課外讀物」，則是值得注意的一套書，其書目如下表：

「小學國語課外讀物」書目

年級	號碼	書名	作者、繪者
一年級用	0	小學國語首冊補充讀物第一冊、第二冊	
	2	舅舅照像	林良著、林顯模畫
	3	烏龜與猴子分樹	朱信著、王鍊登畫
二年級用	101	小美的狗	
	102	聰明的阿智	
	103	小狗兒老想出去	
	104	天要塌下來了	郭寶玉著、潘瀛峰畫
	105	小老鼠兒	郭寶玉著、王鍊登畫
三年級用	201	大公雞肥鴨子	謝豈平著、王鍊登畫
	202	打老虎救弟弟	張敏言著、王鍊登畫
	203	王老頭兒	
四年級用	301	鸚鵡為什麼光會學舌	朱傳譽著、王鍊登畫
	302	四青年	

　　其間，有標示作者、繪者，是個人親眼目睹者。這套讀物有〈我們為什麼編印小學國語課外讀物？〉一文，說明編印原因，全文如下：

我們為什麼編印小學國語課外讀物？

小孩子不能看課外的書，因為他們認識的字太少；可是越不能在課外閱讀，也就越不能學會課本以外的字。這樣互為因果，只有等小孩子認識的字到了相當數量以後再讀書。可惜的是在六年的國民學校裡所能學到的字，也不過三千多個，離閱讀需要的字數還差得很遠；讀任何一份普通書報也得要認識六千字。這只是就識字的數量來說；至於字的用法，那就更不是只憑一套國語課本就能讓學生充分明白的了。

幸而現在從開始入國民學校一年級的時候起，就先學八個星期的注音符號和說話。小孩子在這八個星期裡取得了閱讀工具的工具──注音符號，此後他們就可以利用國字旁邊的注音符號閱讀，從閱讀中可以記住國字的音，認識國字的形和義。我們編這種課外讀物，就是適應這個需要，教小孩子在閱讀中不但能學到課本以外的字，而且還可以學到大量的國語詞彙和表現方法。

這種讀物，我們是分年級編的。內容和文字逐年加深，我們的計畫是在四年裡教小孩子認識而且會寫六千七百八十八個常用字。這就是我們編輯這種課外讀物的目的。

　　　　　　　　　　　　　　　　　　臺灣省國語推行委員會謹識

　　林良《舅舅照像》於2000年元月由幼翔文化事業出版社重新出版，洪義男重新繪圖，文字部分則與寶島出版社版完全一致。

臺灣省國語推行委員會
主編，寶島出版社發行
版本

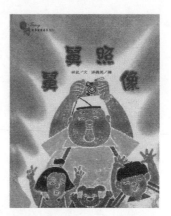

洪義男重新繪圖，幼翔文化
事業出版社版本

　　又不見《中華民國兒童圖書目錄》收錄，而筆者所見，且早於1956年12月者：

1. 《鳥的生活》　主編者王文俊　編輯者梁甌倪　編圖者呂基
　　正　教育廳編委員會發行　承印者華明印書館　1953年2月
2. 《亂世孤臣少年時代》　新興書局總批發　1953年出版（無
　　出版月）

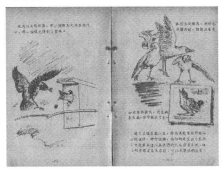

　　前者《鳥的生活》，封面標示「連環圖畫」第二輯，可見有未見的第一輯。就內容形式而言，不是「連環圖畫」，卻似知識類圖畫書。後者《亂世孤兒少年時代》，則是「文藝名著圖畫故事叢書」十二本中的第十本。就內容形式而言，不是圖畫故事書，而是連環圖畫。二者版式是：7.3×5.2公分。

　　臺灣最早的圖畫書，到底是哪一本，事實上仍有待學者的努力，以及文獻的出現。

（四）臺灣圖畫書的崛起

　　論及圖畫書，自然涉及繪本、幼兒文學等用詞。

　　本文將圖畫書、繪本視為同義詞，但本文採用「圖畫書」一詞。

　　圖畫書是以較低齡的兒童為訴求對象，是兒童的啟蒙讀物。是以不論幼兒圖畫書、兒童圖畫書，或稱圖畫書，亦皆等同視為以依齡兒童為訴求對象。

　　以下試論圖畫書、幼兒文學等學術用語的形成。

1 圖畫書

　　「圖畫書」和「幼兒文學」這兩個用詞，都是以幼兒為訴求對象，它們在臺灣地區的流行，大約是在八〇年代中期以後，其中「圖畫書」的流行普及又早於「幼兒文學」。

　　出版社正式使用圖畫者，是始於鄭明進，即是1978年4月將軍出版社的《新一代幼兒圖畫書》。但「圖畫書」這個用語的流行，則首推英文漢聲出版公司，1983年1月起，漢聲以幼兒為對象每月推出「漢聲精選世界最佳兒童圖畫書」兩冊（心理成長類及科學教育類各一），並委由臺灣英文雜誌總經銷。由於印刷及內容、裝訂都有一定水準，且行銷造勢成功，漢聲這一套精選圖畫書為國內幼兒圖畫書市場打開一片天地，「圖畫書」這個詞彙也成為兒童文學界的普遍用語。

《新一代幼兒圖畫書》（八冊）

　　其實，學術界則早已有「圖畫書」的用詞。今以師專早期五本兒童文學教材為例，首先列五本教材出版相關資料如下：

作者	書名	出版地	出版社	出版年月	出處
劉錫蘭編著	兒童文學研究	臺中市	臺中師專	1963年10月 修訂再版	頁43-59
林守為編著	兒童文學	臺南市	臺南師專	1964年3月	頁11-12
吳鼎編著	兒童文學研究	臺北市	臺灣教育輔 導月刊社	1965年3月	頁79-90
葛琳編著	師專兒童文學研究（上、下）	臺北市	華視出版社	1973年2月	上冊，頁 55-56 下冊，頁 152-161

作者	書名	出版地	出版社	出版年月	出處
許義宗著	兒童文學論	臺北市	自印本	1977年	頁16

其次，將圖畫書分類，列表如下：

分類 作者	圖畫書	插畫	連環圖畫	圖畫故事書	故事畫
吳　鼎			Ｖ		Ｖ
劉錫蘭					
林守為				Ｖ	
葛　琳	Ｖ	Ｖ	Ｖ	Ｖ	
許義宗	Ｖ		Ｖ		

　　劉錫蘭的著作雖然出版較早，但其分類則依吳鼎的說法為主，卻未採用「圖畫形式」。吳鼎將兒童文學的形式，分為散文形式、韻文形式、戲劇形式、圖畫形式等四種，或說已具有圖畫書的概念。林守為則在「兒童故事」文類中列有「圖畫故事」（頁78-80），至於，葛琳、許義宗則已有現代西方圖畫書的概念。

2 幼兒文學

　　「幼兒文學」是跟「圖畫書」相對應的用語。文學作品通常是透過書刊跟讀者見面，有專業的「幼兒文學」應是很自然的事。國內正

式揚起「幼兒文學」大旗，使「幼兒文學」成為作家可投入耕耘的對象，是始於1987年1月信誼宣布設置「信誼幼兒文學獎」。

此後，「幼兒文學」漸成為通行的詞彙。1983年國北師、市北師開始設置幼師科。1990年教育部正式核准臺北市立師範學院設置「幼稚教育系」，並把「幼兒文學」列為一年級必修課程，有別於其他系開的「兒童文學」課。幼兒文學與兒童文學走上分化，並獲得學院承認，這表示我國兒童文學已明顯朝再分化出幼兒文學的方向發展。

圖畫書在出版界與學術界，官方與民間的共同推動之下，在八○年代正式崛起。

臺灣圖畫書如同兒童讀物一樣，一直維持官方、民間兩條路線並進發展，兩者不相競逐，早期官方系統占優勢，後期則民間系統勝出。

官方系統，由最早國語推行委員會，臺灣省教育廳《小學生》雜誌社、兒童讀物編輯小組，擴展到農委會，以及縣市文化局、處與圖畫書出版有密切關係，以下略述早期的官方系統與圖畫書的關係。

（1）《小學生畫刊》的臺灣圖畫書

《小學生》雜誌於1951年3月創刊，由吳英荃擔任發行人，李畊擔任編輯，1953年1月成立編輯委員會，並且把《小學生》分成「雜誌」和「畫刊」兩個姊妹刊。《小學生雜誌》以中、高年級學生對象。

《小學生畫刊》，起初名為《小學生畫報》，是半月刊，至1966年12月止，共出版三三二期，前後共計十四年。前後十二年中，在安定中進步。第十三年二九○期（一九六五年三月）由李畊主編，他的新構想、新作風，使畫刊進入一種革新的境界。最後一年由林良主編（三○七期，1956年12月），畫刊又以新面目、新姿態出現。於是乎畫刊的革新便進入第二個階段，也是《小學生畫刊》的最高潮。

《兒童文學與兒童讀物的
探索》

　　林良從三〇七期到三三二期，這一年時
間，林良有一位得力助手趙國宗。負責美術編
輯設計，每期有一個獨立的圖畫故事。林武憲
〈有關小學生畫刊的最後一年〉一文見《兒童
文學與兒童讀物的探索》（彰化縣政府，1993
年6月），特別介紹這些可貴的臺灣的圖畫書
（頁252-254），其資料不易見且珍貴，試引錄
整理如下表：

期數	封面主題	作者、繪者	出版年月
314期	哪裡最好玩	林良文、陳海虹風景畫、劉興欽繪人物	1966.03.20
315期	小銅笛	劉興欽繪著	1966.04.05
316期	小快樂回家	林海音文、趙國宗繪圖	1966.04.20
317期	大年夜飯	林良文、童叟繪圖	1966.05.05
318期	小啾啾再見！	林良文、吳昊繪圖	1966.05.20
319期	國王和杜鵑	蘇樺文、海虹繪圖	1966.06.05
320期	小畫眉學鳥飛	劉興欽文、柯芳美繪圖	1966.06.20
321期	最大的象	嚴友梅文、陳雄繪圖	1966.07.05
322期	媽媽的畫像	華霞菱文、陳存美繪圖	1966.07.20
323期	童話裡的王國	楊喚文、廖未林繪圖	1966.08.05
324期	阿凱上街	樂茝雋文、高山嵐繪圖	1966.08.20
325期	養鴨的孩子	林鍾隆文、席德進繪圖	1966.09.05
326期	芸芸的綠花	林良文、梁白坡繪圖	1966.09.20
331、332 合期	小榕樹	陳相因文、林蒼筤繪圖	1966.12.05

《小學生畫刊》314期至332期之封面主題與作者：

《小快樂回家》封面及封底　《國王和杜鵑》封面及封底　《媽媽的畫像》封面及封底

 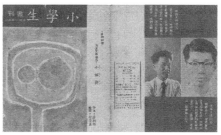

《童話裡的王國》封面及封底　　　《小榕樹》封面及封底

（2）中華幼兒叢書

　　兒童讀物編輯小組發展歷程中，除了編纂《中華兒童百科全書》、編印《兒童的雜誌》及定期分批出版《中華兒童叢書》之外，對於國內幼兒讀物的出版，也曾投諸心力，先後於七〇年代和九〇年代分別出版《中華幼兒叢書》及《中華幼兒圖畫書》。

《兒童的雜誌‧中華兒童百科全書》

　　1970年，因臺灣省社會處有一筆經費，委託省政府教育廳兒童讀物編輯小組，為農忙時期全省托兒所編輯一套適合托兒所及幼稚園小朋友閱讀的幼兒讀物，自1973至1974年間，陸續出版《中華幼兒叢書》。這套書為十二開正方形，每一本皆全彩印刷，色彩鮮明，外觀相當顯眼。

　　這套書到底有幾本？個人在《兒童讀物編輯小組的歷史與身影》（2003年10月，臺東大學兒童文學研究所印，與趙秀金合著）中認為是十本（見頁147）。洪文瓊於《臺灣圖畫書手冊》中，認為《中華幼兒叢書》共有十二冊（2004年7月，見傳文文化事業有限公司，頁24：《太平年》、《顛倒歌》、《小蝌蚪找媽媽》、《跟爸爸一樣》、《那裡來》、《一條繩子》、《你會我也會》、《好好看》、《小野鼠和小野鴨》、《小紅鞋》、《家》、《數數兒》等十二本）。且於《臺灣圖畫書發展史》一書中，亦認為十二冊（見傳文文化事業有限公司，2004年11月，頁35），並以「註二」說明之（頁50-51）。

《兒童讀物編輯小組的歷史與身影》

《臺灣圖畫書手冊》

《中華幼兒叢書》與《中華幼兒圖畫書》研究》

其後，王利恩碩士論文《《中華幼兒叢書》與《中華幼兒圖畫書》研究》（臺東大學兒童文學研究所，2005年8月），則認為這套書有十一本（頁8），其相關資料如下表：

《中華幼兒叢書》書目

編號	書名	作者	繪者	出版日期
1	那裡來	唐　茵	曾謀賢	1973.06
2	小蝌蚪找媽媽	白　淑	王　碩	1973.06
3	跟爸爸一樣	華霞菱	江義輝	1973.06
4	一條繩子	子　敏	曾謀賢	1973.06
5	小野鼠和小野鴨	羅淑芳	廖未林	1973.12
6	小紅鞋	林　良	趙國宗、瓊綢	1973.12
7	好好看	馬曼怡	曾謀賢	1973.12
8	你會我也會	唐　茵	趙國宗	1973.12
9	家	林　良	邱清剛	1974.08
10	數數兒	曼　怡	陳永勝	1974.09
11	五樣好寶貝	華霞菱	呂游銘	1974.11

中華幼兒叢書《那裡來》封面及封底 中華兒童叢書《那裡來》封面

《五樣好寶貝》封面及封底

　　就現有資料看來，這套書籍確實是十一本，他們的出版者是臺灣
省政府社會處，而不是教育廳。表中的編號即是《中華幼兒叢書》本
身的編號。其中編號為1的《那裡來》，原是第二期《中華兒童叢書》
中的其中一本，編號為11089，出版日期是1971年12月31日，其間差
異只是版式不同，又文字有直排與橫排不同。至於《太平年》、《顛倒
歌》二本書則標示為《中華兒童叢書》，兩本書的出版時間同為「中
華民國59年5月1日」。書的類別是文學類，閱讀對象是一年級，書的

編號為11077、11078。其間之所以混淆，或許是由於二者版式相同使然。而這兩本書或可勉強稱之《中華幼兒叢書》前身；因在《中華兒童叢書》中，這兩本的版式很獨特。

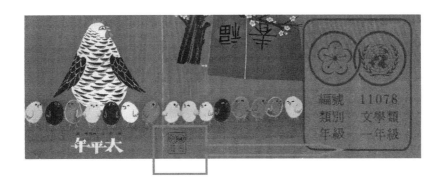

《太平年》封面及封底

（3）其他

從1994年6月至1997年12月，兒童讀物編輯小組為四期編印二十二冊圖畫書，稱之為《中華幼兒圖畫書》。其特色是被非單純的平面。其中《神祕的果實》、《昆蟲法庭》與《四合院》三書在主體結構設計的部分，還聘請相關建築設計工程來研發。

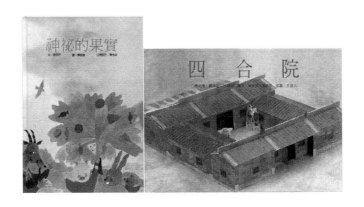

（五）臺灣圖畫書演進二、三事

臺灣圖畫書崛起於八〇年代。九〇年代則進入活絡的年代。亦即以民間系統勝出的時期。

以下試以事件、人物、套書三個角度論述之：

1 事件

事件是指圖畫書的徵獎活動。有關圖畫書徵獎活動，有洪建全兒童文學創作獎、信誼幼兒文學獎、陳國政兒童文學獎（1993年創設，2000年中止舉辦），以及國語日報社的牧笛獎（1995年創設，2009年終止）、兒童文學研究所的成立。

牧笛獎圖畫書得獎作品

（1）洪建全兒童文學創作獎

洪建全教育文化基金會於1974年4月4日，宣布設立「洪建全兒童文學創作獎」，其意義有二，一是開創臺灣大財團資助兒童文學活動的先河；二是為臺灣掀起兒童文學創作的熱潮。

洪建全兒童文學創作獎中有「圖畫故事類」。從1974至1991年共

舉辦十八屆，其中第七、八、九屆無圖畫書故事項。

　　洪建全教育文化基金會設立「洪建全兒童文學創作獎」及配合兒童文學獎而推動的周邊活動，為臺灣的兒童文學發展，包括圖畫書，作了最好的奠基工作。而許多當年洪建全兒童文學獎圖畫故事創作的得獎者，都成了當前臺灣圖畫書的創作名家或推動者，如劉宗銘、許敏雄、林傳宗、王家珠、徐素霞、張哲銘、王蘭、黃淑英、仉桂芳等人皆是。

洪建全兒童文學創作獎「圖畫故事類」得獎作品

（2）信誼幼兒文學獎

　　財團法人信誼學前教育基金會於1987年，創辦信誼幼兒文學創作獎。設立宗旨在肯定幼兒文學的重要性；獎勵本土幼兒文學創作及培育幼兒文學創作人才；提升幼兒文學創作的品質和欣賞水準。

　　獎項早期分圖畫書創作獎及文字創作獎兩項，近年來分圖畫書創作與動畫影片創作獎兩項。

　　「信誼幼兒文學獎」雖然比「洪建全兒童文學獎」後設，但由於獎項居當時各類兒童文學獎之冠，幾乎搶盡所有兒童文學獎的丰采。

七〇年代洪建全教育文化基金會所塑造的風潮，到了八〇年代後期，可說已逐漸為信誼基金會所取代。洪建全兒童文學獎使臺灣兒童文學邁出步伐，「信誼幼兒文學獎」則開步走後帶來第一個高峰，它代表臺灣兒童文學發展的一個新走向。而圖畫書正是幼兒文學的發展主軸。

「信誼幼兒文學獎」相對於「洪建全兒童文學獎」，還有一個特色，就是它的專屬性。「洪建全兒童文學獎」類別多，「信誼幼兒文學獎」只有幼兒的「圖畫書類」。「信誼幼兒文學獎」的周邊活動，也集中在與圖畫書有關的事項上，包括說演、編輯的工作坊。

信誼幼兒文學獎至今（2010年）已有二十三屆。2009年更於大陸設立「信誼圖畫書獎」，並於2010年12月首度在南京舉行頒獎大會。

信誼幼兒文學獎圖畫書創作獎得獎作品

（3）國立臺東師範學院成立兒童文學研究所

臺東師院於1996年8月16日獲准籌設兒童文學研究所，隔年5月29日正式招生。2003年起，也正式招生博士班。東師兒童文學研究

所的設立，象徵臺灣兒童文學新典範已在
形成。因而東師兒文所成立，不但涉及新
典範的建立，也涉及新典範主導權。從而
它的設立是有劃時代意義的。當然，它對
臺灣圖畫書的研究與發展，亦當會有重要
的主導地位。

　　臺東大學（前身為臺東師範學院）的
兒童文學研究所，顯然不是圖畫書專類的
研究所。但年年開設有關圖畫書的課程，
研究所除舉辦研討會、發行《兒童文學學
刊》之外，學生以圖畫書相關問題撰寫碩博士論文外，又於2005年9
月發行《繪本棒棒堂》（止於2011年1月，共計發行二十期）。

臺東大學兒童文學研究所

2　人物

　　談到臺灣圖畫書，勢必提及鄭明進與郝廣才。在眾多訪問及論述
中，個人同意洪文瓊的看法。

（1）鄭明進（1932年6月7日-）

　　鄭明進，1932年生於臺北市六張犁，臺北師範藝術科畢業。學生時期即開始創作，1951年曾以水彩畫〈柿子〉入選全省美展，而後屢獲殊榮。

　　從事教職後，開始與兒童美育的關係密不可分，也因此正式接觸圖畫書。

　　1977年8月，從臺北市西門國小服務滿二十五年退休，於是專心致力於圖畫書的推廣與編輯。

（2）郝廣才（1961年4月3日-）

　　郝廣才，1961年生於臺北，政治大學法律系畢業，1988年以圖畫書《起床啦！皇帝》獲得首屆信誼幼兒文學獎。他不僅在圖畫書企劃與編輯的世界有豐富的閱歷，更是一位創作風格獨特，總是充滿想像力的故事中，引導孩子認識人生各種面貌的作家。

2006年8月

（3）楊茂秀（1944年6月19日-）

楊茂秀，1993年任教於臺東師院，1997年轉任兒童文學研究所，至2009年7月退休。現任毛毛蟲兒童哲學基金會董事長、中華民國兒童文學學會理事長。

楊茂秀任教東大兒文所時，引進兒童哲學之外，並開設相關圖畫書課程，負責且任《繪本棒棒堂》總編輯。

又於2000年2月於毛毛蟲兒童哲學基金會成立「圖畫作家」的藝文空間。地點：臺北市忠孝東路四段二一六巷三十三弄十六號五樓。2003年11月圖畫作家位於忠孝東路四段五樓的空間租約到期後，便宣告暫時關閉，原先圖畫作家數千冊的藏書移至七樓辦公室。

「圖畫作家」，除了它是藝文空間外，它在華文世界裡亦正式宣式圖畫書中插圖者的名分與地位。

楊茂秀將兒童哲學與圖畫書串聯在一起，在當時臺灣圖畫書界不常見的情況下，「圖畫作家」設立的目的，即出自於這樣的理念——推廣臺灣圖畫書、兒童文學與兒童哲學的發展。

2010年10月

3 套書

本文所指套書，不含系列。且以原創圖畫書為主。原創套書的流行，正是民間系統的力量。

最早的圖畫書套書是前面介紹過的《中華幼兒叢書》（十一冊），至於正式以「圖畫書」為名的套書是1979年4月，由將軍出版事業股份有限公司出版的《新一代幼兒圖畫書》兩輯八冊，是屬於知識性圖畫書，也因此展開了民間系統的本土圖畫書套書的出版。

在已出版的套書中，民間系統標示「圖畫書」或「繪本」較為重要者有：

套書名稱	出版時間	出版者
新一代幼兒圖畫書（8冊）	1978年4月	將軍
親親幼兒圖畫書（12冊）	1988年8月	親親文化
繪本臺灣民間故事（12冊）	1989年4月	遠流
繪本臺灣風土民俗（12冊）	1989年4月	遠流
愛護大地圖畫書（6冊）	1990年4月	東方
光復幼兒圖畫書（分數學、語文、自然、美術等系列，每系列各10冊）	1990年10月	光復書局
幼兒成長圖畫書（分五輯，每輯8冊）	1994年8月	光復書局
彩虹學習圖畫書（分心理成長、語文發展、社會觀察、自然觀察、想像創造、操作遊戲、民族文化等七系列，每系列6冊）	1996年9月	臺灣新學友
臺灣兒童圖畫書（10冊）	2001年4月	青林國際
文化臺灣繪本（10冊）	2006年12月	臺灣東華

《新一代幼兒圖畫書》（八冊）

《親親幼兒圖畫書》（十二冊）

《光復幼兒圖畫書》(分四系列,每系列各十冊)

《光復幼兒圖畫書》(分四系列,每系列各十冊)

《幼兒成長圖畫書》（分五輯，每輯八冊）

《彩虹學習圖畫書》（七系列，每系列各六冊）

　　持平的說，民間系統的圖畫書，是優於官方系統。官方系統早期的兒童讀物小組也確實有不凡成果。《中華幼兒叢書》，以及1994至1997年的《中華幼兒圖畫書》（二十二冊）。後來的《田園之春》，雖有一百冊之多，但可議之處頗多，而《南瀛之美》圖畫書系列的前三套，可說是官方出版的終結者。二十一世紀以來，官方出版的圖畫書，都以委託民間出版為主。而民間原創圖畫書，則以系列為主。另外，小學生繪本亦逐漸開始流行。

《田園之春》（總共有一百冊圖畫書）

（六）結語

　　洪文瓊在《臺灣圖畫書發展史》中有云：

　　　在完成近六十年臺灣圖畫書發展的歷史分期分析探究後，反觀
　　　歷史的進程，筆者認為第三期多元競榮的景象。（案：指交流
　　　開創期：1988至2004年）

先進國家大軍壓境，但是從市場的環境予以省視，第三期基本
上是為臺灣圖畫書市場完成「創造需求」的階段，也提供臺灣
業界、創作者觀摩參與世界圖畫書產業體系運作的機會。接著
我們應該開始朝未來第四期建立自我品牌的目標邁進。筆者認
為圖畫書出版是臺灣在國際文化產業中最有希望參與一搏的，
因為圖像隔離比文字來得少，容易透過視覺，贏得第一印象。
（頁101-120）

　　所謂第四期「建立自我品牌」，是洪氏歷史分期分析探究後的結
論，也是他的期許。於是他有了八項建言：

一　人才培育應列為第一優先。

二　設置專業圖畫書美術館（日本稱為繪本館或兒童美術館）。

三　強化兒童圖書資訊的蒐集、整理、分析。

四　鼓勵獎助出版專業期刊。

五　獎勵有關圖畫書專題研究或撰寫教科書。

六　獎助鄉土題材圖畫書創作出版。

七　整理資深圖畫書作畫家人才檔。

八　設置並遴選圖畫書作畫家講座。（頁102-103）

　　總之，九○年代以來的臺灣圖畫書，看似眾聲喧嘩、多元共生，
其實是缺乏自我品牌的混搭。而所謂的品牌，即是文化的包裝。

　　在當代的世界，全球化正透過各種形式，影響地球上所有人的生
活。持此，可知全球化是無可倖免。但全球化不必然會帶來「西
化」，或單一文化。其關鍵在於我們是否有立足的自我文化。這是所
謂的全球化與在地化之爭，應即是文化之爭。

臺灣圖畫書要邁向「自我品牌」之路，無可避免的要面對全球化與在地化的檢驗。

首先，我們確認臺灣圖畫書是屬於文化創意產業的歸屬。

其次，把臺灣圖畫書這種文化產業放置在全球化之下透視之。

我們知道，全球化的核心之一在於：科技。因科技的發展造成社會、國家、文化和個人運作方式與認知自我方式的改變。核心之二在於：市場經濟，甚至與政治有關。

在全球化之下，帶來跨國（或地區）文化交流，並且去除疆域的限制。於是有了連結性與鄰近感，相似的概念如「連結」（interconnection）、「網絡」（networks）、「流動」（flows）。毫無疑問地，現實生活的體驗使得多數人對全球化現象已有了基本認同，這種多元多價（multivalent）的聯繫將現今全人類的實踐、生活體驗、政治、經濟與生態的命運連結起來，沒有任何個人或群體能自絕於外。

臺灣圖畫書產業的從業者（作者、出版、行銷、讀者等）置身於全球化體系之下，能漠然不動於衷。

雖然全球化不必然會帶來西化或單一文化，而事實上卻是霸權占盡優勢。或許堅持立基於自由與民主之全球化，則可免除全球化帶來的災厄。於是，湯林森（John Tomlinson）因而讚揚一種「世界主義」的理想。世界主義者的原意是成為「世界公民」，這意味在全球化情境下，現代公民不僅關切於在地的議題，同時也會體認到自身與世界各地人們的密切關係以及對全球事務的責任。世界主義是一種理想，所謂的民主與自由在理論上它就像一個「空集合」，容易招受扭曲。

事實上，不同國家有不同歷史背景和文化價值，因此面對全球化的趨勢，便有了「在地化論者」（localizationist）的質疑，他們要求國際經濟的整合應該由在地國觀點出發，尤其需顧及在地勞工與企業的利益，並掌握自身的主體性，發展在地的認同和特色。全球化假象

引爆了與在地化精神的嚴重矛盾，觸動了在地主體性的要求，各國弱勢群體紛紛注意到自主權力的保障，據此，形成了「全球思考，在地行動」（think globally, act locally）的新趨勢。羅伯士頓（Roland Roberston）所提出的「全球在地化」（glocalization）的觀念可消除全球和在地的對立關係。他提出「在地」代表了特殊性，「全球」意指普世性、普遍性。兩者並非兩個極端的文化概念，他們是可以相互滲透的。換言之，人們的生活世界是由當地事物構成的，所以全球性的責任也必須透過在地行動來實踐。

　　最後的結論是：「全球在地化」是文化產業致勝的關鍵。

　　面對臺灣兒童圖畫書的發展，我期待：

　　信誼幼兒文學獎繼續努力，繼續加油。

　　豐子愷兒童圖畫書獎，把持方向，快速前進。

　　臺東大學兒童文學研究所，且扮演更重要的學術主導地位。

　　我們期待強化兒童圖書資訊的蒐集、整理、分析。

　　當然，更期待專業兒童文學館的成立。

參考書目

王利恩　《《中華幼兒叢書》與《中華幼兒圖畫書》研究》　臺東市　2005年8月

吳　鼎　《兒童文學研究》　臺北市　臺灣教育輔導月刊　1965年3月

吳錫蘭　《兒童文學研究》　臺中市　臺中書專　1963年10月修訂再版

林文寶　〈臺灣圖畫書的歷史與記憶〉　《全國新書資訊月刊》143期　2010年10月　頁4-13

林文寶、陳正治等六人 《幼兒文學》 臺北市 五南圖書出版公司
　　　2010年2月

林文寶、趙秀金 《兒童讀物編輯小組的歷史與身影》 臺東市 臺
　　　東大學兒童文學研究所 2003年10月

林文寶策畫 《彩繪兒童又十年（臺灣1945-1998兒童文學書目）》
　　　臺北市 幼獅文化事業公司 2000年6月

林守為 《兒童文學》 臺南市 臺南師專 1964年3月

林武憲 《兒童文學與兒童讀物的探索》 彰化縣政府 1993年3月

洪文瓊 《兒童文學見思集》 臺北市 傳文文化事業公司 1994年
　　　6月

洪文瓊 《臺灣兒童文學史》 臺北市 傳文文化事業公司 1994年
　　　6月

洪文瓊 《臺灣圖畫書手冊》 臺北市 傳文文化事業公司 2004年
　　　7月

洪文瓊 《臺灣圖畫書發展史》 臺北市 傳文文化事業公司 2004
　　　年11月

教育部國教司、國立中央圖書館編輯 《中華民國兒童圖書目錄》
　　　臺北市 正中書局 1957年11月

許義宗 《兒童文學論》 臺北市 自印本 1977年

葛　琳 《師專兒童文學研究（上、下）》 臺北市 華視出版社
　　　1973年2月

賴素秋 《臺灣兒童圖畫書發展研究》 臺東市 2002年6月

Tony Schirato & Jenmfer Webb著 游美齡、廖曉晶譯 《全球化觀念
　　　與未來》 臺北縣 韋伯文化國際出版公司 2009年6月

John Tomlinson 《文化與全球化的反思》 臺北縣 韋伯文化國際
　　　出版公司 2007年9月

三 說明

　　本案原是學生孫藝泉所負責的臺北市故事文化創業協會，向臺灣文學館所提的一個案子，補助金額少，時間短，是典型的公益。

　　全書編輯過程，得力於學生陳玉金，她是編輯老手，自是游刃有餘。

　　因主編，而有了一文〈試說臺灣圖畫書的歷史與記憶〉。隨附精彩100書目與撰寫體例說明如下：

臺灣兒童圖畫書精彩100書目

編號	書名	文	圖	出版單位	出版日期
1	瑪咪的樂園	丁　弍	陳慶熇	童年書店	1956.12
2	舅舅照像	林　良	林顯模	寶島出版社	1957.03
3	我要大公雞	林　良	趙國宗	臺灣省政府教育廳	1965.09
4	沒有媽媽的小羌	劉興欽	劉興欽	臺灣省政府教育廳	1966.05
5	養鴨的孩子	林鍾隆	席德進	小學生畫刊社	1966.09
6	小榕樹	陳相因	林蒼莨	小學生畫刊社	1966.12
7	一毛錢	華霞菱	張悅珍	臺灣省政府教育廳	1967.04
8	下雨天	慎　思	周春江	臺灣省政府教育廳	1967.09
9	十兄弟	謝新發	鄭明進	王子出版社	1968.10
10	影子和我	林　良	高山嵐	臺灣省政府教育廳	1969.02
11	小琪的房間	林　良	陳壽美	臺灣省政府教育廳	1969.09
12	顛倒歌	華霞菱	廖未林	臺灣省政府教育廳	1970.05
13	太平年	陳　宏	林雨樓	臺灣省政府教育廳	1971.06
14	小蝌蚪找媽媽	白　淑	曹俊彥	臺灣省政府教育廳	1973.06

編號	書名	文	圖	出版單位	出版日期
15	討厭山	求　實	陳永勝	臺灣省政府教育廳	1975.09
16	小紙船看海	林　良	鄭明進	將軍出版社	1976.04
17	媽媽	林　良	趙國宗	信誼基金出版社	1978.07
18	桃花源	奚　淞	奚　淞	信誼基金出版社	1979.04
19	汪小小學畫	林　良	吳　昊	臺灣省政府教育廳	1980.11
20	大家來唱ㄅㄆㄇ	謝武彰	董大山	親親文化事業有限公司	1981.08
21	聚寶盆	李南衡	曹俊彥	信誼基金出版社	1982.08
22	女兒泉	洪義男	洪義男	皇冠出版社	1985.04
23	水牛和稻草人	許漢章	徐素霞	臺灣省政府教育廳	1986.12
24	神射手和琵琶鴨	李　潼	劉伯樂	國語日報社	1987.07
25	起牀啦，皇帝！	郝廣才	李漢文	信誼基金出版社	1988.04
26	穿紅背心的野鴨	夏婉雲	何華仁	國語日報社	1988.06
27	媽媽，買綠豆！	曾陽晴	萬華國	信誼基金出版社	1988.06
28	一條線	林　蔚	鄭明進	信誼基金出版社	1988.11
29	千心鳥	劉宗銘	劉宗銘	東華書局	1989.04
30	皇后的尾巴	陳璐茜	陳璐茜	信誼基金出版社	1989.04
31	李田螺	陳怡真	楊翠玉	遠流出版公司	1989.09
32	賣香屁	張玲玲	李漢文	遠流出版公司	1990.01
33	逛街	陳志賢	陳志賢	信誼基金出版社	1990.03
34	國王的長壽麵	馬景賢	林傳宗	光復書局	1990.10
35	大洞洞小洞洞	陳木城	邱承宗	光復書局	1990.12
36	看！阿婆畫圖	蘇振明	蘇楊楊	信誼基金出版社	1991.10
37	七兄弟	郝廣才	王家珠	遠流出版公司	1992.05

編號	書名	文	圖	出版單位	出版日期
38	老鼠娶新娘	張玲玲	劉宗慧	遠流出版公司	1992.10
39	老奶奶的木盒子	林鴻堯	林鴻堯	臺灣省政府教育廳	1992.10
40	小麻雀，稻草人	黃春明	黃春明	皇冠出版社	1993.05
41	村童的遊戲	朱秀芳	鍾易真	行政院農業委員會	1993.06
42	子兒吐吐	李瑾倫	李瑾倫	信誼基金出版社	1993.07
43	誰吃了彩虹	孫晴峰	趙國宗	信誼基金出版社	1994.03
44	黑白村莊	劉伯樂	劉伯樂	信誼基金出版社	1994.03
45	昆蟲法庭	小　野	龔雲鵬／圖、紙結構設計／蕭多皆、袁祥豪、邱曄祥	臺灣省政府教育廳	1995.06
46	赤腳國王	曹俊彥	曹俊彥	信誼基金出版社	1995.03
47	兒子的大玩偶	黃春明	楊翠玉	臺灣麥克	1995.11
48	祝你生日快樂	方素珍	仉桂芳	國語日報社	1996.03
49	鐵馬	王　蘭	張哲銘	國語日報社	1996.03
50	我變成一隻噴火龍了	賴　馬	賴　馬	國語日報社	1996.03
51	大玄找龍	陳秋松	陳秋松	臺灣新學友股份有限公司股份有限公司	1996.09
52	曬棉被的那一天	連翠茉	張振松	臺灣新學友股份有限公司	1996.09
53	老榕樹搬家	林武憲	陳鳳觀	行政院農業委員會	1997.09
54	那裡有條界線	黃　南	黃　南	遠流出版公司	1997.12
55	沙灘上的琴聲	鄭清文	陳建良	臺灣英文雜誌社	1998.06

編號	書名	文	圖	出版單位	出版日期
56	咱去看山	潘人木	徐麗媛	臺灣英文雜誌社	1998.11
57	獨角仙	邱承宗	林松霖	紅蕃茄文化事業有限公司	1999.03
58	假裝是魚	林小杯	林小杯	信誼基金出版社	1999.04
59	三個我去旅行	陳璐茜	陳璐茜	遠流出版公司	1999.08
60	月亮忘記了	幾　米	幾　米	格林文化事業股份有限公司	1999.10
61	想念	陳致元	陳致元	信誼基金出版社	2000.05
62	小狗阿疤想變羊	龐雅文	龐雅文	格林文化事業股份有限公司	2001.01
63	小魚散步	陳致元	陳致元	信誼基金出版社	2001.04
64	奉茶	劉伯樂	劉伯樂	青林國際出版公司、文化建設委員會	2001.05
65	一位善良有錢的太太和她的100 隻狗	李瑾倫	李瑾倫	和英出版社	2001.08
66	南鯤鯓廟的故事	黃文博	許文綺	臺南縣文化局	2001.10
67	小月月的蹦蹦跳跳課	何雲姿	何雲姿	青林國際出版公司	2001.12
68	阿非，這個愛畫畫的小孩	林小杯	林小杯	信誼基金出版社	2002.04
69	媽媽，外面有陽光	徐素霞	徐素霞	和英出版社	2003.01
70	亦宛然布袋戲	劉思源	王家珠	遠流出版公司	2003.07
71	星期三下午捉‧蝌‧蚪	安石榴	安石榴	信誼基金出版社	2004.04
72	春天在哪兒呀？	楊　喚	黃小燕	和英出版社	2004.05
73	想要不一樣	童　嘉	童　嘉	遠流出版公司	2004.10

編號	書名	文	圖	出版單位	出版日期
74	夏夜	楊　喚	黃本蕊	和英出版社	2005.06
75	我的春夏秋冬	林麗珺	林麗琪	和英出版社	2005.08
76	鹽山	施政廷	施政廷	青林國際出版公司	2005.10
77	帶不走的小蝸牛	凌　拂	黃崑謀	遠流出版公司	2005.11
78	葉王捏廟尪仔	陳玟如、許玲慧	官月淑	青林國際出版公司	2006.12
79	綠池白鵝	林　良	陳美燕	小魯文化事業股份有限公司	2006.01
80	短耳兔	達文茜	唐　唐	天下雜誌股份有限公司	2006.03
81	在哪兒呢	黃禾采	黃禾采	信誼基金出版社	2006.04
82	請問一下，踩得到底嗎？	劉旭恭	劉旭恭	信誼基金出版社	2006.04
83	小丑・兔子・魔術師	林秀穗	廖健宏	信誼基金出版社	2007.04
84	等待霧散的戴勝鳥	張振松	張振松	金門縣政府文化局、聯經出版公司	2007.05
85	門神	張哲銘	張哲銘	泛亞國際文化公司	2007.05
86	請到我的家鄉來	林海音	鄭明進	小魯文化事業股份有限公司	2007.12
87	像不像沒關係	湯姆牛	湯姆牛	天下遠見出版股份有限公司	2008.01
88	阿志的餅	劉清彥	林怡湘	臺中市文化局、青林國際出版公司	2008.03
89	愛上蘭花	陳玉珠	陳麗雅	青林國際出版公司	2008.03
90	劍獅出巡	劉如桂	劉如桂	信誼基金出版社	2008.04

編號	書名	文	圖	出版單位	出版日期
91	一日遊	孫心瑜	孫心瑜	信誼基金出版社	2008.04
92	再見小樹林	嚴淑女	張又然	格林文化事業股份有限公司	2008.05
93	池上池下	邱承宗	邱承宗	天下雜誌股份有限公司	2008.09
94	勇12——戰鴿的故事	嚴淑女、李如青	李如青	天下遠見出版股份有限公司	2008.12
95	美濃菸樓	溫文相	林家棟	藝術家出版社	2009.09
96	石頭男孩	鍾易真	鍾易真	花蓮縣文化局	2009.12
97	早安！阿尼　早安！阿布	貝果	貝果	信誼基金出版社	2010.04
98	三位樹朋友	吳鈞堯	鄭淑芬	典藏藝術家庭股份有限公司、金門縣文化局	2010.11
99	我們都是「蜴」術家	劉思源	王書曼	愛智圖書有限公司	2010.10
100	糖果樂園大冒險	呂游銘	呂游銘	小魯文化事業股份有限公司	2011.01

《臺灣兒童圖畫書精彩100》撰寫體例說明

（一）書目資料：包括頁數、尺寸、定價及ISBN，頁數以書名頁起算至版權頁止。

（二）中央圖書館在1988年開始編訂臺灣出版者識別號，1989年7月臺灣開始實施ISBN制度，因此早期書目資料缺ISBN資料。

（三）出版日期以初版為主。

（四）如有舊版新編書，兩者書封和書目資料皆條列，並標示舊版及
　　　新版資料。作、繪者簡介則僅介紹舊版作、繪者。

（五）如作、繪者為同一人，則介紹置於作者欄。

更廣大的世界、小東西的趣味

一　書影

二　①《更廣大的世界》序

因為喜愛兒童文學，我的正業應該是為小孩子寫故事、寫詩歌。但是我的好朋友舉辦兒童文學活動的時候，也常邀我參加。只要時間許可，健康情形許可，我都會應邀出席。

這些活動包括「致詞」、「演講」，為學術研討會做「引言」，在研習營「授課」，以及應邀為各種期刊寫專文。為了參加這些活動，我當時都備有講稿和文稿。這些稿件，就成為我為大人而寫，討論兒童文學的文章了。這些文章在發表以後，我隨手四處放置，最後竟都流失。

幸運的是，臺東大學兒童文學研究所前所長林文寶教授，在我完全不知道的情況下，很有興趣的加以蒐集、保存，等於幫我找回許多失物。這就是現在這本書材料的來源。

這本書的內容，是我對於「兒童文學」這個文學文類的整體思考和論述，從兒童文學的性質、創作、發展，談到兒童文學的推廣，可以當作一本兒童文學總論看待。

我曾經跟國語日報一起思考怎樣為這本書命名。我們都不贊成《兒童文學總論》這樣乏味的名稱。我忽然想起我在《淺語的藝術》這本書裡寫過一句話，就是：「兒童文學有一個比成人文學更廣大的文學世界。」因此我建議以《更廣大的世界》來隱喻「兒童文學」，作為這本書的書名。

很感謝林文寶教授和他的研究生對我失散作品的蒐集、保存和整理。很感謝國語日報出版部為這本書的出版所耗費的大量心力。沒有他們的熱心和關懷，就不可能有這本書。

林　良

② 《小東西的趣味》序

這本《小東西的趣味》，是國語日報為我出版的另一本書《更廣大的世界》的姊妹篇。兩本都是論述兒童文學的書。

書名《小東西的趣味》，來自我的一篇題為〈也該創作小東西〉的文章。我在這篇文章裡，提醒兒童文學作家不要忽略「小東西」的創作。文章裡提到的「小東西」，指的是兒童文學裡的兒歌、童詩、謎語、繞口令、寓言，這些形式上非常短小的文類。理由是，小孩子接觸兒童文學，往往都是由這些「小東西」開始。

這本書的內容，就以「小東西」作為引子，開始談起。隨後各篇，逐步延伸到各種兒童文學文類的創作，包括童話、散文、小說和外國兒童讀物的翻譯，可以說是一本討論兒童文學各種文類創作的書。

這些文章的來源，大半都是我的「講稿」和應邀為各種期刊所寫的專文。發表以後，因為我的四處隨手放置，幾乎都已流失。要不是受到臺東大學林文寶教授的注意和珍惜，設法加以保存，恐怕都早已隨風而去。

這本書的出版，最應該感謝的一個人是林文寶教授，特別是他對我的關懷和鼓勵。還有國語日報出版部的同仁，為了要讓這本書能以完美的面目和讀者見面，編製目錄，處理版面，耗費了大量心力。如果沒有他們，本書就無法這麼順利的出版。

希望《更廣大的世界》和《小東西的趣味》這兩本姊妹書，都能得到大人的喜愛，兩本一起看。

林　良

③執著與敬重

（一）

去年，為了與邱各容合撰臺灣兒童文學史、編輯臺灣兒童文學史文論選集，再度碰觸到臺灣兒童文學早期論述部分。在過程讓我重新認識吳鼎，並引起編輯林良先生兒童文學論述選集的念頭。以下略述其編選的因緣。

（二）

臺灣兒童文學，目前我們宣稱有百年之久，但有關日治時期的兒童文學，雖然文獻逐漸出現，但似乎仍是有待開發的地帶。至於光復後的兒童文學，由於當時政治、經濟等因素，仍然是不受重視的區域。是以有關學院早期論述專著，似乎不見。

個人認為學院早期有關兒童文學專論，或稱始於師範學校改制為師專。1960年秋，臺中師範學校改制為臺中師範專科學校，即著手擬定課程綱要，1961年5月又加以修訂，其中選修科甲班列有「兒童文學習作」兩學分。這是臺灣地區「兒童文學」的開始。

於是，有了劉錫蘭編著的《兒童文學研究》一書（1963年10月修訂再版），這是臺灣地區目前可見正是出版的第一本兒童文學通論的書。

其實，在劉著之前，可見的兒童文學論著有：

劉昌博著　《中國兒歌的研究》　岡山鎮中央日報辦事處讀者
　　服務部（總經銷）　1953年7月（計36頁）

王玉川編著　《怎樣講故事》　國語日報附設出版部　1961年
　　5月

王逢吉編著《兒童閱讀及寫作指導》　臺灣省臺中師範專科學
校　1963年8月

　　以上三書皆未標示參考文獻。王玉川的書是為《說話課教材及教
法》用書，王逢吉則是《讀書教材及教法》用書，是臺中師專語文科
教學研究叢書之二，劉錫蘭的《兒童文學研究》則屬語文科教學研究
叢書之四。至於《中國兒歌的研究》，一者篇幅嫌少；再者作者是從
文藝角度著眼。因此，本文不將三書列入臺灣兒童文學論述源起討論
之內。

　　朱匯森在為林守為《兒童文學》一書的序文中，曾描述劉錫蘭當
年編寫《兒童的窘境》如下：

　　　記得草擬師專課程之初，我和擔任兒童文學一科教學的劉錫蘭
　　　先生，到處蒐集這科的參考書籍，多方努力，僅找到了幾本介
　　　紹兒童文學的小冊子及幾篇文章。最後蒙美國開發總署哈德博
　　　士及亞洲協會白安楷先生的協助，才有幾本書籍可借參閱。這
　　　幾年來，許多人已確認了兒童文學的重要性。（頁3）

　　朱匯森的描述似乎與所列參考書目有所出入。書目中與兒童文學
相關者只見《怎樣講故事》與「兒童文學講話」。

　　今再將早期三本兒童文學通論著作分列如下：

劉錫蘭編著　《兒童文學研究》　臺中市　臺灣省臺中師範專
　　科學校　1963年10月修訂再版
林守為編著《兒童文學》　臺南市　自印本　1964年3月
吳　鼎編著　《兒童文學研究》　臺北市　臺灣教育輔導月刊
　　社　1965年4月

　　其實，這三本論著，吳鼎雖然是最後出版，卻是書寫最早（1959
年1月），是其他二書的參考用書。今考察這三本書的參考文獻，僅將
與本文論述有關的現象說明如下：

　　這三本通論的參考文獻中，都有吳鼎的文章：

〈兒童文學概論〉　　《中國語文》月刊第8卷第5期
〈兒童文學講話〉　　《臺灣教育輔導》月刊第9卷第1-12期

　　《中國語文》月刊八卷五期，時間是1961年5月。《臺灣教育輔
導》月刊第九卷第一期至十二期，第九卷第一期，時間是1959年1
月。是以三書皆將其列為參考文獻。

　　其他可見的兒童文學參考文獻要以大陸時期著作為主，可見者有
四本：

張聖瑜著　《兒童文學研究》　商務印書館　1928年9月（吳）
金近、賀宜、呂伯攸等六人合編　《兒童讀物研究》　中華書
　　　局　1948年9月（吳、林）
葛承訓著　《新兒童文學》　上海兒童書局　1934年3月（林）
錢畊莘編著　《兒童文學》世界書局　1934年7月（林）

　　從以上引述中得知，臺灣早期論述的著作，主要是受中國與美國
影響，其間不見日本影子。至於中國的影響，在當時的政治氣候之
下，這種影響可說是隱形的，而這種影響正是五四以來兒童本位的兒
童觀。因此，臺灣的兒童文學思想是承繼了五四時期的精神。

（三）

其實，在學院論述專論出版的同時，亦有論述合集印行：

　　張雪門等　《兒童讀物研究》　臺北市　小學生雜誌社　1965
　　　　年4月
　　吳鼎等　《兒童讀物研究第2輯——「童話研究」專輯》　臺
　　　　北市　小學生雜誌社　1966年5月
　　瞿述祖主編　《國語及兒童文學研究——研習叢刊第三集》
　　　　臺中師範專科學校　1966年12月

　　這三本論述合集，是早期的經典論述，也是我走進兒童文學的啟
蒙書。其中林良先生的四篇文章竟然不及收錄《淺語的藝術》一書
中，於是乎開始關注林良先生的其他論述文章。

　　當時，因緣際會在進行兒童文學史與文論選集的編撰工作，同時
又在博士班開了一門「臺灣兒童文學專題研究」，於是，把收錄林良
先生有關兒童文學論述文章作為重點功課。

　　從搜尋到判讀，從影印到研讀，再從研讀到細讀。當時定稿一百
來篇，而後又再逐篇細讀語共同討論，從一百來篇訂為四十四篇，最
後的定稿是現在的三十五篇。收錄的原則，除論述本身的意義與價值
之外，文章篇幅不少於三千字。

　　所謂「上窮碧落下黃泉，動手動腳找資料。」其間的辛勞與驚
奇，選修的四位博士生或許得知，僅將他們與編輯的心得轉引如下：

　　　　在林良先生廣多的論述作品中，我們先印出1960以來林良在臺
　　　灣各媒體刊載過的文論，篩出未曾集結出版的篇目，再逐篇審

閱、分析與整理，而成就了這本文論。從選文到付梓，藉此機會重新閱讀林良的文學論述，對自己在臺灣兒童文學發展的認知上也重新做了一次完整又系統的複習！（林素文）

林良先生是兒童文學界一位令人尊敬的前輩，不僅僅是他在童詩、散文創作上質量均豐，在兒童文學評論上的觀點與看法，更是別樹一幟。有幸參與林良先生評論選集的編選工作，比以往更深入細讀了林良先生的文章，對於兒童文學的內涵有了更深刻的了解，也更佩服林良先生的遠見與成就。（江福佑）

很開心藉由這次機會，大量閱讀了林良先生的兒童文學評論文章，也把這些文章整理分享給兒童文學的愛好者。林良的散文是臺灣七〇年代前後孩子們的共同記憶，他的論述作品和散文一樣平易近人又發人深省，閱讀這些評論文字總會不知不覺勾連起兒時的閱讀經驗，如同佛洛伊德所言，兒時讀過的故事總會影響成年的我們，在潛意識中。於是閱讀中再次產生一種回憶與幸福的感動。希望這份感動也能傳送到你的心裡。（黃愛真）

林良兒童文學論述文章中，包羅萬象，舉凡臺灣兒童文學史論、作品評析、各文類創作論，以及自身兒童文學觀等，皆慧心獨見，字句珠璣，令人驚豔。整個搜羅過程當中，猶如開蚌取珠，如今見到這些璀璨珍珠，汰蕪存菁，接串成一條耀眼項鍊，滿是感動。（顏志豪）

感謝他們的無怨與惜福，但願他們能從編選的過程學到治學之道。

更感謝國語日報願意出版這些選文。驚奇的是，在編輯的巧思之下，竟然成了兩本。

得知林良先生今年榮獲國家文藝獎、全球華文文學星雲獎特別獎兩項大獎。而今添增兩本文論集，不敢說是錦上添花，卻謹代表著一份對學術的執著，與對先生的敬重。

三　說明

因「臺灣兒童文學一百年」的計畫，而興起了對臺灣早期兒童文學論述的探討，於是帶領博士生搜尋資料，進而聚焦在林良先生身上，幾經收集與整理，成果豐碩。問及國語日報部總編輯黃莉貞女士，是否有出版機會。總編輯答應沒問題，且將全文分成《更廣大的世界》與《小東西的趣味》二書，林良先生也各寫了一篇序文。二書於2012年10月由國語日報社出版。

2012年10月10日是林良先生的八十八歲生日，國語日報社於10月6日提前為他舉辦慶生會暨為這兩本新書發表會，並由我將這兩本親手送給他，作為生日賀禮。

而我也寫下〈執著與敬重〉一文，略述編選過程。

林文寶古典文學研究文存（上、下）

一　書影

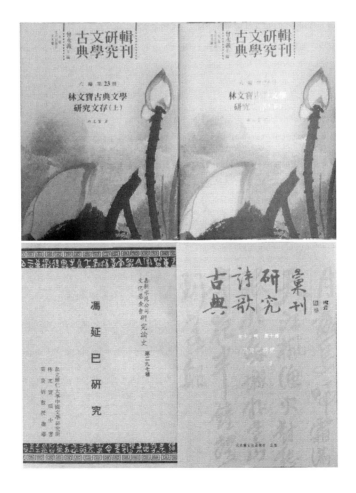

二　回首來時路

　　個人自1971年8月任職當時的臺東師專，至2009年1月31日退休，共計有三十七年又六個月。退休後，蒙當時蔡典謨校長關愛，新設國立臺東大學榮譽教授敦聘辦法，於是我成為校方第一位榮譽教授。

　　在校服務期間，就學校體制而言，歷經師專、師院與綜合大學等不同階段。亦曾兼任各種不同職務。其中，最難於忘情的，仍是學術。就學術行政而言，曾創辦語文教育學系、兒童文學研究所、籌設教育研究所、以及首任人文學院院長。而我的學術歸屬是兒童文學。

　　走進兒童文學之路，原非本意，亦非所願，或許是因緣與巧合所致，想不到幾經努力，卻發現其中別有洞天，於是乎一頭栽進而無悔。並於2011年10月將歷年發表單篇論文中，尚未出版且自珍者，依論述性質分成四類（兒童文學與書目、兒童文學與閱讀、兒童文學與語文教育與兒童文學論集），每類集結一冊，目錄則依發表時間為序。

　　今蒙花木蘭願意刊印早年有關古典文學論文集，除感謝與惜福之外，似乎早年就學之路，又歷歷如在眼前。於是借此補足所謂「因緣與巧合所致」的個人學術因緣。

　　我是雲林縣土庫鎮馬光鄉下的農家子弟，不是富農，當然也沒有顯耀的家世。至於上學是被鼓勵的，小學時期頗受師長的照顧，初中雖然考上虎尾中學，卻有如劉姥姥進大觀園，似乎在茫然與無所適從之中度過中學時期。唯一明白的是：要讀書、要上大學。唯一喜歡的是閱讀。雖然成績不出色，卻也考上了輔仁大學中文系。而當時中文系是個人唯一的堅持與選項。

　　我在輔仁大學中文系所時間，是1964年9月到1971年6月。同年8月應聘到臺東師專。六〇年代考上大學，是一件不容易的榮耀事。而

上大學則是我人生的轉折點。

在大學期間，使我眼界大開。雖然不是風雲學生，卻也不是孤行怪異。基本上，雖然歡喜接觸外界與新知，卻也潔身自愛，亦有自己的堅持，尤其是對讀書的執著。

當時輔仁大學的系所主任是王靜芝，他是書、畫家，學術專長詩經。當時系所的專任教授不多，而兼任教授皆是一時之選，如鄭騫、臺靜農、高明、孔德成、許世瑛、嚴靈峰、張秀亞、葉嘉瑩、葉慶炳、杜維運、蔣復璁（歷史系）、南懷瑾（哲學系）。在這些名師的教導下，苦讀了甲骨文、殷曆譜、史記、說文解字、易經、尚書、左傳、禮記、昭明文選、老莊、四書、韓柳文、唐詩、宋詞、戲曲、唐宋明清小說、禪宗等。

當時的中文系是以古典的經、史、子、集為主。張秀亞在研究所開新文藝，對我是有致命的吸引力。因此在正課之外，所接觸的就是所謂的新文學、新文藝以及所謂現代藝術與新思潮，如五月畫會、存在主義等。也幾乎讀盡當時的新潮文庫、文星叢刊。而倪匡、金庸更是當時的必讀書目。

除外，又與蕭水順（蕭蕭）等人參與編輯學生會的《輔大新聞》、《新境界》。

而當時同寢室的好友，有呂家恂、陳維德、蕭水順、何寄澎、徐漢昌、林明德等人，皆是典型年少輕狂的損、益友。

當時的中文系，似乎是門戶森嚴，碩士未能擠上名校，似乎也上不了博士班。雖然，我自我感覺良好，但輔仁並非一流中文系，專任名教授不多，而所謂兼課名教授，只有上課時間才會碰面。因此，師生間缺乏師徒的情誼。想入門當弟子，似乎有如緣木求魚。當時，能入門者，博士生似乎是基本條件。而當時只有臺大、師大與政大有博士班。因此，在門戶與入門弟子的潛規則之下，他校碩士生想上博士

班，可說戛戛乎其難哉！

總之，就學術師承而言，我似乎無師承可言。（有的只是私淑而已。）所以，在碩士畢業，進修無機會之下，毅然決然的應聘到臺東師專。

到臺東，又是人生的另一轉向，也是正式邁向學術之途。

在臺東師專第二年（1972年8月）接任教務處出版組，隔年創辦《臺東師專學報》，在稿源升等壓力之下，正是我古典文學研究的盛產時期。

1973年9月，臺東師專語文組有新文藝習作與兒童文學與習作兩門科，由於其他教授不接觸新文學，於是我因緣與巧合搭上另一條全新的兒童文學之路。

七〇年代的臺東，地處東隅，文風不盛，學術資源不足，於是只能用郵局劃撥購書。其次遊說校方購書，印象中七、八〇年代裡，校方購有《四庫全書珍本》、《百部叢書》。而個人八〇年代前期，因民俗與婁子匡交往，其間除書信來往之外，前後上陽明山多次，除自己購買多數他複印主編的民俗叢書外，校方亦幾乎購進全套。

由於研究需要，個人也購買大量的古典文學文本，如全唐詩、全宋詞，以及專家詩文集。工具書如《說文解字詁林》、《甲骨文集釋》、《十三經注疏本》、《二十五史》、新興版《筆記小說大觀》（似乎有二十編左右）、《民俗叢書》。

其實，這個時期的學術走向，是古典文學與兒童文學並行。這是在現實考量與因緣巧合的抉擇。在現實考量之下，如以兒童文學作為升等論文的研究方向，似乎機會不大，因為兒童文學在臺灣是1960年從師專語文組冒出來的一門學科，尚未取得學術界的認同。因此，只能以古典文學論著升等。於是有了這些古典文學的論述，試將相關論著條列說明如下：

〈牛僧孺與玄怪錄〉《現代文學》雙月刊第44期　1971年9月
　　頁135-147　又收錄於《中國古典文學研究叢刊（小說
　　二）》　臺北市　巨流圖書公司　1977年10月　頁45-64

〈段氏六書音均表〉　《臺東師專學報》第1期　1973年4月
　　頁1-14

〈吳梅村及其文學批評〉　《臺東師專學報》第2期　1974年4
　　月　頁1-84

〈顏之推著作考〉　《臺東師專學報》第4期　1976年4月頁
　　153-179

〈顏之推的文學思想〉《中外文學》第4卷第12期　1976年5月
　　頁188-204

〈顏之推及其思想述要〉　《臺東師專學報》第5期　1977年5
　　月　頁1-146

〈柳宗元「永州八記」之研究〉　《臺東師專學報》第8期
　　1980年4月　頁201-322

〈歷代「啟蒙教育」地位之研究〉　《臺東師專學報》第10期
　　1982年4月　頁227-254

〈歷代啟蒙教材初探〉　《臺東師專學報》第11期　1983年4
　　月頁1-122

〈笑話研究〉　《臺東師專學報》第13期　1985年4月　頁57-
　　121

〈謎語研究〉　《臺東師院學報》第4期　1992年6月　頁1-34

〈元宵夜炸寒單爺迎財神──臺東民俗之一〉　《臺東師院學
　　報》第6期　1995年6月　頁1-48

其中，除兩篇啟蒙論文，曾合集出版為《歷代啟蒙教材初探》

外，其餘論文一併結集成古典文學研究文存上下兩冊，這些論文的書寫，當時最得力的助力，即是我的賢內助吳淑美教授。

〈牛僧孺與玄怪錄〉、〈段氏六書音均表〉兩篇是碩士生時期的論文，前者能刊登於《現代文學》，純是當時葉慶炳教授的厚愛（〈顏之推的文學思想〉一文亦同）。〈吳梅村及其文學批評〉是升副教授的論文，〈顏之推著作考〉與〈顏之推及其思想述要〉，則是升教授的論文。至於〈柳宗元「永州八記」之研究〉，當是有關古典文學的最後論述。在這些古典文學論述裡，可見除受研究所教授影響之外，並有當外來思潮的影子，尤其是新批評，以及其他社會科學。這也是求學之路時期的雜食現象。至於其他與古典文學有關的論文，如啟蒙教育、笑話、謎語等研究，其間可見俗文學、教育學、心理學的影子，但基本上已是從兒童文學入手，而其走向已然朝兒童文學之路前行。

奔向臺東，或許是當年的豪情與壯志？或許是年少輕狂？但至少執著與不服輸的心是不變的，處在陌生的師範體系中，驀然發現兒童文學，以及教育的無限魅力，與原來單向中文師承體系大為不同。在師範體系中，我看到了所謂社會科學，於是鞭策自己努力於進德修業，在人文與社會科學之間取得互補平衡的主體。因此，七〇年代是我反省與細絮的時期，在古典文學與現當代文學（尤其是兒童文學）、社會科學（教育學、心理學）中涵泳。八〇年代則毅然走向兒童文學，而古典文學則成為我主要的源頭活水。

在七〇、八〇年代裡，幾乎接觸各種小眾文學性刊物，同仁刊物、並於1983年4月，與好友吳當創辦《海洋兒童文學》刊物（1987年4月出十三期後停刊）。

在細絮古典文學中，在其間並思考中文系的名師，皆屬卓然成家，卻不易得其門而已，基本上似乎無理路可循，因為他們都博學多聞，甚至記誦如流。簡單的說缺乏系統結構，也就是缺研究法。而社

會科學為我開啟了科學性研究的另一道窗。一般說來，文學論述，以敘事為主；社會科學的論述，則以實證為主。而七〇年代中期則引進所謂教育研究方法的新取，亦即是所謂質的研究法，這種質的研究法，其實就是從量化轉質化的敘事方法。

西方引進的論文書寫格式，流行的有心理學的 APA 格式與語言學的 MLA，所謂格式，即是制約、是標準化，亦即是另一種的文化霸權。在科學研究方法的轉移過程中，似乎無視文化的異同，以及思維方式的差異。只見西方學者的系統性與實證性。於是逐漸成為沒有歷史與記憶的學者。均不見，中文出版書籍中皆有出版年、月（或日），可是在參考書目裡，卻僅見出版年，其理由是 APA、MLA 都沒有出版月。外文為什麼不寫出出版月，其實是他們的出版品只有出版年，為什麼只有出版年，這是文化不同使然。既是學術，理當求真、求準確，既然有出版年、月，為什麼不書寫。

其實，所謂的學術，或稱為科研（科學研究），它是人類追求知識或解決問題的一種活動。科研採用了一種特殊的方法或程序，這種方法西方稱之科學研究方法。亦即是有系統的實證研究方法。

一般說來，這種科學方法是由四個主要步驟所組成：建立假設、收集資料、分析資料與推演結論。而這四個步驟，實際上是由兩個重要的成分所組成，此即歸納法（inductive method）與演繹法（deductive method）。歸納法是先觀察、蒐集及記錄若干個別事例，探求其共同特徵或特徵間的關係，從而將所得結果推廣到其他未經觀察的類似事例，而獲得一項通則性的陳述。例如，我們如果觀察與記錄了五百個人的生活史，便會發現每個人都有死亡的一天，也就是說死亡是這五百個人的共同特徵；不過，我們通常不會滿意於這樣一項結論，而會推廣其適用範圍，進而獲得如下的通則性敘述：人皆有死。至於演繹法的進行方向則正好相反，是自一項通則性的陳述開始，根據邏輯推

論的法則，獲得一項個別性的陳述。例如：人皆有死；張君是人；所以張君必死。

科學方法中雖然兼含歸納與演繹兩種成分，但卻以前一成分最能代表其特色，而歸納活動所涉及的程序幾乎是全是實徵性的，因此我們可以說科學方法主要是一種實徵性的方法。因此，所謂的學術研究（或論文書寫），一言以蔽之，即是歸納與演繹而已，其間，又以歸納為先。但知識領域有別，從研究「對象」為判準，因對象不同，其研究的取向與方法亦有別：

一、自然科學：以人類以外的自然現象為研究對象的學科。
二、社會科學：以研究人類的社群組織，人際關係為重心，著重點在群體及其運作上。
三、人文學科：探討人類的思維與精神產物為主，著重點在個體及其表達上。

知識領域不同，研究方式就會有不同，因此伊瑟（Wolfgang Iser）在《怎樣做理論》一書，提出硬理論和軟理論之別，試將其列表如下：

	硬理論	軟理論
思維工具	進行預測	意在勾勒
基本概念	法則	隱喻
驗證程序	可	不可
消長	不可驗證	興趣變更

（見南京大學，2008年10月，頁5-8）

　　而所謂的軟理論，似乎是針對人文學科而言。

　　回顧早期有關古典文學的論述，可見自己是在摸索中前行，其行文書寫與格式也在摸索與省思中成長。為什麼西方對我們的影響無所不至，甚至學術亦被殖民化而不知覺，就其根源，或曰始於中國的現代化。所謂現代化，是歷史學者、社會科學者給予的名詞之一。現代化是指人類又經歷著一個巨大的革命性的形變。這個現代化運動的特色之一是它是根源於科學與技術；其特色之二是它是全球的歷史活動。更明確地說，這個現代化運動是人類社會所經歷的巨大形變的最近期現象，它是十七世紀牛頓以後導致的科技革命的產物。

　　而中國之巨變，是因十九世紀末葉西方帝國主義船堅炮利的轟擊而開始的。亦即是始於1838年，以湖廣總督林則徐為欽差大臣，前往廣東查禁鴉片。1940年引發鴉片戰爭，至1942年7月簽訂南京條約。中國也因此門戶洞開，傳統解組，被迫走上現代化之途。

　　且我們對現代化的認知亦環繞在「認同」與「變革」中，至今仍未能自拔。

　　個人從七〇年代的自我反省與細芻，到八〇年代毅然走向兒童文學，尤其是1987年8月接掌語文教育系，更是確立了兒童文學的方向，其間年年舉辦大型學術研討會，至1996年籌設兒童文學研究所，更首開系所行銷的先例，並將其過程出版《一所研究所的成立》（1997年10月）一書。

　　個人在學術行政時期，因地處偏遠，因此皆以刊行學術刊物為先。且個人的論述，亦皆以刊登在自己的刊物為優先。

　　九〇年代初期，我的兒童文學研究方向於焉形成。因此，我的兒童文學研究，其立足處亦即始於中國的現代化。如何看待臺灣的兒童文學，個人擬以後殖民論述之，並立足於「臺灣意識」和「文化中國」，其目的在於重現主體性與自主性。

　　以上因早期有關古典文學論文的結集出版，而引發多端的贅言與
贅詞，其目的在於記錄個人的心路歷程，仍請方家見諒。

三　說明

　　古典文學研究文存的出版，自當感謝花木蘭文化出版社杜潔祥的大器與無私，之前他也會出版拙作《馮延巳研究》（2012年9月），這是我的碩士論文，曾收錄於1974年11月嘉新水泥公司文化基金會叢書研究編文第二九七種。

　　中文是我的專業，新文藝是我的愛好，或許與兒童文學相關不多。上個世紀八〇年代毅然走向兒童文學，而古典文學、新文藝則成為我主要的源頭活水，尤其是二十世紀七〇年代末期與八〇年中期之間，與民俗學家婁子匡從往甚密，於是民間文學也成為我另一道源頭活水。

　　從古典文學研究文存中，可知轉向兒童文學似乎因緣與際會所致，而〈回首來時路〉也是我首次敘說自己的為學的歷程。

想望的地方

一　書影

二　寫在前面的話

　　當我知道學校在今年8月，除進修部留在舊校區外，全部搬到知本新校區，於是所謂當年的兒童文學研究所發源地，也就會成為歷史。其間大量的圖書（含家裡的藏書）也就順理成章加以整理打包捐給學校，作為學校完全搬遷，與新圖書館成立的一份微薄的賀禮。

　　兒童文學研究所舊址，位於臺東校區東北角，比鄰游泳池與女生宿舍，它是師專時期的圖書館，1976年7月由省政府撥款分三期興建，於1980年4月落成啟用，稱之為中正圖書館。這是我記憶中東師的圖書館，之前是否有圖書館，真是空白一片。

　　而後又於學校進門左側，原舊學生活動中心興建五層樓的圖書館，歷時兩年，於1991年10月落成啟用，學校亦於1991年7月改隸國立。

　　師專時期的中正圖書館，是三層樓的建築，進門後的樓階梯在中間，分左右兩側，左側有地下室。兩側除大型開放空間外，二層以下並各有三層的夾層書庫。印象中，1987年8月起九所師專改制為師院後，圖書館左側一、二層似乎是語教系的教室與圖書室。

　　1996年8月16日，教育部最速件，字號（85）師（二）字第85515894號。主旨：八十六學年度師範院校申請增設系、所、班案。本校兒童文學研究所奉報行政院核准增設並進行籌備。8月26日奉命兼兒文所籌備處召集人。進行有關課程、師資、圖書儀器、設備與場所進行之規畫。

　　當時舊圖書館於1987年8月後稱之為語教大樓。1996年10月25日上午十時行政會議通過一、二層與地下室，規畫為兒文所使用之場所。三層為教育研究所。

　　當時場所規畫如下：

　　進門左側一樓是為所辦公室，二樓是兒童讀物研究中心。其間充滿著書香，是為研究生的閱讀空間。地下室外間是劇場，內間是研究生研究室。右側一樓會議室，稱為一○一室，二樓是四十人的教室，為二○一室，四周皆為書牆。

　　左側三間夾層書庫，一層是所長室，二層是臺灣與大陸兒童文學研究室，三層是兒讀中心研究員辦公室。右側一層是日本兒童文學研究室，二層是翻譯研究室，三層是兒童哲學研究室。

　　兒童文學研究所經過長達十次的籌備會議，時間從1996年9月19日至1997年6月11日。在籌備期間並首開大學系所的各種行銷活動。後來將相關資料編輯成《一所研究所的成立》（1997年10月）一書，是為兒文所叢書第一本。並於1997年5月29日公布第一屆碩士生錄取名單：一般生正取十二名，專業在職生正取生三名。6月16日，計錄取新生十五名全部報到。

　　當年，我期許能重現宋朝風範與書院之精神。

　　所謂宋儒，主要指北宋五子：周敦頤、張戴、邵雍、二程兄弟（程顥、程頤）與南宋朱熹。董金榕有《宋儒風範》一書，其附錄〈讀宋元學案附錄看宋儒風範〉一文，認為宋儒志節風範如下：

　　　　志學之專，

　　　　修身之謹，

　　　　事親之孝，

　　　　手足之情，

　　　　治家之道，

　　　　急難之風，

　　　　宗誤之氣，

　　　　侍人之誠，

施教之法，

任道之勇。

胞與之懷。（詳見東大圖書公司，1979年10月）

以下再試以詩為證：

月到天心處，風來水面時；

一般清意味，料得少人知。

　　──邵雍〈清夜吟〉

閒來無事不從容，睡覺東窗日已紅；

萬物靜觀皆自得，四時佳興與人同。

道通天地有形外，思入風雲變態中；

富貴不淫貧賤樂，男兒到此是豪雄。

　　──程顥〈秋日偶成〉

半畝方塘一鑑開，天光雲影共徘徊；

問渠那得清如許？為有源頭活水來。

　　──朱熹〈觀書有感〉

　　宋儒揚棄單一與固執，朝向開放與無執。邵雍臨終時，好友程頤請他留下勉勵後進的話，他默默無語，只把雙手攤於胸前，程氏催促，只好戲謔自己說：「我一生走的都是窄路，窄得連自己都不易立足，又怎能引導別人走什麼呢？」這是何等的坦然與胸襟。於是乎直觀、無間、自得與盡情，似乎就是我們所尋求的如蓮花般的童顏。

　　宋儒最重講學，但宋初書院雖起，未幾即遭帝王提倡科舉之影

響，使士皆鶩於明利，未能長守山林。再加上宋仁宗（慶曆），神宗（熙寧、元豐），以及徽宗（崇寧）之興學，是以官學顯盛，私學式微，故終其北宋之世，書院沉寂長達一百四、五十年，至南宋官學衰敗後，而書院復盛。

南宋最早的書院，要算朱子興復的白鹿洞書院。

書院與官學之間最大不同點，便是在其教學目標之為「教育而非科舉預備的」，自宋以來，書院的教學目標，差不多都以朱子白鹿洞書院學規為標準。所以白鹿洞書院興復告成之後，朱子曾一再以勿事科舉勸勉學生。這種反科舉精神，是朱子興復白鹿洞書院的特點。

官學在南宋晚年，原已衰微。書院自盛興之後，反轉而受書院的同化。

宋儒當時的書院，正是學術、義理、德性、道藝的場域。

因為想重現宋儒風範與書院講學，因此特別重視人與書，在研究所的場域中，處處有書，處處有可以讓人休息的角落，每間的研究室既是教師的研究室，也是上課的地方，更是師生互動的地方。同時每星期三早上三、四節是所的共同時間。不排課，是師生開會或聽講座的時段。

1999年，同時開始招收夜間部與暑期部，每班二十五名學生。

2003年，招收博士生。

2006年，招收臺北假日班，採隔年招生。

今將其開班、教師與主管等流動事實，列表如下：

（一）設立過程與員額配置

階段別	學年度	重要事項	師資員額配置
正式成立	86年8月	第一屆招生15名研究生。 自86級至100級共計200名碩士生畢業。	專任教師4人
在職進修專班	88年7月	暑期班開始招生25名研究生。 102年7月招收最後一屆暑期班。 自88級至98級共計250名碩士生畢業。	專任教師4人
	88年9月	夜間班開始招生25名研究生。 98年9月招收最後一屆夜間班。 自88級至98級共計177名碩士生畢業。	專任教師5人
博士班成立	92年8月	林文寶教授轉任人文學院院長。 第二屆所長張子樟先生。 第一屆3名博士生。 自92級至102年度共10名博士生畢業。	專任教師5人
臺北學分班	94年3月	開4個科目8學分每班35名學員。	專任教師5人
進修在職專班臺北假日班	95年9月	臺東暑期──臺北假日隔年招生。 第一屆招生人數30人。 自95級至99級共計71名碩士生畢業。	專任教師5人
現階段	102年9月	臺北假日班兩年招生一次，招生名額由學校視師資狀態及招生條件機動調整，目前班級人數為19人。 日間碩班每年招生12人，不含外	專任教師7人

階段別	學年度	重要事項	師資員額配置
		籍學生1人及大陸交換生1人。 日間博班每年招生員額5人，視考生整體素質決定是否足額錄取。	

(二) 教師

姓名	職稱	聘期	原單位	異動 （退休／離職）
林文寶	教　授	1997年8月至2009年1月	語教系	退休
楊茂秀	副教授	1997年8月至2009年7月	語教系	退休
杜明城	副教授	1997年8月迄今	初教系	現職
劉鳳芯	助理教授	1997年8月至2001年7月		離職
嚴淑女	研究助理	2000年8月至2011年1月		離職
游珮芸	副教授	2001年8月迄今		現職
張子樟	教　授	2003年8月至2006年		退休
郭建華	助理教授	2005年8月至2010年7月		離職
吳玫瑛	副教授	2006年8月至2010年		離職
黃雅淳	副教授	2009年8月迄今		現職
李其昌	助理教授	2010年8月至2011年7月		離職
葛容均	助理教授	2010年8月迄今		現職
藍劍虹	助理教授	2010年8月迄今		現職
陳錦忠	教　授	2013年8月迄今	美產系	轉任
王友輝	副教授	2013年8月迄今		現職

（三）歷任所長

	姓名	任期
1	林文寶	1997年8月至2000年7月
2	林文寶	2000年8月至2003年7月
3	張子樟	2003年8月至2006年7月
4	杜明城	2006年8月至2009年7月
5	吳玫瑛	2009年8月至2010年7月
6	杜明城	2010年8月至2013年7月
7	杜明城	2013年8月至2014年7月
8	游珮芸	2014年8月至2017年7月
9	游珮芸	2017年8月至今

遙想多年，為尋求學有兒童文學專業的海外留學生，幾乎用盡可能的關係，認識了許許多多可能應聘的才俊，惜乎成效不彰，退而借助兼課語短期講學。兼課如早期洪文珍、陳儒修、張世宗等教授，短期講學，以暑期部為主，國內有許建崑，大陸有：王泉根、梅子涵、方衛平、朱自強、馬力、曹文軒、吳岩等人，還有第一屆駐校作家黃春明。

其間有不斷的學術活動與研討會，發行《兒童文學學刊》，舉辦「臺東大學兒童文學獎」。

可說是盛極一時的兒童文學平臺，多少人翻山越嶺，流星趕月，只為曾經有過，或為驚鴻一瞥。我們也曾走過千山萬水，尋覓可能的驚心。

其實，「兒童文學」在東師的發展，要溯及民國六十一學年度，國師科語文組有「兒童文學」課程之開設，即是由我教授。也就是所謂走進兒童文學之路，原非本意，亦非所願，或許是因緣與巧合所

致。1971年8月任教東師專。1973年國師科四年語文組有「兒童文學」課程,當時國語文老師都以古典為主,因此,兒童文學、新文藝及習作捨我其誰?想不到幾經努力,卻發現其中別有洞天,於是一頭栽進而無悔,而我最早的兒童文學論述〈兒童文學製作之理論〉,是刊登在1975年4月《臺東師專學報》第三期。持此,我個人是在1973年9月開始講授兒童文學。這是臺東師專國師科第一屆。臺東師範學校於1968年8月改制為師專,開始招收體師科,至1970年才招收國師科。

因緣巧合我從此走入兒童文學的天地,在東師、在臺灣為兒童文學播種、耕耘,個人除沈潛於兒童文學的研究外,並指導學生創作。在東師專,由早期的《東苑》、《莘耕》到《東師青年》,都有學生創作作品發表,從六十一學年開課到七十九學年(1991年6月)師專時代結束,長達十九年的播種、耕耘,為東師奠定了兒童文學發展的基礎,後來將師專時期學生發表兒童文學創作結集為《鹿鳴溪的故事》一書(1992年5月)列為《東師語文叢書》第四。

1983年4月,與好友吳當創辦《海洋兒童文學》刊物(1987年4月,出十三期後停刊)。

1987年改制為師院。兒童文學成為師院生必修課程(體育系、美勞系、音樂系、特教系除外)我兼任語教系主任,因此師資與發展的基礎更為穩固。為強固兒童文學的發展,語教系在我個人的喜好之下,設立兒童讀物圖書室,收集各類兒童圖書出版品,期望為兒童文學的推展,提供較完整的環境。

1991年7月師院由省屬改隸國立。同時間經教育部核准設立「兒童讀物研究中心」,作為推動本校「兒童文學」研究發展據點,以充實兒童文學研究資料及計畫性之專題研究,確立語教系的發展特色。

　　語教系承辦相關兒童文學的研討會與活動，並發行《專師語文學刊》與《語文叢書》。

　　當時語教系已隱然成兒童文學教學與研究的重鎮，於是1996年通過核准設置兒童文學研究所，似乎就是順理成章的事實。

　　於是乎兒童文學研究的場域，於焉形成。這場域是理想與夢想的桃花源。據說陶淵明的桃花源：

> 土地平曠，屋舍儼然。有良田、美池、桑、竹之屬，阡陌交通，雞犬相聞。其中往來種作，男女衣著，悉如外人；黃髮、垂髫，並怡然自樂。至今，只有普太元武陵漁夫見過。而後來雖有人欣然規往，欲不得其門而入。

　　而兒文所的桃花源，卻是一個人人可見可到的平臺。其間曾有人出入其間（學者、作家、畫家、讀者或出版從業者）更有徹夜不眠，高談闊論，狂言狂語的學子。

　　總之，兒文所的桃花源場域提供了平臺，而平臺上的時間、地點、空間，以及人物與事件，則是無限的想像世界。這個可能的想像世界，只有曾經在此駐留過的你們，才能有書寫與創造的可能。

　　2003年7月卸下所長職，學校改為綜合大學，名為臺東大學，我接任第一任人文學院院長，而人文學院也在2006年8月搬進到知本新校區。暑期部、夜間部仍在臺東舊址上課。

　　2009年1月31日，我在院長任內退休。蒙當時蔡典謨校長關愛，新設「國立臺東大學榮譽教授敦聘辦法」，於是我成為校方第一位榮譽教授。

　　我在新校區有間研究室，又舊校區的兒童文學研究所左側、二樓與夾層仍存放著我大量的圖書，而我的研究室也一直存在著。後來，

校方將左側地下室、一層（原所長室夾層）與右側一層夾層撥供永齡希望小學教學研發中心與教學中心使用，而右側二層為理工學院教學用教室。於是兒童文學研究所供我使用的空間，是左側二層與二、三夾層書庫，至於兒童文學研究所的現況如下：

日間部每年招生十二人。（不含外籍生）當年是十八人。

夜間班、暑期班皆已停招。

臺北假日班兩年招生一次。招生人數為十九人。

博士班每年仍招生五人。

今年八月，臺東校區兒童文學研究所行將走進歷史，於是有了〈我們的歷史，我們的記憶〉的召喚：

> 我們的歷史，我們的記憶
>
> 臺東大學臺東校區已確定在今年八月全部搬移至知本校區，而兒文所舊校區也在我的藏書捐贈之後，立下里程碑，正式邁入歷史。這個地方曾有多少兒文所師生的回憶與歡笑，所以希望透過這個機會，記錄兒文所的歷史與記憶，重溫那個可愛又質樸的以前，拼湊出一個「心」地方。
>
> 書寫有關兒文所舊校區的點滴回憶，或者發生的小故事均可。文體不限，字數不超過5000字為準，以word擅打，12級字，新細明體，如有相片相佐更好。作品請於5月31日前寄至litchild@nttu.edu.tw。
>
> 林文寶

過去無所謂好或不好：過去只不過是與現代不同。如果我們一味懷舊，或認為現在的世界都比過去更好，就將永遠無法處理橫在眼前的問題。過去的世界真的是另一個國度，我們無法回到過去，但是我

們可以召喚，可以想像。

在兒童文學路上，個人似乎仍一直在途中，其間或許仍有諸多不被見諒。但就個人而言，但求無愧於人，一路走來，無怨無悔，若有所謂遺憾者有三。

1. 2000年10月申請「大學學術追求卓越計畫」這是所謂的五年五百億。雖然進入決審，但仍是擦肩而過。
2. 兒童文學資料庫，2003年通過教育部「輔導新設國立大學健全發展計畫」，以「兒童文學學門為重點研究計畫」，後來學校又投入不少經費，可惜仍未能有成效。
3. 兒童文學館原預訂遷校後將臺東舊圖書館改為兒童文學館。然而，事過境遷，物換星移，終究未能成立。

在兒童文學的路上，各種的風風雨雨都有過，也都全力以赴。留下遺憾，以待來者。如今，以有限微小的召喚；留下歷史，留下記憶。又由於來件附有相片者不多，於是全書不用相片，僅以書寫描述可能的想像世界，或許日後再見以相片呼應書寫的想像世界。

於是，我只能說：

當曾經擁有的夢想與理想的桃花源，已然成為歷史。

也因此，我們開始有了傳說，有了故事。

同時，我們又有機會重新再造一座桃花源。

三　說明

　　這本書的出版，緣於2014年8月，除進修部留在臺東舊校區外，全部搬到知本新校區。於是當年兒童研究所發源地，也就會有歷史。

　　我自2009年1月31日退休，蒙當時蔡典謨校長關愛，新設「國立臺東大學榮譽教授敦聘辦法」，於是我成為校方第一位榮譽教授。雖然知本校區我也有研究是，但我還是一直在臺東市舊校區研究室，繼續孵化我的兒童文學夢，於是有了〈我們的歷史，我們的記憶〉的召喚，記錄兒文所師生曾經有過的歷史與記憶。這本書的結集是兒文所舊時代的結束。於是，我只能說：

　　　　當曾經擁有的夢想與理想的桃花源，已然成為歷史。

　　　　也因此，我們開始有了傳說，有了故事。

　　　　同時，我們又有機會再造一座桃花源。

附錄　出處一覽表

	書名	序文	出版社	年／月	頁碼
1	海洋兒童文學	創刊詞		1983.4	
2	東師語文學刊	序（李保玉）	東師語教系	1988.6	
3	兒童文學選集（1949-1987，共五冊）兒童文學論述選集	總序 前言	幼獅文化事業有限公司	1989.5	1-15 17-29
4	鹿鳴溪的故事	編者的話	臺東師院語文教育系	1992.5	4-8
5	兒童文學	序	國立空中大學	1993.6	1-3
6	遺忘的咒語	序（吳清基）	臺東師院語系	1994.6	1-3
7	一所研究所的成立	序（方榮爵） 所長序——揚帆	臺東師範學院	1997.10	I II
8	兒童文學學刊	給關心兒童文學的你	臺東師範學院	1998.3	1-3
9	臺灣區域兒童文學概述	關懷本土，了解自己之必要（林煥彰） 起點	臺東師院兒文所	1999.6	5-7 1-4
10	臺灣（1945-1998）兒童文學100	序（林澄枝） 緣起與態度	行政院文化建設委員會	2000.3	6-7 8-9
11	兒童文學選集（1988-1998，共七冊）	又十年	幼獅文化事業股份有限公司	2000.6	3-11

	書名	序文	出版社	年／月	頁碼
12	臺灣兒歌一百（2000-2004）	愛的風鈴聲（陳郁秀）尋回已逝的童心	行政院文化建設委員會	2000.12	6 7-8
13	兒童文學工作者訪問稿	一本書的完成	萬卷樓圖書股份有限公司	2001.6	1-9
14	臺灣文學	我們的臺灣文學	萬卷樓圖書股份有限公司	2001.8	1-17
15	少兒文學天地寬──臺灣少年小說學術研討會論文集	延伸少兒文學研討成果（九歌文教基金會）	九歌出版社有限公司	2002.6	1-2
16	小兵童話精選（共六冊）	我的暑期研究生	小兵出版社	2003.7	
17	蜘蛛詩人	迎向旭日，往東大邁進（郭重吉）	兒童文化藝術基金會	2003.8	3-5
18	兒童讀物編輯小組的歷史與身影 我們的記憶，我們的歷史	想念與掛念 記憶在深處	臺東大學兒文所	2003.10 2003.11	2-3 3-4
19	臺灣少年小說作家作品研討會論文集	走向「開來」的途中	國家臺灣文學館	2004.4	3-8
20	李潼先生作品研討會論文集	永遠的兒童文學作家	中華民國兒童文學學會	2005.11	3-5
21	安徒生兩百周年誕辰國際童話學術研討會論文集	2005年安徒生在臺灣	中華民國兒童文學學會	2005.11	5-14

	書名	序文	出版社	年／月	頁碼
22	臺灣兒童文學精華集（2000-2009）	為什麼要編《臺灣兒童文學精華集》？我們的世界，他們的世代（沙永玲）	天衛文化圖書股份有限公司	2006.7	4-5
					271-276
23	2007臺灣兒童文學年鑑	品味我們自己的作品（林良） 值得典藏的文化資產（馮季眉） 建立兒童文學資料寶山	中華民國兒童文學學會	2008.6	4-5
					6-7
					8-9
24	第六屆國際青年學者漢學會議：民間文學與漢學研究論文集	《民間文學與漢學研究》序（王德威） 序	萬卷樓圖書股份有限公司	2008.7	1-2
					1-2
25	第九屆亞洲兒童文學大會論文集	開幕詞	亞洲兒童文學學會臺北分會	2008.7	12
26	新世紀少兒文學家	編選前言	九歌出版社有限公司	2010.4	2-7
27	臺灣原住民圖畫書50	與每個時代的兒童對話，真實延續原住民文化（孫大川） 為孩子打開一	臺東大學兒童文學研究所	2011.8	5-6
					7-8

	書名	序文	出版社	年／月	頁碼
		扇窗（浦忠成）			
		試論臺灣原住民圖畫書（林文寶、傅鳳琴）			9-27
28	臺灣兒童文學一百年	建檔勾微留青史（邱各容） 遲來的序	富春文化出版公司	2011.11	3-4 1-3
29	臺灣兒童圖畫書精彩100	開啟兒童亮麗的未來（李瑞騰） 試論臺灣圖畫書的歷史與記憶	國立臺灣文學館	2011.12	2-3 6-29
30	更廣大的世界 小東西的趣味	更廣大的世界（林良） 小東西的趣味（林良）	國語日報社	2012.10	16-18 14-16
31	林文寶古典文學研究文存（上、下）	回首來時路	花木蘭文化出版社	2013.9	1-7
32	想望的地方	寫在前面的話	秀威資訊科技股份有限公司	2015.2	7-21

文學研究叢書·兒童文學叢刊 0809015

兒童文學的另類書寫

編　　著	林文寶
責任編輯	廖宜家
特約校稿	林秋芬

發 行 人	陳滿銘
總 經 理	梁錦興
總 編 輯	陳滿銘
副總編輯	張晏瑞
編 輯 所	萬卷樓圖書股份有限公司
排　　版	林曉敏
印　　刷	百通科技股份有限公司
封面設計	百通科技股份有限公司

發　　行　萬卷樓圖書股份有限公司
　　　　　臺北市羅斯福路二段 41 號 6 樓之 3
　　　　　電話 (02)23216565
　　　　　傳真 (02)23218698
　　　　　電郵 SERVICE@WANJUAN.COM.TW
香港經銷　香港聯合書刊物流有限公司
　　　　　電話 (852)21502100
　　　　　傳真 (852)23560735

ISBN 978-986-478-268-0
2019 年 3 月初版一刷
定價：新臺幣 500 元

如何購買本書：

1. 劃撥購書，請透過以下郵政劃撥帳號：
　帳號：15624015
　戶名：萬卷樓圖書股份有限公司
2. 轉帳購書，請透過以下帳戶
　合作金庫銀行　古亭分行
　戶名：萬卷樓圖書股份有限公司
　帳號：0877717092596
3. 網路購書，請透過萬卷樓網站
　網址 WWW.WANJUAN.COM.TW

大量購書，請直接聯繫我們，將有專人為
您服務。客服：(02)23216565 分機 610

如有缺頁、破損或裝訂錯誤，請寄回更換
版權所有·翻印必究
Copyright©2019 by WanJuanLou Books CO., Ltd.
All Right Reserved　　　　**Printed in Taiwan**

國家圖書館出版品預行編目資料

兒童文學的另類書寫 / 林文寶編著. -- 初
版. -- 臺北市 ：萬卷樓, 2019.03
面 ；　公分. -- (文學研究叢書 ；0809015)
ISBN 978-986-478-268-0(平裝)

1.兒童文學　2.文學評論

815.92　　　　　　　　　　108000722